MÛR POUR LA SÉDUCTION

(Roman à Suspense en Vignoble Toscan, tome 4)

FIONA GRACE

Fiona Grace

L'auteure débutante Fiona Grace est l'auteure de la série LES HISTOIRES À SUSPENSE DE LACEY DOYLE, qui comporte neuf tomes (pour l'instant), de la série des ROMANS À SUSPENSE EN VIGNOBLE TOSCAN, qui comporte quatre tomes (pour l'instant), de la série des ROMAN POLICIER ENSORCELÉ, qui comporte trois tomes (pour l'instant) et de la série des ROMANS À SUSPENSE DE LA BOULANGERIE DE LA PLAGE, qui comporte trois tomes (pour l'instant).

Comme Fiona aimerait communiquer avec vous, allez sur www.fionagraceauthor.com et vous aurez droit à des livres électroniques gratuits, vous apprendrez les dernières nouvelles et vous resterez en contact avec elle.

PAR FIONA GRACE

UN COZY MYSTERY ENTRE CHATS ET CHIENS
UNE VILLA EN SICILE : MEURTRE ET HUILE D'OLIVE (Tome 1)

SÉRIE POLICIÈRE COSY LA BOULANGERIE DE LA PLAGE
UN CUPCAKE FATAL (Tome 1)

EIN HEXEN-COSY-KRIMI
SKEPSIS IN SALEM: EINE MORDSFOLGE (Tome 1)

UN ROMAN POLICIER ENSORCELÉ
SCEPTIQUE À SALEM : UN ÉPISODE DE MEURTRE (Tome 1)

LES ROMANS POLICIERS DE LACEY DOYLE
MEURTRE AU MANOIR (Tome 1)
LA MORT ET LE CHIEN (Tome 2)
CRIME AU CAFÉ (Tome 3)
UNE VISITE CONTRARIANTE (Tome 4)
TUÉ PAR UN BAISER (Tome 5)
RUINE PAR UNE PEINTURE (Tome 6)

ROMAN À SUSPENSE EN VIGNOBLE TOSCAN
MÛR POUR LE MEURTRE (Tome 1)
MÛR POUR LA MORT (Tome 2)
MÛR POUR LA PAGAILLE (Tome 3)
MÛR POUR LA SÉDUCTION (Tome 4)

CHAPITRE PREMIER

Olivia Glass commençait à paniquer.

Elle ne comprenait absolument pas ce qui était griffonné sur la liste manuscrite qui se trouvait devant elle et elle manquait de temps pour le trouver.

— Qu'est-ce que ça dit ? Vite, vite !

Nadia, la vigneronne de l'exploitation viticole de La Leggenda, était penchée sur le comptoir de dégustation et tambourinait des ongles sur le bois poli. Son petit corps débordait d'une impatience qu'Olivia recevait comme une charge électrique.

Les sourcils froncés par la concentration, Olivia examina le texte manuscrit. C'était un gribouillis indéchiffrable. Ce qui n'aidait pas, c'était qu'Olivia n'avait pas l'original mais une capture d'écran floue qui avait été envoyée à l'exploitation viticole par courriel puis imprimée.

— J'essaie ! Laisse-moi une minute et je suis sûre que je comprendrai ce que c'est, dit Olivia pour la rassurer.

Plissant ses yeux bleus pour se concentrer, Olivia orienta la liste pour qu'elle soit illuminée par un des projecteurs élégants qui étaient installés au-dessus du comptoir de dégustation.

La page avait pour en-tête « Lift de Marnage » ou, du moins, c'était ce qu'Olivia avait pensé à première vue. Ce n'était qu'après un moment de confusion qu'elle s'était rendu compte que cette écriture aux boucles chaotiques disait en fait « Liste de Mariage ».

Comme c'était la liste des demandes pour le lieu du mariage et qu'elle avait été envoyée par la future mariée, Olivia pensa qu'elle aurait probablement dû comprendre ça plus vite. Cela montrait à quel point cette écriture était chaotique !

— OK. Nous avons les flûtes à champagne, les serviettes dorées et les perles de cristal, récapitula Olivia en comptant sur ses doigts.

Pendant pas mal de temps, elle avait cru lire « pertes de cristal ». Elle avait eu de la chance de comprendre de quoi il s'agissait.

1

— Oui, oui, oui, nous avons tout ça, mais j'ai besoin du reste. Il faut que j'y aille maintenant, supplia Nadia. Il faut acheter ces articles à Florence et les magasins ferment dans une heure et demie.

Olivia aurait voulu s'arracher ses cheveux blonds par pleines poignées. Pourquoi la future mariée avait-elle griffonné ces demandes au lieu de les taper au clavier ?

La liste comprenait un en-tête qui disait « Big Bob, Agence de Recouvrement, New Jersey, États-Unis. Vous Appelez, On Amène ! ».

Donc, la future mariée devait travailler pour Big Bob, n'est-ce pas ? Autrement, pourquoi aurait-elle utilisé le papier à lettres d'une agence de recouvrement pour noter une liste de préparatifs d'un mariage ? De plus, si elle y travaillait, ne pouvait-elle pas utiliser une imprimante ? Olivia était sûre qu'elle devait être employée dans le secteur administratif de l'entreprise, « Vous Appelez », pas dans son secteur physiquement agressif, « On Amène ».

Olivia commençait à regretter d'être la seule anglophone de La Leggenda. C'était pour cette raison que la liste avait atterri dans la salle de dégustation où elle était sommelière. Le beau Marcello, l'aîné des Vescovi qui possédait cette magnifique exploitation viticole toscane, l'avait transmise à Nadia, sa sœur cadette, qui, sans attendre une seconde, l'avait amenée à Olivia !

— Tu ne pourrais pas passer dans une pharmacie à Florence ? demanda Olivia, qui venait d'avoir une idée brillante. Je crois que c'est ce qu'il faut que tu fasses.

— Dans une pharmacie ? dit Nadia en fronçant les sourcils d'un air perplexe. Pourquoi ?

— Parce que les employés ont l'habitude de lire les ordonnances des médecins. Tu sais que les médecins ont une écriture affreuse, n'est-ce pas ? Je suis sûre qu'un pharmacien pourrait déchiffrer ça d'un coup d'œil.

Nadia eut un rire ironique.

— Ou alors, je pourrais revenir avec un sachet de cachets contre le mal de tête et une crème contre les hémorroïdes ! Non, Olivia, c'est ton travail !

— J'aurais bien besoin d'un cachet contre le mal de tête, à ce stade, se plaignit Olivia en contemplant les gribouillis de plus près.

— Il faut recouvrir les murs de — mousseline de soie ! s'exclama Olivia, soulagée, en déchiffrant enfin les gribouillis. Il faut recouvrir les murs de mousseline de soie, qui DOIT ÊTRE —

2

Elle s'arrêta à nouveau. Le dernier mot lui posait problème. Or, il était très important. DOIT ÊTRE quoi ?

— Ça commence par un « P », déclara-t-elle après avoir intensément examiné le mot.

— Plissée ? proposa Nadia.

— Non, on dirait un mot plus bref que ça, dit Olivia d'un air perplexe en désirant fortement que ces fioritures prennent enfin une forme cohérente.

— « Plissée » n'est pas un mot long, contesta Nadia. Encore plus court ? Plate ? Perle ?

— Non, c'est un « R » ! Rose !

Finalement, cette phrase avait un sens. Ce devait être « rose ».

Bouche bée, Nadia contempla Olivia d'un air incrédule.

— Rose ? Pour un mariage ? Olivia, c'est impossible ! C'est un mariage entre adultes, pas le baptême d'une fillette.

Olivia secoua la tête en contemplant la page.

— Je sais que ça n'a aucun sens, admit-elle.

Elle essaya d'imaginer le restaurant de La Leggenda recouvert de mousseline de soie fuchsia et trouva cette idée ahurissante. Cependant, plus elle regardait ce mot, plus elle pensait que c'était la seule solution.

Si elle se trompait, la toute première prestation de tourisme nuptial de La Leggenda serait un échec. Elle ne pouvait pas l'accepter. De plus, Nadia ne pourrait pas aller faire d'autres commissions. Ce déchiffrage était décisif.

Sidérée, Olivia se demanda si elle devait tourner le papier dans l'autre sens et réessayer de le déchiffrer comme cela.

Peut-être fallait-il qu'elle le lise avec un nouveau regard. Elle leva la tête l'espace d'un instant, contempla la grande salle de dégustation et se retourna pour regarder le décor imposant de fûts en chêne qui mettaient le comptoir en valeur de manière impressionnante.

Elle se retourna rapidement quand elle entendit un hurlement incrédule arriver du restaurant.

— Rose ? Un gâteau de mariage à cinq étages glacé en rose bonbon ? *Mio Dio*, c'est impossible !

Olivia reconnut les tons de voix outragés de Gabriella, la directrice du restaurant et sa rivale d'autrefois.

Nadia pencha la tête et écouta.

— Un gâteau rose ? Est-ce que ça pourrait être la couleur du thème ? demanda-t-elle d'un air incrédule.

— On le dirait, convint Olivia.

— Eh bien, dans ce cas, ce sera le rose. De la mousseline de soie rose pâle, peut-être ?

— Oui. Si le gâteau est rose bonbon, j'imagine que les tentures doivent être de la même couleur, répondit Olivia en hochant la tête.

— Incroyable, dit Nadia en levant les yeux au ciel. Il vaut mieux que j'y aille parce que, si les magasins ferment, nous n'aurons pas de rose du tout.

Elle quitta hâtivement la salle de dégustation. Quand elle ouvrit la porte, une rafale d'air froid s'engouffra. Olivia vit qu'il faisait complètement noir dehors. Un vent puissant soufflait bruyamment et elle était presque sûre qu'il devait également pleuvoir. L'hiver était bel et bien arrivé.

En frissonnant, elle se dépêcha d'aller refermer la grande porte imposante.

Dans le silence qui suivit, elle entendit la voix de Marcello venir de son bureau, qui se trouvait au fond du couloir carrelé. Il y était resté barricadé toute la journée, occupé à résoudre une longue liste de problèmes logistiques.

— Des chaises blanches, *per favore*. Blanc bleuté, pas crème, selon mes instructions. Est-ce possible ?

Olivia l'imaginait là-bas, penché en avant sur son fauteuil en cuir, la tête de côté pendant qu'une mèche égarée de cheveux noirs tombait sur son beau visage et que la lueur chaude de sa lampe de bureau mettait en valeur sa mâchoire carrée.

— Oui, une sonorisation en son multicanal pour l'after. Je vous enverrai les spécifications techniques des haut-parleurs par courriel. Les clients ont l'air d'avoir envie d'un son très précis, l'entendit-elle dire d'un ton éreinté.

Olivia ressentait elle aussi cette fatigue. C'était le premier grand mariage que La Leggenda allait organiser et elle ne savait même pas pourquoi Marcello l'avait proposé. Est-ce que l'exploitation viticole avait tellement besoin de cet argent ? Glacée par l'angoisse, elle se demanda s'ils avaient un nouveau problème financier. Malgré les bonnes ventes des dernières semaines, Olivia savait que les modernisations et les rénovations du second vignoble situé près de Pise que La Leggenda avait acquis récemment avaient coûté beaucoup plus cher que prévu.

Peut-être Marcello anticipait-il de façon à ce que l'exploitation viticole survive aux jours de vaches maigres du milieu de l'hiver. Après tout, un mariage avec plus de cent invités, c'était un événement énorme.

C'était leur tout premier mariage et, franchement, Olivia redoutait ce jour.

Dans sa vie précédente, où elle avait été gestionnaire de comptes publicitaires à Chicago, elle avait détesté les soirées. Non seulement elles étaient cauchemardesques à organiser mais, en plus, la seule chose qu'elles avaient de prévisible, c'était qu'elles étaient imprévisibles. Des choses bizarres et imprévues finissaient toujours par générer des catastrophes de dernière minute.

Une fois de plus, Olivia baissa les yeux vers la liste griffonnée.

Les cent invités venaient tous d'Amérique. En fait, les fêtards riches étaient du New Jersey et, comme Olivia était née à New York, ça l'inquiétait d'entrée de jeu. Elle savait que les touristes américains en groupe pouvaient être extrêmement difficiles ou, pour le dire franchement, odieux à l'étranger s'ils n'étaient pas habitués aux coutumes bizarres et différentes d'autres pays et s'ils s'attendaient aux mêmes niveaux de service qu'à leur restaurant Ruby Tuesday local. Surtout s'ils avaient l'« attitude Jersey » bien connue !

Attitude ou pas, cette mariée avait l'air plus difficile que la moyenne. Olivia redoutait la colère qui pourrait s'ensuivre si la mousseline de soie était du mauvais rose ou si la couleur des meubles avait un soupçon de crème.

À ce moment-là, Gabriella entra à toute vitesse dans la salle de dégustation en marmonnant avec colère. Ses cheveux striés écaille de tortue s'étaient détachés de la coiffure relevée qu'elle avait eue ce matin. Des mèches égarées pendaient sur son visage dont le maquillage initialement parfait tendait maintenant à couler.

Elle se dirigea vers Olivia et, pour une fois, Olivia ne se sentit pas sur la défense.

Comme Gabriella était l'ex-petite amie du beau Marcello, qui l'avait gardée à l'exploitation viticole après leur séparation, Gabriella en avait voulu à Olivia dès le début, car elle avait immédiatement senti qu'il y avait une attirance mutuelle entre Olivia et Marcello. Toutefois, à la grande déception d'Olivia, cette attirance n'avait jamais donné naissance à une véritable relation amoureuse. Alors, à la fin de l'automne, Marcello avait avoué à Olivia que, même s'il aurait voulu

5

que cet amour devienne réalité, il ne pouvait pas prendre le risque de compliquer leur relation de travail. En tant que sommelière en chef également chargée du marketing de l'exploitation viticole, Olivia était devenue trop précieuse pour La Leggenda.

À contrecœur, ils avaient accepté tous les deux de rester amis et Olivia était sûre que Gabriella avait senti leur changement de dynamique grâce à ses instincts finement réglés.

En tout cas, elle avait été moins hostile avec Olivia depuis cette période-là. Maintenant, au lieu du regard furieux auquel Olivia s'était attendue, Gabriella la contemplait d'une manière peu hostile et en levant les yeux au ciel.

— Ce mariage ! s'exclama-t-elle. Pour gérer tout ça, il faut qu'on me paye plus. Ces gens ! Leurs exigences ! Un gâteau de mariage rose qui contient de nombreux cupcakes ? Un cupcake personnalisé pour chaque invité avec son nom dessus ? Il y a cent-huit cupcakes. Les gens seront ivres, prendront le mauvais, et après ? Et en ce qui concerne les pizzas du mariage, je n'ai jamais vu une telle bêtise ! Des pizzas au steak ! Des pizzas aux côtes ! Des pizzas hamburgers ! Des pizzas aux tacos !

Elle passa ses doigts parfaitement manucurés dans ses cheveux.

— Je sais, convint Olivia, étonnée de pouvoir lui parler avec une empathie sincère. Je crains que toute l'exploitation viticole ne déteste les Américains après le mariage !

Gabriella lui adressa un sourire espiègle.

— Ne t'inquiète pas, dit-elle d'un ton complice. Je les déteste déjà.

Olivia la contempla d'un air consterné. Alors, Gabriella éclata de rire.

— Je plaisante, expliqua-t-elle. Dis-moi, où est Jean-Pierre ? Il faut qu'on organise la liste des vins.

— Je suis là.

Le grand Français jeune au caractère bien trempé qu'Olivia avait récemment embauché comme assistant sommelier traversa hâtivement la salle de stockage.

— Sur cette liste, il y a beaucoup de types de vin que nous n'avons pas. Le vin à la pêche ? Le vin à la fraise ? Le vin au coca ? Comment allons-nous satisfaire nos invités ?

— Nous fournirons des carafes étiquetées de jus de fruit et de soda et ils pourront effectuer leurs propres mélanges, décida Gabriella.

— Bonne idée, convint Olivia. Les crus de base devraient probablement être notre célèbre assemblage de blancs La Leggenda et l'assemblage de rouges qui contient beaucoup de Merlot. Ces deux vins sont d'excellente qualité et ils plairont autant au palais sophistiqué des amateurs de vin qu'aux —

Elle hésita, car elle ne voulait pas insulter les touristes qui s'avéraient également être ses compatriotes. Gabriella, elle, n'avait aucun scrupule de la sorte.

— Qu'aux Philistins sans goût qui viendront à cette soirée, cracha-t-elle. Viens, Jean-Pierre, voyons comment on va disposer les carafes.

Elle se détourna prestement et Jean-Pierre la suivit.

Olivia inspira profondément. La répétition de la cérémonie de mariage aurait lieu le surlendemain et, samedi, le mariage lui-même commencerait.

Elle expira lentement. Ce serait vite fini. Elle dramatisait peut-être un peu trop et il n'y avait aucune raison d'avoir aussi peur.

Après tout, ce n'était qu'un mariage.

Que pourrait-il arriver de si grave ?

CHAPITRE DEUX

Quand Olivia passa le portail de sa ferme dans son vieux pick-up Fiat, il faisait complètement noir. Il y avait un portail mais, comme il était vieux, assez rouillé et en queue de sa liste de réparations, elle avait pris l'habitude de le laisser ouvert.

Elle soupira avec contentement quand elle arrêta la voiture devant la ferme. Elle était toujours reconnaissante et étonnée d'être propriétaire de cette ferme de huit hectares située sur un terrain pierreux et vallonné mais riche d'une histoire mystérieuse et de la plus belle vue de toute la Toscane.

Elle avait énormément de chance d'habiter dans cette demeure humble mais accueillante, se dit Olivia. Elle éteignit les essuie-glaces, écouta le crépitement de la pluie sur le toit de la voiture et admira la silhouette indistincte des murs de pierre de la ferme. Même si elle avait dépensé la plus grande partie de ses économies pour acheter le bâtiment délabré et le reste des dites économies pour le réparer, Olivia ne regrettait rien. Cette ferme était infiniment plus exotique que l'appartement chic mais sans caractère qu'elle avait possédé à Chicago.

Olivia poussa un petit cri aigu de surprise quand un museau la poussa de derrière.

Il appartenait à Erba, la chèvre orange et blanche qu'elle avait adoptée. Quand Olivia avait commencé à travailler à l'exploitation viticole, cette chèvre avait pris l'habitude de la suivre jusque chez elle. Maintenant, Erba faisait l'aller-retour de la ferme à La Leggenda avec Olivia. Quand il y avait du soleil, elles y allaient à pied. Quand il pleuvait, Erba voyageait à l'arrière de la voiture.

— Désolée, Erba ! J'ai rêvé et c'est l'heure du dîner, dit Olivia à sa chèvre pour s'excuser. C'est l'heure de te donner à manger et de te mettre au lit.

Olivia sortit de la voiture et se mit la capuche de son manteau pour se protéger de la bruine froide et éclaboussante. Alors, elles coururent toutes deux vers la ferme. Au lieu d'entrer par la porte de devant, Olivia fonça à l'arrière, où une cabane enfant flambant neuve avait été installée devant la cour de la cuisine.

— Rentre ! ordonna Olivia.

Ce logis luxueux était le nouvel abri d'Erba. Olivia ouvrit la porte et Erba bondit sur le tas de paille pendant qu'Olivia partageait son dîner en portions.

Elle avait dû rationner l'herbe à Erba parce qu'elle avait découvert qu'un régime trop riche avait transformé sa chèvre en ouragan d'énergie superflue amateur de coups de tête. Maintenant qu'elle mangeait une dose réduite de luzerne et d'herbe séchée, Erba était redevenue d'un abord très agréable. Elle était jolie, sociable et elle avait beaucoup de caractère.

On ne pouvait rêver d'une meilleure chèvre, se dit Olivia, et elle ne le ferait pas. Une, c'était bien assez !

Olivia laissa la porte entrebâillée avec le crochet pour qu'Erba puisse entrer et sortir. Alors, elle suivit le sentier pavé qui menait à la cour de la cuisine et contourna la maison pour retourner à la porte d'entrée.

Olivia ajoutait quelques pavés toutes les semaines. Elle les installait elle-même. Elle prévoyait d'avoir un jour un sentier pavé étroit qui suivrait un itinéraire sinueux allant de la vigne à la grange puis à la maison, peut-être même jusqu'au portail. Comme ça, elle pourrait parcourir toute la surface pierreuse de sa ferme pieds nus. Pour l'instant, ça lui semblait être une idée folle mais, en été, elle ne pouvait rien imaginer de plus délicieux que marcher sur des pavés lisses et frais dans la chaleur estivale.

De l'autre côté de la porte d'entrée, Olivia entendit un miaulement impatient.

Son chat, Pirate, voulait qu'elle s'occupe vite de lui.

— Bonsoir, mon petit !

Quand elle se fut dépêchée d'entrer et de fermer la porte pour chasser le froid, Olivia souleva le chat noir et blanc et le caressa contre sa poitrine pendant qu'il ronronnait de façon sonore. Pirate s'apprivoisait rapidement et elle devait admettre qu'il grossissait pas mal. Elle n'arrivait pas à croire que, quelques mois auparavant, il avait été complètement sauvage, qu'il avait erré seul sur les terrains de la ferme et qu'il avait eu un besoin urgent de quelques vrais repas.

Olivia mima l'action de le placer dans un porte-chat.

Mmm.

Même s'il devenait urgent de l'emmener chez le vétérinaire, Olivia ne pensait pas encore être prête à placer Pirate dans un porte-chat. Dans le meilleur des cas, elle finirait par se mettre définitivement à dos ce félin à moitié apprivoisé. Dans le pire des cas, elle finirait par perdre beaucoup de sang et par se mettre définitivement à dos le félin susdit.

Olivia soupira. Les chats n'étaient pas faciles à vivre. Elle ne s'était pas rendu compte que c'étaient des créatures aussi complexes. Entre Pirate et Erba, elle avait l'impression d'avoir beaucoup de travail.

Quand Olivia plaça doucement Pirate sur le tapis, son téléphone sonna.

Avec grand plaisir, elle constata que l'appel venait de sa meilleure amie, Charlotte, qui habitait aux États-Unis.

— Salut, Charlotte ! répondit Olivia en souriant de bonheur.

— C'est vraiment agréable d'entendre ta voix, Olivia ! Quand je compose ton numéro, je me dis que j'aimerais être de retour en Toscane, en vacances avec toi. Cela semble vraiment injuste que j'aie dû repartir alors que tu es restée, dit son amie pour plaisanter.

Olivia imagina Charlotte installée chez elle, à son bureau ordonné, avec son nouveau chat qui faisait un somme dans sa corbeille pour courrier entrant et, très probablement, avec une froide pluie matinale qui giclait sur sa fenêtre à double vitrage propre.

— Comment va Bagheera ? demanda-t-elle. Est-ce qu'il se fait à ta maison ?

— On dirait qu'il a toujours été là. J'ai vraiment bien fait d'adopter un chat adulte, dit Charlotte avec enthousiasme.

Olivia verrouilla la porte d'entrée et traversa le hall, dont les murs portaient maintenant des peintures locales colorées. Il y avait une aquarelle d'un balcon avec des géraniums rouges dans la jardinière, un paysage aux collines verdoyantes de toutes les nuances de vert sous un ciel estival lumineux et sa peinture préférée, une nature morte représentant une jolie coupe de fruits. Dans cette toile, Olivia adorait l'intensité des oranges, le rose doux des pêches et son contraste avec les figues vertes ainsi que le violet profond des raisins à l'apparence juteuse.

— J'entends un tintement, dit Charlotte. Laisse-moi deviner. Tu viens de rentrer dans ta maison et de poser tes clés sur la table.

Olivia rit.

— Tu es la reine de la télépathie, dit-elle. J'ai de la chance que Danilo m'ait offert cette belle table d'entrée comme cadeau tardif de pendaison de crémaillère.

Olivia ne pouvait pas regarder la table magnifiquement ouvragée sans penser à Danilo, à son sourire chaleureux et sincère, sa carrure tonifiée et musculaire, sa gentillesse, son humour et ses beaux traits, sens oublier, bien sûr, ses coiffures, ses looks à la mode constamment modifiés par sa nièce apprentie en coiffure.

Olivia sourit tendrement à la table et caressa le bois lisse et poli de la paume de la main.

— Maintenant, je vais dans la cuisine me servir un verre de vin. La journée a été longue, longue et, bon sang, j'en ai besoin. Enfin, je vais donner à manger à Pirate. Il a pris l'habitude de me griffer les chevilles si je tarde à remplir son bol.

Olivia se versa un verre de sangiovese rouge puis tira les rideaux en tartan vert, cachant la pluie abondante et rendant ainsi la cuisine chaude encore plus confortable.

— Pourquoi en as-tu tellement besoin ? demanda Charlotte avec curiosité. On dirait que tu traverses une crise, à moins que je me trompe.

— Nous organisons un mariage, avoua Olivia.

Elle versa des croquettes dans le bol de Pirate puis s'assit à la table de la cuisine.

— Cela dit, ce n'est pas n'importe quel mariage ! C'est un mariage énorme avec plus de cent invités. C'est la première fois que La Leggenda fait ce genre de chose.

Charlotte eut le souffle coupé.

— Oh, comme c'est romantique ! C'est formidable que tu puisses assister à un événement aussi traditionnel. Ça doit être formidable de pouvoir participer à un vrai mariage italien !

Olivia soupira. Si seulement c'était ce qui allait arriver !

— En fait, ça sera différent. Les invités sont du New Jersey.

— Du New Jersey ? Et ils viennent en Toscane ? demanda Charlotte, incrédule.

— J'imagine qu'il y a un lien familial. Ils sont riches et exigeants et je ne suis guère optimiste. Ils ont demandé qu'on recouvre les murs en mousseline de soie rose, Charlotte. De la mousseline de soie rose sur les murs !

Un silence pensif s'installa.

Olivia prit une grande gorgée de vin.

— Cela pourra quand même marcher, dit Charlotte d'une voix pleine de faux enthousiasme. Après tout, si ça se trouve, ils seront tellement impressionnés par l'exotisme du décor que tout se passera sans accroc.

— Ça m'étonnerait ! dit sombrement Olivia à son amie. Ça va être l'enfer.

— Eh bien, je crois qu'il faut que tu reconnaisses que tu as un préjugé contre les mariages. Tu ne les as jamais aimés, dit Charlotte en disputant son amie.

Olivia se leva. Il était temps de commencer à préparer le dîner.

— Moi ? Pourquoi ?

Elle ouvrit le réfrigérateur pour vérifier si le dîner s'était préparé lui-même pendant qu'elle avait été au travail. Hélas, non. Elle enleva un paquet de jambon de Parme, du parmesan et un bocal de cœurs d'artichaut. Elle remarqua que, mis à part ces ingrédients, le réfrigérateur était presque vide. Il faudrait qu'elle se refasse un stock des aliments de base qu'elle préférait au supermarché et chez le traiteur locaux.

Charlotte soupira.

— Parce que, à vingt-deux ans, tu t'es presque mariée, annonça son amie d'un ton triomphant. Tu n'as pas oublié, quand même ? J'ai l'impression que ça t'a dégoûtée des mariages pour la vie. Cela dit, je ne crois pas que ce soit une mauvaise chose.

Olivia fronça les sourcils. Charlotte avait une mémoire d'éléphant ! Pourtant, comment pouvait-on comparer les décisions folles et irréfléchies que l'on prenait à vingt-deux ans avec la sobre maturité des trente-quatre ans qu'Olivia avait maintenant ? Pourquoi sa meilleure amie lui rappelait-elle même un épisode de sa vie qu'elle avait quasiment oublié et qu'elle aurait voulu oublier pour de bon ?

Olivia alluma rapidement la bouilloire et posa un fait-tout sur la cuisinière.

— C'était la folie de la jeunesse.

Même maintenant, elle ne voulait pas en parler. Par contre, Charlotte en avait visiblement envie.

— Tu t'étais vraiment fiancée, même si l'alliance avait l'air de sortir d'une pochette surprise. Je me souviens que c'était peu après que tu avais trouvé un nouveau travail et déménagé à Chicago. À New York City, j'avais été extrêmement étonnée d'apprendre que tu avais changé de vie aussi brusquement et aussi drastiquement. Tu ne m'avais même pas dit que tu sortais avec quelqu'un. Tu m'as appelée et tu m'as dit que tu étais fiancée !

— Tout s'était passé très vite, marmonna Olivia.

— Finalement, qu'est-ce qui n'a pas marché ? Je sais que tu as annulé le mariage au dernier moment parce que, quand je suis arrivée à l'aéroport dans ma belle tenue avec chapeau, tu m'as envoyé un SMS pour me dire de repartir chez moi. Tu pourrais me rappeler pourquoi ?

— Ce n'est pas important, Charlotte. Je ne veux pas en parler maintenant.

Olivia versa de l'eau dans le fait-tout, monta le gaz et ajouta des linguine et une pincée de sel. Le nom de son fiancé avait été Ward, mais ça n'avait aucune importance. Ce n'était certainement pas pertinent dans le cadre de leur conversation présente, qu'Olivia allait tenter de dévier de son mieux, même si elle soupçonnait que faire changer Charlotte de sujet serait aussi facile que détacher une bande Velcro avec les dents.

Tout le monde avait un Ward dans sa vie, n'est-ce pas ? Ce détour embarrassant par un avenir qu'on ne pouvait pas avoir avec une personne avec laquelle on n'était pas censé rester … Certaines personnes n'apprenaient qu'en commettant des erreurs et Olivia avait amèrement appris qu'elle en faisait partie.

Remuant légèrement les pâtes avec une cuillère en bois, elle soupira.

— Bon, tu as raison, admit-elle. Ça m'a effectivement dégoûtée des mariages.

Charlotte rit.

— Je suis sûre que ce mariage sera différent. Ce seront des gens adorables et normaux, dit-elle pour apaiser Olivia. Ce sera un mariage parfait. Il t'aidera à surmonter tes préjugés.

— Mes cicatrices, dit Olivia pour corriger son amie.

— Il t'aidera à guérir tes cicatrices et, un jour, toi et Marcello, vous marcherez peut-être ensemble vers l'autel !

Olivia leva les yeux au ciel.

Alors qu'elle avait passé des mois à se rêver avec le patron le plus sexy du monde, la vérité, c'était qu'elle et le beau Marcello aux cheveux bruns et aux yeux bleus étaient maintenant « bons amis » et rien de plus.

Cela avait montré à Olivia que la passion italienne pouvait effectivement se contenir. Elle se serait bien passée de cet exemple, mais elle n'avait pas eu le choix.

De toute façon, il y avait une autre raison qui la rendait heureuse d'être « seulement amie » avec Marcello ces temps-ci. Elle se demanda brièvement si elle devait parler de ses hésitations sentimentales avec Charlotte.

Est-ce que tout fonctionnerait de la façon qu'elle voulait avec Danilo, son ami plein de charme ? Elle se sentait nerveuse rien qu'à y penser.

Peut-être serait-il mieux qu'elle ne dise rien et qu'elle espère que, la prochaine fois qu'elle parlerait à sa meilleure amie, elle pourrait la surprendre en lui annonçant la nouvelle étonnante qu'elle sortait avec Danilo.

Cependant, quand Olivia se souvint qu'elle n'avait parlé à Charlotte de sa relation sentimentale éclair avec Ward que lorsqu'il avait déjà acheté l'alliance, elle craignit que cacher ses sentiments ne leur porte malheur. Donc, elle décida de les dévoiler.

— Il faut que j'y aille ! dit Charlotte en sabordant le projet de révélation complète d'Olivia. J'ai une conférence téléphonique qui a commencé en avance. Je te rappellerai bientôt. Passe une bonne soirée !

Olivia dit au revoir en souriant, décrocha la planche à découper et trancha le jambon et les artichauts. Les pâtes étaient parfaitement cuites. Elle les égoutta rapidement et prépara son dîner simple mais savoureux : des pâtes avec une dose généreuse d'huile d'olive et de beurre, des artichauts et du jambon de Parme, un peu de crème et une poignée très généreuse de parmesan.

Elle saupoudra le tout de persil italien, ajouta du sel et du poivre et prit le temps d'apprécier sa simplicité pleine de goût.

En fait, ce plat était si beau qu'il exigeait qu'on le photographie, décida-t-elle en le plaçant sur le plan de travail et en prenant plusieurs clichés avec l'appareil photo de son téléphone. Aux États-Unis, ses amis adoraient qu'elle publie des photos de sa vie quotidienne. Or, ces temps-ci, elle en avait négligé le côté culinaire.

Olivia plaça son verre de vin dans le cadre et prit quelques clichés supplémentaires. C'était assurément la touche finale. Le vin complétait l'image à la perfection !

Quand Olivia eut immortalisé son chef-d'œuvre culinaire sur Instagram, elle se rendit dans le hall. Elle avait décidé de lire en mangeant. Sur l'étagère située au bout du hall, où elle gardait ses romans italiens, elle alla faire son choix. Jusque-là, sur l'étagère, il y avait cinq livres d'enfants, trois romans d'aventures pour adolescents et deux romances pour adultes ainsi qu'un dictionnaire et un livre de grammaire grand et lourd qu'elle avait plus de mal à aborder.

Même si elle lisait lentement, elle allait toujours jusqu'au bout des histoires. En fait, il faudrait bientôt qu'elle se rende au magasin de livres d'occasion qui se trouvait au fond du café du village et qu'elle achète quelques livres de plus.

Avec une romance en main, elle revint dans la cuisine avec enthousiasme, impatiente de commencer son dîner.

Cependant, alors qu'elle enroulait le premier morceau de pâtes autour de sa fourchette, elle entendit quelqu'un frapper à la porte d'entrée de manière forte et décisive.

Qui cela pouvait-il être ? Elle n'attendait personne et ses amis ne venaient pas sans prévenir, dans la pluie, si tard le soir. Y avait-il un problème grave dont elle n'aurait pas entendu parler ?

Abandonnant son repas, elle se précipita à la porte.

CHAPITRE TROIS

À la grande surprise d'Olivia, Nadia se tenait dehors. Elle était emmitouflée dans un manteau bleu vif. Elle tenait un parapluie blanc d'une main et un sac de courses de l'autre.

— *Salve !* Je viens chez toi sans te prévenir, dit Nadia en anglais avec une précision quasi-parfaite et en souriant pendant que la pluie giclait sur son parapluie.

— Entre, entre, tu dois avoir froid, dit Olivia en l'invitant à entrer.

Elle fit passer Nadia dans le hall. Pourquoi était-elle ici ? se demanda Olivia. Elle n'avait pas l'habitude de venir la voir sans la prévenir.

— Alors que je revenais de Florence, je suis passée par une des boulangeries de la ville. Ils faisaient des réductions sur ces cookies et ils m'ont vendu deux boîtes pour le prix d'une seule. En veux-tu une ? Ce sont des canestrelli, une de mes variétés préférées !

Elle plaça la boîte sur la table du hall et fouilla dedans.

— Oh, oui, s'il te plaît !

Les cookies délicieusement simples et au goût d'amande subtil étaient couverts de sucre en poudre et absolument addictifs. En fait, Olivia était sûre que c'était en partie à cause d'eux qu'elle avait encore et toujours deux kilos de plus qu'elle n'aurait voulu, comme elle le constatait tous les jours sur sa nouvelle balance dans la salle de bains.

— Tiens, dit Nadia en lui passant la boîte. Mes courses se sont bien passées et j'ai trouvé tout ce qu'il me fallait. J'ai aussi appris quelque chose d'intéressant par hasard, pendant que j'étais à la boulangerie.

Ses yeux foncés brillaient. Nadia adorait les ragots locaux.

— Qu'as-tu appris ? demanda Olivia, captivée par le suspense.

— Eh bien …

Nadia se pencha d'un air complice alors que seul Pirate aurait pu espionner leur conversation. Blotti sur le tapis devant le feu, il avait jeté un coup d'œil interrogatif à Nadia avant de reprendre sa tâche importante : dormir.

— Quoi ?

— Nous n'avons pas été le premier choix pour ce mariage ! annonça Nadia en aparté.

Olivia leva brusquement les sourcils.

— Vraiment ?

Nadia hocha la tête.

— Au début, les fiancés voulaient aller chez Sovestro à Poggio.

— Ils sont très célèbres.

Olivia se souvint qu'ils étaient une des exploitations viticoles principales la région de Chianti et qu'ils étaient installés dans un domaine immense et bien établi.

— Comment as-tu découvert ça ?

— Le week-end dernier, Marcello est allé à la boulangerie Forno Collina. Pendant qu'il y était, il a reçu un appel téléphonique du père de la mariée. L'appel a duré longtemps et Dino, le boulanger, n'a pas pu s'empêcher d'entendre un ou deux mots.

Avec son exagération coutumière, Nadia avait réussi à laisser entendre que le boulanger avait effrontément espionné la conversation.

— Apparemment, Marcello a argumenté très vigoureusement pour qu'ils viennent chez nous, poursuivit Nadia.

— Je me demande pourquoi ça comptait tellement pour lui, dit Olivia. Je sais que c'est un événement qui va rapporter beaucoup d'argent, mais La Leggenda n'a pas de problèmes financiers pour l'instant, n'est-ce pas ? ajouta-t-elle d'un air anxieux.

Nadia haussa les épaules.

— Je ne sais pas pourquoi il a tellement tenu à remporter ce marché. Nos comptes vont bien, oui. Cependant, Marcello pense peut-être que ce pourrait être une nouvelle activité pour laquelle nous devons nous mettre en avant.

Nadia avait les yeux étincelants. Elle adorait gagner !

— De toute façon, poursuivit-elle, je me suis demandé à quoi ressemblait Sovestro. Je n'y suis jamais allée. Je me suis dit que l'une d'entre nous devrait s'y rendre pour espionner, par pure curiosité.

Elle écarta les mains d'un air innocent.

— Moi, je travaille toute la journée de demain, mais c'est ton jour de congé. As-tu prévu quelque chose ou es-tu libre ?

Olivia avait prévu de passer la journée à faire de la lessive, du ménage et aussi des courses urgentes au village.

Alors, elle se rendit compte qu'elle avait mal compris ses priorités. Une journée complète de tâches ménagères ? Quel ennui ! Quelle idée absurde ! Bien sûr que les corvées et les courses pourraient attendre, car l'espionnage était beaucoup plus important. Elle était impatiente d'aller voir ce lieu idyllique et de le comparer à leur propre exploitation.

— J'aimerais beaucoup aller jeter un coup d'œil, dit Olivia. Je te signalerai tout ce que j'y verrai, au cas où ça pourrait nous être utile. Je suis sûre que nous pourrons y trouver l'inspiration.

— J'espère que oui. Bon, maintenant, il faut que j'y aille, dit Nadia.

— Merci pour les cookies.

Olivia attendit que la vigneronne ait saisi son sac de courses maintenant plus léger et repris son parapluie. Un moment plus tard, elle s'était précipitée dans la soirée venteuse et pluvieuse.

Olivia emmena la boîte de cookies dans la cuisine en réfléchissant énergiquement.

Sovestro était une destination très connue, incontournable pour beaucoup des touristes qui venaient visiter la région. De plus, elle avait la réputation d'être romantique.

Elle décida qu'il serait mal avisé de visiter ce lieu magnifique toute seule.

Elle ne put s'empêcher de se sentir nerveuse quand elle commença à envoyer un message à Danilo.

Serait-il disponible au dernier moment ? C'était la première question qui l'obsédait.

La seconde était encore plus cruciale et elle en avait la bouche sèche. Elle décida que le jour était venu. Dans ce décor enchanteur, elle annoncerait à Danilo ce qu'elle ressentait pour lui.

Cela signifierait qu'elle entamerait sa toute première relation amoureuse dans son nouveau pays. Pour elle, cela reviendrait à franchir une étape énorme et pleine de sens.

Est-ce que Danilo aurait les mêmes sentiments pour elle ?

Olivia secoua la tête. C'était trop important pour le dire par SMS. Et s'il ne voyait ce SMS que plus tard ? Il avait peut-être déjà prévu autre chose. En fait, à chaque seconde qui passait, Olivia était encore plus certaine qu'il avait déjà planifié sa journée.

Olivia composa son numéro et attendit qu'il réponde, le souffle coupé.

— *Salve*, Olivia ! dit-il, apparemment ravi qu'elle l'appelle.

— Je me demandais si tu étais occupé demain, dit-elle.

— Moi ? Occupé ? Eh bien, dit-il, il faut que je vérifie.

Olivia remua impatiemment en se demandant ce que faisait Danilo. Il consultait peut-être son agenda ou le calendrier de son téléphone. Visiblement, sa journée n'était pas entièrement libre, donc, de combien de temps disposait-il ? Est-ce qu'il en aurait assez ?

— Oui, je suis occupé, dit Danilo d'un ton catégorique.

Olivia fut très déçue. Elle l'avait invité trop tard. Bien sûr, que Danilo avait d'autres engagements ! L'excursion à Sovestro lui parut beaucoup moins passionnante qu'une minute auparavant mais, alors qu'elle se préparait à répondre avec un « Laisse tomber » faussement joyeux, il reprit la parole.

— Je suis occupé à faire quelque chose avec toi, n'est-ce pas ? demanda-t-il.

Dans sa voix, il y avait une question et aussi du rire. Danilo adorait la taquiner !

— Eh bien, oui, c'est ce que j'espérais !

Maintenant, elle souriait d'une oreille à l'autre.

— Allez, dis-moi. Qu'allons-nous faire et quand ?

— Nous allons à l'exploitation Sovestro de Poggio. Nadia veut qu'on inspecte les lieux et qu'on les évalue. Sans oublier de goûter le vin, bien sûr.

— Cela me semble passionnant. À quelle heure veux-tu que je passe te chercher ?

Olivia se sentit gênée. C'était elle qui l'avait invité et elle avait été sur le point de proposer d'aller le chercher elle-même mais, maintenant, il paraîtrait impoli de refuser sa proposition généreuse. De plus, si elle était passagère, elle pourrait mieux observer la Toscane pendant qu'il conduirait.

— À neuf heures ?

— Le rendez-vous est pris, dit Danilo.

Olivia raccrocha avec un sourire radieux. Elle ne se souvenait pas avoir plus désiré une excursion que celle-là. Il avait parlé de rendez-vous. De rendez-vous ! Elle dansa dans la cuisine sous l'œil curieux de Pirate, qui s'était réveillé pour scruter son comportement étrange.

— Tu as entendu ça, Pirate ? Je vais à un rendez-vous !

Enhardie par la réussite de son appel téléphonique, Olivia enleva le chat de son lieu de repos près de la cheminée et le berça dans ses bras.

Pirate eut l'air alarmé mais, et c'était un « mais » lourd de sens, il resta calme et ne sortit pas les griffes. Pour ce qui était de soulever son chat, Olivia progressait énormément !

Elle le remit doucement à sa place en lui caressant le dos de manière affectueuse pour se faire pardonner son interruption.

Ensuite, elle revint à son dîner et à son livre.

Elle n'aurait pas pu choisir de meilleure lecture qu'une romance italienne, décida-t-elle en croisant les doigts pour que les mots d'amour et les descriptions de sentiments qu'elle lisait sur les pages imprimées deviennent une partie bien réelle de sa vie le lendemain.

CHAPITRE QUATRE

À neuf heures le lendemain matin, Olivia était prête. Elle s'était mis du rouge à lèvres, du parfum et une couche supplémentaire de laque pour empêcher ses tresses blondes mi-longues de friser si la brise les soulevait. Heureuse de constater que la journée allait être belle et ensoleillée, elle se précipita à l'extérieur et vit le pick-up de Danilo entrer par le portail.

— Tu as une nouvelle coiffure, fit remarquer Olivia quand il descendit de la voiture. Ta nièce a fait du très beau travail. J'adore !

Les cheveux de Danilo avaient perdu leur teinte violette précédente et retrouvé leur couleur foncée, brillante et naturelle. La coiffure était magnifique. Grâce aux côtés effilés et proches de la tête, la force de sa mâchoire était mise en valeur. Le haut et la frange, plus longs, tombaient juste au-dessus de ses sourcils foncés, accentuant ainsi l'éclat marron de ses yeux. Olivia se souvint du roman qu'elle avait lu la veille au soir et décida qu'il ressemblait à un héros romantique. Elle faillit le lui dire mais s'arrêta avant d'avoir prononcé les mots, par pure timidité. En fait, elle commençait à rougir.

— Je suis content que ça ait l'air un peu plus naturel, dit Danilo en souriant. Cela dit, pour ce que j'en sais, elle me teindra peut-être en rose la prochaine fois.

Il serra Olivia dans ses bras puis l'embrassa pour lui offrir la salutation italienne maintenant traditionnelle qu'ils avaient choisie.

— Avant qu'on parte, j'aimerais beaucoup voir ta grange, dit-il. As-tu le temps de me la montrer ?

— Oui ! accepta Olivia.

Elle était ravie que Danilo soit intéressé par sa progression. Elle était fière d'avoir transformé le dépotoir qu'avait été sa grange en bâtiment de vinification fonctionnel.

Olivia et Danilo avaient dû travailler dur pendant des mois pour réduire la taille du tas de gravats qui avait occupé la plus grande partie de l'intérieur spacieux du bâtiment. Ce faisant, Olivia avait découvert une seule bouteille de vin intacte et un fragment d'une bouteille beaucoup plus ancienne. Il restait encore quelques brouettes à dégager mais, comme la plus grande partie de la grange avait été vidée, balayée et nettoyée, Olivia n'avait plus travaillé sur le reste du tas depuis deux semaines.

— Alors, pas d'autres trésors, jusque-là ? demanda Danilo quand ils montèrent la colline sur laquelle se trouvait le bâtiment imposant.

— Pas pour l'instant, admit Olivia, déçue. J'espère encore trouver une clé pour la salle de stockage verrouillée qui se trouve dans les collines, mais je n'y crois guère, avec le peu qu'il reste à enlever.

— Et si tu appelais un serrurier ?

Olivia fit la grimace.

— C'est une serrure ancienne. J'en ai envoyé une photo à une entreprise locale, qui m'a dit que c'était une serrure faite main et que fabriquer une clé pour cette serrure serait très long et très cher. De plus, il faudrait d'abord qu'ils forcent la porte pour bien l'inspecter. Je ne veux pas l'endommager.

Olivia soupira.

— Il est clair que la serrure et la clé étaient très spéciales. Je ne peux m'empêcher de me demander s'ils auraient pu non pas perdre la clé mais plutôt la cacher ailleurs, peut-être même dans la ferme.

— N'es-tu pas tentée de chercher immédiatement ? demanda Danilo en se tournant vers elle et en la regardant avec un éclat nouveau dans ses yeux foncés.

— Surtout pas ! protesta Olivia. J'ai passé un accord avec les araignées de ma ferme. Si elles restent cachées, je fais comme si elles n'existaient pas et je les laisse tranquilles. Le problème, c'est que, partout où l'on aurait pu cacher une clé, il pourrait aussi y avoir une araignée !

Olivia se prit dans ses bras de façon théâtrale.

— Comme sur l'étagère qui se trouve au-dessus de la cheminée. Je n'arrive pas à trouver le courage de fourrer une main dans cet interstice étroit.

Olivia s'écarta un cheveu égaré du visage car, soudain, il l'avait fait penser à une araignée qui rampait.

— C'est un problème grave, dit Danilo avec compassion. Cette étagère est un endroit dangereux. Je craindrais même de l'éclairer avec une lampe. Imagine si les yeux d'une araignée me contemplaient de là-bas !

Danilo frissonna de façon théâtrale, les yeux écarquillés. Il craignait encore plus les araignées qu'Olivia, en supposant que ce soit possible.

Olivia ne voulait pas lui avouer qu'elle avait une autre raison plus importante de laisser cette salle de stockage isolée en l'état. La vérité, c'était qu'elle ne pourrait pas supporter sa déception si ce bâtiment secret, caché entre les arbres de la forêt qui couvrait la colline, s'avérait être vide. Son mystère faisait partie du charme de sa ferme. Verrouillé, il était plein de possibilités captivantes et contenait tout ce qu'elle imaginait.

Déverrouillé, il pourrait ne contenir que de la poussière, de la tristesse et des vieilles toiles d'araignées.

Le visage de Danilo s'illumina quand ils passèrent le coin de la grange.

— Tu as installé des portes ! Quelle différence ! Elles sont belles.

Olivia était ravie que Danilo pense que les portes qu'elle avait trouvées dans une décharge allaient bien à la grange. Elle avait passé des heures à les poncer et à les peindre et les énormes gonds neufs qui les soutenaient avaient coûté presque aussi cher que les vieilles portes malmenées par les éléments.

— Elles sont si lourdes que le bricoleur a dû emmener trois assistants pour l'aider à les installer, expliqua Olivia, mais elles sont solides et, bien qu'elles soient vieilles, j'espère qu'elles ont encore quelques décennies devant elles.

— Tu t'en es bien occupée, dit Danilo en passant un doigt sur la peinture crème lisse d'un air approbateur. Elles devraient vraiment durer.

Olivia fut ravie par le compliment, surtout parce que, en tant que menuisier et artisan du bois de métier, Danilo venait de lui offrir son opinion professionnelle sur les efforts acharnés qu'elle avait déployés.

Cependant, quand elle ouvrit la porte, il fronça les sourcils d'un air perplexe.

— Où est ta chèvre, Olivia ? Sa litière était dans le coin.

Il désigna la zone maintenant vide, bien balayée et non poussiéreuse qui se trouvait près de l'embrasure de la porte.

— J'ai acheté une maison d'enfant pour Erba. Maintenant, elle habite près du jardin d'herbes aromatiques et elle y semble très heureuse. J'ai décidé de la sortir de la grange, parce que —

Olivia sentit qu'elle rougissait. Elle était embarrassée par sa chèvre. Ne disait-on pas « Tel animal domestique, tel propriétaire » ? Elle inspira profondément.

— Parce qu'Erba est obsédée par le vin ! avoua-t-elle. C'est son seul défaut réel, maintenant, car elle ne donne plus de coups de tête. Elle avait commencé par aimer le vin bon marché, mais elle est en train d'adopter des goûts plus coûteux. Si je la laissais dans la grange pendant la nuit, j'aurais trop peur qu'elle renverse les cuves de fermentation et trouve un moyen d'y entrer.

Tout en parlant, elle jeta un coup d'œil autour d'elle. Comme pour prouver qu'elle avait eu raison, Erba était déjà en train de regarder par la porte avec curiosité.

— Tu vois ? Elle est là.

— Oui, ton vin fait l'effet d'un aimant, observa Danilo. Nous allons devoir nous presser.

Il avança vers les cuves.

— Ça, c'est mon vin de glace, dit fièrement Olivia. Il est fabriqué à base de raisins qui ont gelé sur la vigne. Il m'a fallu une journée entière pour faire le tour de ma ferme et pour trouver toutes les grappes de raisin sauvages.

Elle se souvint qu'elle avait été très fatiguée le lendemain, après avoir erré sur ce terrain vallonné, s'être penchée et étirée pour cueillir toutes les grappes de raisins grasses et gelées et les avoir ajoutées au sac toujours plus lourd. De temps à autre, elle avait dû amener sa récolte dans la grange, transvaser les raisins dans le congélateur coffre pour qu'ils restent gelés dans les confins abrités de la grange puis recommencer.

— Donc, tu dis que le vin de glace est un vin sucré ? demanda Danilo. Comme les vins nobles de vendange tardive ?

— Sucré, oui.

Olivia désigna fièrement les deux grandes cuves en acier où son vin subissait sa première fermentation. Quand elle serait terminée, elle comptait la transférer dans les fûts en chêne qu'elle avait placés contre le mur du fond de la grange.

— Il est sucré parce que les raisins sont très mûrs quand arrive le gel et que les cristaux de glace gèlent l'eau qui se trouve dans les raisins. Donc, même s'il n'est pas aussi sucré qu'une récolte noble de vendanges tardives, ce n'est absolument pas un vin sec. Il est sucré et rafraîchissant. J'espère que mon cru aura une pointe de fraise.

— Il sera probablement délicieux, convint Danilo en inspectant les cuves brillantes. Tu as bien démarré. Maintenant, il faut que tu sois patiente. Je crois que c'est le pire moment.

— C'est sûr ! J'ai fait des cauchemars où les cuves ont explosé ou fui, ou alors, où j'ai laissé la porte ouverte un soir et où Erba est entrée.

Quand Olivia se retourna, elle vit sa chèvre avancer avec enthousiasme vers la cuve la plus proche.

— Dehors ! Tu vois ? Elle est attirée par le vin.

Olivia chassa sa chèvre de la grange. Leur inspection des installations viticoles était terminée. D'ailleurs, il n'y avait pas eu grand-chose à inspecter, mis à part les cuves qui contenaient ses espoirs et ses rêves de fabrication d'un vin unique et délicieux.

Olivia vérifia que les portes de la grange soient correctement fermées puis ils se dirigèrent vers la voiture de Danilo. Quand elle y monta, elle sentit l'odeur du café qui s'échappait des gobelets à emporter. Danilo faisait toujours bien les choses. Il était un compagnon de voyage très agréable.

Quand ils partirent, elle vit que deux lettres étaient coincées dans le côté de son portail ouvert.

— Tu peux t'arrêter, s'il te plaît ? Il faut que je prenne ces lettres avant qu'elles soient mouillées par la pluie ou emportées par le vent, demanda Olivia en baissant la vitre de la portière.

Elle avait pris l'habitude de courir après les enveloppes égarées sur la route et de sécher les pages mouillées dans le tiroir chauffe-plat.

— Il faut que j'achète une boîte aux lettres.

Elle ne s'était même pas rendu compte que l'on livrerait le courrier dans cette ferme campagnarde isolée, mais les postiers italiens semblaient ne jamais se décourager. Vu leur dévouement, Olivia n'avait pas voulu acheter de boîte aux lettres ordinaire mais en chercher une plus amusante, avec un thème, comme le vin, ou les chèvres. Elle n'avait pas encore eu le temps d'aller la chercher dans les magasins et, par voie de conséquence, elle courait constamment après ses lettres égarées.

Elle se pencha par la vitre et attrapa le petit paquet.

— Un relevé de compte bancaire, un dépliant sur les investissements (il faut que j'appelle la banque pour lui dire de m'envoyer par ça par courriel) et une carte postale de ma mère ! dit Olivia en riant. Je ne peux pas recevoir ça par courriel.

Comme elle ne voulait pas interrompre leur excursion distrayante, elle jeta un coup d'œil rapide à la carte postale.

— Elle a pris l'habitude de m'envoyer des cartes postales à chaque fois qu'elle voyage. Je ne sais même pas où elle les trouve. Est-ce que c'est encore à la mode ? Celle-ci vient d'une station de sports d'hivers des Catskills. Elle est allée y fêter le soixantième anniversaire d'une amie et elle a envoyé cette carte il y a deux semaines. Vive la poste internationale !

Comme Danilo était arrêté à l'intersection de la route principale, Olivia lui montra rapidement la carte postale, où l'on voyait une vue magnifique sur un lac, puis elle lut le texte à voix haute.

— *Bonjour, Olivia. On est arrivés et on s'amuse beaucoup. Cette station a une excellente cave à vins. Hier soir, nous avons bu un vin pétillant sucré Spumante de Californie.*

Olivia leva les yeux au ciel.

— Ma mère n'a pas la passion du vin comme moi, mais elle essaie d'agrandir son répertoire, expliqua-t-elle à Danilo avant de continuer. *J'aimerais que tu sois là, mon ange, et je suis impatiente que ta folle virée en Italie prenne fin. Il y a un magnifique appartement à vendre en ville, à tout juste dix minutes de voiture de chez nous. Il a une vue sur toute la ville et il serait idéal pour toi ! Hier, ton père a attrapé un poisson de quarante centimètres, mais il l'a relâché. Il l'attrapera peut-être à nouveau aujourd'hui ! Bises.*

Olivia eut envie de lever les yeux encore plus haut quand elle eut lu le message de sa mère. Sa mère pensait constamment qu'Olivia rentrerait un jour aux États-Unis et ça devenait énervant, mais elle savait par expérience qu'il n'existait aucun moyen facile de la faire changer de sujet, mis à part rester en Italie et, comme elle l'espérait, réussir son travail sur le long terme et lancer son exploitation viticole encore en projet.

Heureusement, comme la carte postale était entre Danilo et elle, Danilo ne pouvait pas voir son expression agacée, se dit Olivia.

— Ah, les mères ! dit-elle avec un soupir en baissant la carte.

En fait, Olivia ne savait pas comment expliquer le caractère excentrique et entêté de Mme Glass à Danilo. Il aurait fallu toute la journée.

Elle s'attendait à ce que Danilo lui témoigne une compassion pleine d'humour mais, à sa grande surprise, quand il passa sur la route principale, il fut étrangement muet et austère. En fait, il ne montra même pas qu'il avait entendu ce qu'Olivia avait dit. C'était comme si elle n'avait pas du tout été dans la voiture.

Olivia se sentit mal à l'aise. Pourquoi Danilo était-il soudain si renfermé et pourquoi cet homme habituellement spontané ne lui disait-il pas ce qui l'embêtait ?

Elle commença à craindre que leur journée de détente n'ait mal démarré.

CHAPITRE CINQ

Quand ils approchèrent de la ville médiévale de San Gimignano, où se trouvait l'exploitation viticole, Olivia réussit à ne plus s'inquiéter du mutisme inhabituel de Danilo. La ville était magnifique et semblait sortir d'un conte de fées. Installée dans un paysage de collines d'apparence mystérieuse, elle était constellée de bâtiments en pierre, dont plusieurs tours impressionnantes qui semblaient briller dans la lumière basse de l'hiver.

Ayant lu sur le sujet, elle se souvint que San Gimignano, que l'on appelait « La Ville des Belles Tours », portait aussi le surnom de « Manhattan de la Toscane » grâce à sa ligne de toits impressionnante. Comme c'est merveilleux de la voir en vrai, se dit Olivia en passant un bras par la vitre pour trouver l'angle parfait avec son téléphone alors qu'ils approchaient.

Il y avait un hôtel d'apparence luxueuse au pied de la colline. Olivia eut le plaisir d'y voir une grande piscine bleu turquoise qui figurait à la place d'honneur parmi les bâtiments anciens en pierre. Elle imaginait que les touristes devaient adorer cet endroit pendant les mois d'été.

Au-delà de l'hôtel, il y avait le petit vignoble familial Guardastelle. Les rangées de vignes bien ordonnées striaient la colline et s'élevaient d'un lit de brumes matinales dans la vallée du dessous.

Comme ils étaient au milieu la région de Chianti, célèbre en Italie, il n'y avait rien d'étonnant à ce que cette exploitation viticole soit spécialisée en production de Chianti et Olivia était impatiente de goûter leurs vins de qualité.

— Sur leur site, j'ai lu que la dégustation comprend une visite du vignoble ainsi qu'une dégustation d'huile d'olive et d'en-cas. Est-ce qu'on fait la visite ?

— Bonne idée, acquiesça Danilo. Ça nous occupera toute la matinée.

Il remonta l'allée en gravier longée de haies bien coupées et de parterres de fleurs qui, même en hiver, avaient l'air colorés et accueillants. Olivia imaginait que, en été, ils devaient être pleins de fleurs de toutes les couleurs.

Quand ils sortirent de la voiture, Olivia vit qu'une femme souriante aux cheveux frisés les attendait à l'entrée de l'exploitation viticole.

— Bienvenue à Guardastelle, dit-elle chaleureusement pour les accueillir. Je suis Ricky, la sommelière. Êtes-vous venus pour la dégustation ou pour la visite complète du vignoble ?

— La visite complète, s'il vous plaît, dit Olivia.

Elle jeta un coup d'œil à Danilo pour vérifier s'il était aussi enthousiaste qu'elle et fut déçue quand elle constata qu'il avait repris son air solennel et préoccupé.

Elle était impatiente de partir dans les vignes et de voir comment ce domaine s'occupait de ses raisins. Elle était sûre qu'elle récolterait quelques conseils précieux pour ses propres vignes et espérait que cette visite éducative remonterait le moral à Danilo et lui ferait oublier ses soucis.

— Suivez-moi. Je vais vous faire visiter le domaine dès maintenant. À cette époque de l'année, peu de gens viennent faire la visite. Ils préfèrent en majorité rester à l'intérieur, goûter et apprécier nos en-cas. Je suis contente d'avoir l'occasion de voir mes propres vignes, même s'il n'y pousse aucun raisin en ce moment ! dit-elle en riant.

— Je remarque que vous avez quelques champs orientés au nord, dit Danilo pendant que la femme enthousiaste les guidait en suivant le sentier de gravier qui menait au premier vignoble.

— C'est exact, dit Ricky en souriant. Il nous a fallu longtemps pour déterminer quels raisins préféraient les flancs de coteau orientés au nord et lesquels, la majorité, bien sûr, aimaient les flancs de coteau orientés au sud. Cela a été très instructif pour nous, car, ainsi, nous avons pu connaître nos plantations de raisins à fond et découvrir où ils voulaient vraiment être. Quand nous avons résolu cette énigme, notre production a doublé.

Olivia était fascinée. C'était une information incroyablement utile. L'avantage, c'était que les raisins prospéreraient à l'endroit idéal pour leurs caractéristiques. L'inconvénient, bien sûr, c'était qu'elle aurait probablement besoin de dix ans de plus pour appliquer cette règle à sa propre ferme. Cependant, elle apprendrait tous les ans. Grâce à cette information, elle progresserait plus vite avec son terrain très vallonné, qui avait quelques flancs orientés vers le nord. Maintenant, Olivia se sentait optimiste, car elle savait qu'elle pourrait exploiter ces flancs.

— Mis à part le sangiovese, quels raisins utilisez-vous le plus ? demanda Olivia.

— Du canaiolo nero, qui est un raisin fruité à l'acidité plus douce et du ciliegiolo. Ils ajoutent fraîcheur et vivacité au vin et ils conviennent particulièrement bien aux vins que l'on consomme plus tôt et que l'on ne stocke pas longtemps. Bien sûr, nous utilisons aussi le colorino pour apporter une couleur sombre et intense à nos vins, expliqua Ricky.

Quand ils atteignirent le bas de la pente, le damier de vignes céda la place à un bosquet d'oliviers bien établi. C'était la deuxième culture essentielle de Sovestro. Ils produisaient et exportaient beaucoup d'huile d'olive et une table de dégustation était installée sous un vieil olivier immense.

Olivia adorait l'huile d'olive et ne passait pas un jour sans en consommer sous une forme ou une autre, comme assaisonnement savoureux pour sa salade, en filet sur du pain ou des pâtes ou pour ajouter une coloration riche et brune à de la viande braisée ou grillée. Elle était très heureuse de pouvoir goûter cette huile à l'ombre d'un des arbres qui l'avaient produite. Elle se dit qu'installer une table de dégustation était une excellente idée et qu'ils pourraient le faire à La Leggenda. Cela ajouterait une dimension nouvelle à leur offre et cela fournirait aussi une expérience spéciale aux invités qui préféraient ne pas boire de vin.

Alors qu'elle savourait les huiles, trempant des morceaux de pain dans chaque huile pour absorber le goût et aussi la texture, Olivia eut l'impression qu'elle avait été transportée à un million de kilomètres de tous ses soucis.

Avec la perfection toute simple de ces huiles fabriquées avec soin, le pain moelleux à la croûte croustillante et les bols dorés qui semblaient être remplis de lumière solaire liquéfiée, elle avait l'impression d'avoir pris des vacances, loin des inquiétudes de la réalité.

— Est-ce que tu apprécies ta reco ? demanda-t-elle à Danilo.

— Reco ?

Même si l'anglais de Danilo était bon, il y avait des termes qu'il ne connaissait pas.

— C'est une abréviation pour « reconnaissance ». À l'origine, c'est un terme militaire. On visite un endroit pour l'inspecter.

Alors qu'elle parlait, le mot *ricognizione* lui vint en tête. Elle était sûre que c'était le mot italien, qu'elle avait dû apprendre en lisant. Si seulement elle avait eu le courage de le dire à voix haute ! Seulement, elle était sûre que son accent aurait l'air stupide et maladroit, pas musical et séduisant, comme l'anglais que parlait Danilo.

Danilo hocha la tête.

De plus en plus anxieuse, Olivia essaya de le faire parler plus. Elle espérait que parler lui remonterait le moral et, même si elle ne voulait pas lui poser de question directe, il pourrait peut-être lui expliquer ce qui l'embêtait.

— Comment va ton activité ? lui demanda-t-elle.

Elle espérait qu'il aurait des projets intéressants en cours et que, s'il en parlait, ça pourrait lui remonter le moral. Il était peut-être occupé à concevoir une maison de poupée pour enfant ou à préparer les installations d'une nouvelle boutique chic.

— Tout se passe bien, dit-il. J'ai des commandes pour trois mois, deux magasins à rééquiper dans des villes voisines et, actuellement, je fabrique une série de chaises de salle à manger en une qualité fantastique d'acajou. Elles vont être superbes.

Au grand soulagement d'Olivia, parler de sa passion et de son commerce semblait rendre Danilo plus positif.

— As-tu étudié le travail du bois à l'école ? Comment as-tu appris le métier ? demanda-t-elle.

— Quand j'étais enfant, j'y passais des heures le week-end. Mon père était ingénieur et il travaillait tout le temps sur des projets et des idées dans sa remise. Il m'a transmis sa passion pour l'invention et la création. En fait, j'ai aussi étudié l'ingénierie puis la vie m'a fait changer de direction. Pendant presque dix ans, j'ai travaillé sur d'énormes porte-conteneurs ; j'ai parcouru les océans.

— Vraiment ?

Olivia était fascinée. C'était un côté de la vie de Danilo qu'elle n'avait jamais connu ou même imaginé.

Elle prit un autre morceau de pain, le trempa dans l'huile dorée et le mâcha en écoutant son histoire.

— Le salaire était excellent. J'avais toujours voulu amasser une fortune en partant à l'aventure et c'était ma chance. Toutefois, vivre sur un navire au milieu d'un grand océan, c'était différent de ce que j'avais imaginé. Les porte-conteneurs ne s'arrêtent pas dans les jolis ports, comme les navires de croisière. De plus, j'étais loin de la Toscane, de mes amis, de nos collines, de nos villages et de nos vignes, dit-il d'un air navré.

Olivia hocha la tête. Elle comprenait ce qu'il avait dû ressentir. Elle regarda autour d'elle et comprit qu'elle ne pourrait pas imaginer dire adieu à ce magnifique paysage, pour quelque durée de temps que ce soit, et certainement pas dix ans !

— Cela a dû être une aventure, mais difficile, suggéra-t-elle.

— Oui. C'est une bonne description. J'étais content, mais triste.

— Pourquoi es-tu revenu ? demanda-t-elle, mais Danilo haussa les épaules et Olivia constata avec inquiétude que son froncement de sourcils était de retour.

— Pour diverses raisons. Aucune d'elles ne ferait une bonne conversation maintenant, dit-il d'un ton abrupt.

Olivia se mordit la lèvre inférieure. Elle avait cru qu'elle progressait mais, à présent, Danilo semblait avoir retrouvé sa mauvaise humeur de manière définitive.

— Est-ce que vous êtes prêts pour la dégustation de vin, maintenant ? demanda Ricky.

Olivia se leva, contente que le silence inconfortable ait été interrompu.

— Oui. En fait, je suis impatiente, dit-elle, et Ricky sourit.

— Nous avons trois vins disponibles à la dégustation, aujourd'hui : deux variétés de Chianti et notre assemblage de blancs.

Olivia fut impressionnée quand Ricky versa le vin. Ce n'étaient pas des portions de dégustation. Dans cette exploitation viticole, on offrait généreusement des verres pleins.

Le second Chianti fut son préféré de la journée. Fruité, grand, fier, il réussissait à être presque, mais pas tout à fait, impertinent. Elle se dit que, si ce vin avait été un homme, elle serait fortement tombée sous le charme.

Danilo soupira et inclina son verre pour admirer l'éclat rubis de son contenu. Olivia se sentit heureuse de voir qu'il appréciait le vin. Son humeur s'améliorait peut-être. Si ces vins excellents ne le réjouissaient pas, elle ne savait pas ce qui le pourrait.

— Magnifico, dit-il. Un jour, je rêve de fabriquer un vin de cette qualité avec mes vignes.

— Depuis combien de temps fabriques-tu ton propre vin ? demanda-t-elle.

— C'est seulement ma deuxième année. La première année, j'ai commis une erreur et j'ai gâché toute ma production.

Olivia secoua la tête, compatissante. C'était là le cauchemar de tout viticulteur.

— Je produis des quantités si réduites que ce n'est vraiment qu'un passe-temps, expliqua Danilo. Ça me permet de m'occuper les mains sans scier, poncer ni polir. Toutefois, je crois que je préfère le travail du bois, car il plus prévisible. Tous les ans, quand je recommence à produire mon vin fait maison, mes soucis reviennent.

— Je comprends, dit Olivia.

Elle se dit que le processus ne serait jamais facile et comporterait toujours sa dose d'anxiété, que l'on produise quelques bouteilles pour sa propre consommation ou que l'on désire devenir un vignoble commercial.

Elle avala la dernière gorgée de son délicieux Chianti.

Dès qu'ils eurent fini, leur hôtesse attentive fut prête à les emmener à l'étape suivante de leur circuit de dégustation.

— Dans le bâtiment principal, il y aura un déjeuner léger avec des viandes froides, du pain fait maison et des pâtes, des olives et du miel local, dit Ricky en souriant. Si on continue sur ce sentier, il y a des vues spectaculaires.

Le mot *spettacolare* vint à l'esprit à Olivia. Elle commençait à traduire automatiquement l'anglais en italien. Cela devait vouloir dire qu'elle faisait de grands progrès linguistiques.

Olivia remercia Ricky une fois de plus puis partit sur le sentier avec Danilo. C'était merveilleux de se promener dans ce domaine ravissant par une journée d'hiver aussi parfaite. En contemplant les vues qu'offrait le sentier à chaque tournant, Olivia se souvint à nouveau pourquoi elle était tombée amoureuse de la Toscane.

En outre, comme Olivia pensait aussi à ses sentiments, elle passa un bras autour de la taille de Danilo pendant qu'ils admiraient les vues. Quand il passa un bras autour d'elle à son tour, le contact fit battre le cœur d'Olivia plus vite et Olivia se demanda si Danilo pensait comme elle que, ici, à cet endroit idyllique, le moment était venu de faire progresser leur relation.

C'était peut-être pour cette raison qu'il avait été si muet toute la journée, se dit soudain Olivia. Après tout, commencer une relation amoureuse avec une bonne amie, c'était une étape difficile à franchir, car, si la relation sentimentale échouait, l'amitié risquait d'en souffrir. Peut-être le craignait-il autant qu'elle.

Ça devait être ça ! Olivia se sentit très soulagée d'avoir compris pourquoi Danilo s'était comporté de manière aussi étrange.

Elle décida de prendre les devants. Après tout, c'était elle qui avait suggéré cette excursion.

Son opportunité arriva quelques minutes plus tard, quand le sentier bordé d'arbres prit un nouveau tournant et qu'ils atteignirent une clairière qui offrait la vue la plus stupéfiante qu'ils aient pu apprécier jusqu'à présent.

— À chaque fois que nous gagnons en altitude, ces points de vue deviennent plus beaux, dit Olivia.

Elle passa à nouveau un bras autour de la taille de Danilo et sentit son cœur battre plus vite quand il fit de même avec elle.

— C'est merveilleux d'être ici. Ça me rappelle pourquoi je suis revenu dans cette région, avoua Danilo. Ici, on tombe facilement amoureux de la vie et des paysages.

Il l'avait dit. Il avait prononcé le mot « amoureux ».

— Je crois que je suis en train de tomber amoureuse d'autre chose que ça, dit-elle doucement. Danilo, ça fait un certain temps que j'ai envie de te dire ce que je ressens et je crois que le bon moment est venu.

Olivia se tourna vers lui et le sentit instinctivement approcher d'elle. Le souffle coupé, elle attendit qu'il lui réponde. Elle avait remarqué sa bouche, bien sûr, mais n'avait jamais vu que ses lèvres étaient parfaitement sculptées. Maintenant, il ne souriait pas, mais il la contemplait avec une expression à la fois grave, intense et — et quelque chose d'autre.

Olivia ferma les yeux. Elle savait que le moment qui arrivait lui offrirait le baiser qu'elle attendait et qu'il changerait sa vie entière. Elle était sûre que Danilo sentait la vitesse à laquelle son cœur battait. Commencer une nouvelle relation, c'était passionnant, merveilleux, mais c'était aussi stressant et éprouvant pour les nerfs, se souvint-elle.

Surtout quand le baiser auquel on s'attendait ne venait pas !

Olivia ouvrit brusquement les yeux, soucieuse.

Danilo contemplait la vue, la tête levée comme s'il n'avait ni remarqué ni compris le langage corporel d'Olivia.

Il était silencieux et sa mâchoire avait l'air figée et ferme.

Il avait compris ce qu'elle voulait dire, Olivia en était certaine. Il l'avait compris et il avait rejeté son invitation à aller plus loin.

Alors, Olivia se sentit tellement déçue qu'elle eut l'impression qu'elle dévalait cette colline panoramique aux pentes raides et finissait dans la rivière aux méandres pittoresques qui coulait en bas.

Elle sentit ses joues rougir sous l'effet de l'embarras et le lâcha rapidement.

— Bon sang, j'ai eu le vertige pendant un instant, dit-elle hâtivement en essayant d'expliquer ses actions d'une manière qui ne causerait pas encore plus d'embarras. Tout ce vin merveilleux que nous avons dégusté, puis la vue depuis cette colline pentue — holà. J'espère que je ne t'ai pas serré trop fort quand j'ai cru que j'allais tomber.

Elle s'éventa vigoureusement le visage.

— Continuons. Je suis sûre qu'un peu de nourriture me calmera l'estomac.

Regardant fermement devant elle, elle continua d'avancer sur le sentier, à grande vitesse, devant Danilo.

Elle ne savait pas si elle arriverait à manger la nourriture dont elle avait parlé avec tant d'enthousiasme. Son appétit était tombé aussi bas que la jolie rivière sinueuse, lui aussi. Elle ne savait pas quand, ou si, elle le retrouverait après que ce moment romantique s'était transformé en un désastre aussi affreux.

Qu'avait-elle fait de mal ? Elle n'en savait rien !

Elle avait dû interpréter la dynamique entre eux complètement de travers et, maintenant, elle avait l'impression d'être la pire imbécile de toute la Toscane.

— Allons déjeuner ! annonça-t-elle d'un ton faussement joyeux en entrant dans la salle de dégustation de vin.

Elle avait marché si vite depuis la colline qu'elle avait distancé Danilo. Quand il entra, elle s'était déjà assise. Ou alors, il avait peut-être laissé quelque distance entre eux de manière délibérée, se dit-elle.

Olivia n'était pas certaine de grand-chose. Dans sa confusion, tout ce dont elle était sûre, c'était que, dans le domaine sentimental, cette excursion avait été la pire catastrophe qui soit.

Pourtant, elle savait qu'elle ne pouvait pas lui montrer à quel point son rejet l'avait heurtée et bouleversée. Cela n'aurait fait que rendre les choses encore pires. Elle tremblait sous le choc et avait envie de pleurer, mais elle décida de faire preuve de courage.

D'une façon ou d'une autre, elle allait devoir se forcer à manger tout un plat de nourriture pour prouver qu'elle se sentait bien après le vertige passager qu'elle avait eu sur la colline.

Après ça, elle ne savait vraiment pas ce qu'elle ferait.

Elle n'aurait jamais imaginé que sa journée d'excursion, qui lui avait inspiré tant d'espoir, se terminerait sur une déception aussi amère. Il était clair que Danilo ne voulait pas entamer de relation amoureuse avec elle et qu'il ne voulait pas non plus lui donner ses raisons.

Elle ne saurait jamais pourquoi il ne voulait pas d'elle et, le pire de tout, c'était que, après ce désastre, elle ne savait absolument pas s'ils pourraient retrouver l'amitié chaleureuse et détendue qui avait tellement compté à ses yeux.

Ou alors, est-ce que sa tentative irréfléchie de séduction avait aussi détruit cette amitié ?

CHAPITRE SIX

Le lendemain matin, Olivia fut réveillée par le son d'une pluie froide et abondante.

— Argh, soupira-t-elle en se redressant et en contemplant l'averse glaciale.

Comme sa vie sentimentale, le temps s'était gravement détérioré.

— Pirate, je ne sais pas quoi faire, avoua-t-elle à son chat d'une voix tremblante.

Quand elle le caressa, elle apprécia le réconfort que lui apportait sa fourrure et l'habitude adorable qu'il avait prise récemment de se frotter la tête contre sa main. Au moins, la loyauté du chat d'Olivia était constante. Pirate s'apprivoisait peu à peu et devenait un merveilleux compagnon de la race féline. En fait, la distraction qu'apportait sa présence noire et blanche dans sa vie poussait Olivia à se demander pourquoi elle n'avait jamais eu de chat avant.

Les chats étaient les meilleurs animaux de compagnie qui soient. Les meilleurs ! Elle voyait que Pirate avait de la compassion pour sa peine.

— Je ne sais pas si on peut encore être amis, Danilo et moi. En ce moment, ça m'a l'air trop embarrassant et je suis trop vexée. Je pourrais dire une chose que je regretterais ensuite. Je ne crois pas que nous pourrons nous remettre de ce qui s'est passé hier. Je ne suis même pas sûre de savoir ce qui s'est réellement passé, ou pourquoi, confia-t-elle à son félin compréhensif.

Elle sortit de son lit et fit de son mieux pour écarter ses pensées sinistres. Aujourd'hui, c'était la répétition de mariage. Cela allait probablement être une journée longue et exigeante et elle était presque certaine qu'elle ne se déroulerait pas sans accroc.

Au moins, elle serait trop occupée pour s'inquiéter au sujet de Danilo.

Quand elle se fut habillée et coiffée très élégamment, Olivia descendit et donna à sa chèvre une nouvelle portion de carottes. Elle ajouta des croquettes et de l'eau pour Pirate de façon à ce qu'il n'ait pas faim si elle rentrait tard. Assise dans sa cuisine, elle but une tasse de café en essayant de ne pas penser au fait que c'était Danilo qui lui avait donné ce paquet de grains de café.

Alors, elle sortit de la ferme et inspira profondément l'air frais et piquant qui, pour elle, semblait toujours avoir une légère odeur d'herbes médicinales.

— Il va juste falloir que je fasse de mon mieux, se rappela-t-elle. Rien ne se produit sans raison. Nous pourrons peut-être recommencer, rebâtir notre amitié.

Elle se mit son sac à main à l'épaule, verrouilla la porte et se dirigea avec détermination vers sa voiture. Erba bondit à l'arrière, Olivia s'installa à l'avant et elles partirent au travail.

Dès qu'Olivia s'arrêta dans le parking, elle vit que l'endroit débordait déjà d'activité. Deux camions de traiteurs étaient garés en face de l'entrée du restaurant et Olivia fut sûre que Gabriella travaillait déjà d'arrache-pied dans sa cuisine depuis des heures. Le SUV de Marcello était couvert de gel, ce qui indiqua à Olivia qu'il avait dû commencer à travailler avant l'aube.

Quand elle claqua la portière de sa voiture, elle fut accueillie par un « Bonjour ! » retentissant.

Jean-Pierre était arrivé.

Le jeune Français dégingandé et passionné avait l'air d'être tout à fait à sa place. Il avait soigneusement mis du gel dans ses cheveux foncés et il portait un pantalon noir et une belle chemise à rayures grises et blanches.

— C'est merveilleux, n'est-ce pas ? dit Jean-Pierre en haletant. Notre premier grand mariage est presque devenu réalité ! Tu imagines si on pouvait produire d'autres événements de cette envergure ?

Était-ce la différence entre avoir vingt-et-un ans et en avoir trente-quatre ? se demanda Olivia. Elle s'inquiétait beaucoup pour cette journée, alors que Jean-Pierre l'ingénu débordait d'espoir et d'optimisme.

Olivia décida qu'il fallait qu'elle suive son exemple.

— La journée va être passionnante, convint-elle.

Elle entra dans l'exploitation viticole, où il régnait déjà une chaleur douillette. Des feux brûlaient dans les cheminées du hall et de la salle de dégustation et des tas de bois étaient empilés à côté. Olivia commençait à comprendre pourquoi Marcello avait commencé si tôt. Il y avait une multitude de choses à prendre en compte.

Antonio, le frère cadet des Vescovi, supervisait l'aménagement des tables et des chaises dans le restaurant. L'endroit avait l'air magnifique. Douze tables à huit places étaient installées symétriquement dans la grande pièce. Le long du mur du fond, il y avait la table d'honneur, qui comprenait douze places. Les tables couvertes de blanc et les chaises blanc bleuté, qui avaient toutes un ruban rose pâle noué autour du dossier, avaient l'air accueillantes et élégantes. Les meubles éclatants apportaient au restaurant une atmosphère chaleureuse et amicale.

La cérémonie elle-même aurait lieu dans la véranda couverte du restaurant. Des chaises avaient été disposées en rangées bien droites et Marcello et Antonio avaient construit une arcade décorée de fleurs sous laquelle la mariée et le marié se tiendraient. Quand les portes coulissantes en verre qui entouraient la véranda seraient fermées, les amoureux auraient un endroit douillet où dire leurs vœux de mariage pendant que tous les invités bénéficieraient d'une vue panoramique de la campagne toscane qui s'étendait au-delà.

Olivia était étonnée que toutes les chaises et toutes les tables rentrent parfaitement dans les sections qui leur avaient été allouées. Cela signifiait que La Leggenda était assez polyvalente pour accueillir de grands groupes lors de telles occasions.

Quand Olivia repensa malgré elle à Sovestro, elle se rendit compte que La Leggenda était beaucoup plus grande. Même si l'exploitation viticole de Poggio et son magasin étaient d'une beauté à couper le souffle et proposaient un accueil exceptionnel, elle ne pensait pas qu'ils auraient pu accueillir autant de gens aussi facilement. Marcello avait probablement utilisé son espace supplémentaire comme argument de vente principal.

— Par quoi on commence ? demanda impatiemment Jean-Pierre.

— Il faut qu'on prépare les vins, qu'on aménage tout pour l'after et qu'on s'assure que les décorations des tables soient parfaites.

Quand ils s'attaquèrent à leur longue liste de corvées, Olivia se rendit compte que le temps passait vite. Il y avait tant de choses à faire ! Il fallait passer la serpillière dans la salle de dégustation et cirer le sol, disposer les centaines de verres à vin et préparer la liste des morceaux de musique des invités. Dans le restaurant, il fallait redresser les menus chics dans leurs porte-cartes et parsemer les tables de perles de cristal. Elles avaient l'air vraiment belles, se dit Olivia.

Jean-Pierre approcha furtivement d'Olivia et jeta un coup d'œil intéressé vers la cuisine.

— Quelque chose sent très bon, là-bas ! Je meurs de faim !

Olivia se rendit soudain compte à quel point elle avait faim. Des odeurs délicieuses arrivaient de la cuisine. Gabriella avait conçu un menu somptueux. En plus de préparer le repas à trois plats pour les vingt invités de la répétition, elle préparait aussi la plus grande partie de la nourriture pour la totalité des invités du mariage. Le lendemain, elle la réchaufferait et la présenterait lors du repas principal.

Incapable de se retenir, Olivia jeta un coup d'œil dans la cuisine, attirée par l'arôme alléchant du pain en cours de cuisson. À l'intérieur, il régnait un chaos organisé. Des miches croustillantes de ciabatta étaient en train de refroidir sur le plan de travail et, dans les fours, des rangées de poulets élevés en plein air rôtissaient lentement jusqu'à devenir tendres et savoureux.

Gabriella elle-même remuait un fait-tout de polenta. Les sourcils froncés par la concentration, elle y versa ce qui devait être un demi-litre de crème et une brique de parmesan râpé. Olivia était certain que cela irait parfaitement bien avec les autres éléments du plat principal : des légumes méditerranéens rôtis qui accompagneraient le poulet et une sauce au sangiovese rouge.

— Est-ce qu'on peut voler une petite pizza ? chuchota Jean-Pierre en regardant par-dessus l'épaule d'Olivia.

Garnies de mini-pâtés de burger, de côtes, de tacos et de gros morceaux de steak, les pâtes à pizza avaient l'air parfaitement dorées. Le fromage était moelleux et fondu. Olivia avait déjà goûté la réduction aux tomates de Gabriella et savait qu'elle avait une saveur inimitable.

Le problème, c'était que ces pâtes à pizza étaient toutes sur des plateaux posés à côté de l'endroit où Gabriella travaillait, avec d'autres entrées plus traditionnelles comme du jambon de Parme et avec du melon sur brochettes, des bols d'olives avec des herbes et de gros morceaux de feta et des pointes d'asperge vertes avec une sauce froide crémeuse.

Gabriella se retourna et vit qu'on l'espionnait.

— Le gâteau est incroyable ! dit Olivia en toute hâte, entrant dans la cuisine pour se placer de l'autre côté de Gabriella. C'est une œuvre d'art. Je suis sûre que la mariée sera ravie.

Le gâteau multicouche était installé sur une étagère de l'autre côté de la cuisine. Il avait été couvert d'un glaçage rose pâle et décoré de paillettes comestibles. Perché au sommet de la couche la plus petite, une figurine miniature représentant la mariée et le marié contemplait la cuisine. Olivia trouva que, même d'aussi loin, l'expression et l'attitude de la mariée avaient l'air méprisantes.

Gabriella haussa les épaules en agitant sa cuillère de manière éloquente.

— D'après les rumeurs que j'ai entendues, cette mariée serait une sorte de Godzilla femelle. Elle trouvera quelque chose à reprocher quelque part et fera tout une scène.

Olivia écarquilla les yeux. Comment Gabriella était-elle au courant de ça ? Peut-être quelqu'un l'en avait-il avertie en parlant des préparatifs de la nourriture.

— Elle ne trouvera sûrement rien à reprocher, protesta Olivia. Les tables sont décorées à fond, cette nourriture est assez bonne pour des rois, Marcello a organisé la sonorisation pour la fête qui suivra et j'ai prévu des chansons formidables. De quoi pourrait-elle se plaindre ?

— Nous devons tous faire attention, avertit Gabriella d'un air sombre. Il pourrait très facilement y avoir un problème.

Quand Olivia jeta un coup d'œil innocent au-delà de Gabriella, Olivia vit que Jean-Pierre avait réussi. Il était en train de quitter la cuisine et de se diriger vers la salle de dégustation avec un petit tas de pizzas caché dans sa veste.

Affamée, Olivia partit vite le rejoindre, redressant un des menus roses sur un des sets de table argentés sur son passage.

— *Angelique Miller et Terenzio Jones vous accueillent à leur journée spéciale !*

Comme Terenzio était un nom apparemment italien, Olivia devina que c'était pour cette raison que les mariés avaient choisi la Toscane. Terenzio ou sa mère étaient peut-être même nés en Italie. Ce fait rassura Olivia parce que, si le marié avait vécu en Italie, il comprendrait les coutumes locales et pourrait même parler italien. Cela serait utile, surtout s'il épousait un Godzilla femelle avec toutes ses exigences déraisonnables.

Dans la salle de dégustation, Olivia accepta deux des cinq mini-pizzas que Jean-Pierre avait volées. Cachés derrière le plan de travail, ils s'empiffrèrent avec ces en-cas savoureux.

Quand elle se fut essuyé les doigts et eut vérifié son rouge à lèvres, Olivia jeta un coup d'œil à la pendule fixée au mur et vit qu'il était déjà seize heures trente. Dans une demi-heure, les invités à la répétition commenceraient à arriver.

En fait, ils arrivèrent plus vite que cela ! Inquiète, Olivia vit entrer une blonde.

Elle portait une veste blanche duveteuse par-dessus une robe couleur pastel qui avait l'air d'être de marque et chère. Ses cheveux étaient une symphonie de boucles frisées. Ses sandales étincelaient sous leurs cristaux Swarovski.

Olivia sursauta quand elle se rendit compte que cette femme portait le menton relevé comme la figurine du gâteau ! Gabriella avait dû passer des heures à travailler sur ce glaçage miniature. Elle avait dû s'inspirer d'une photo et, comme Olivia la connaissait, elle était sûre que la fidélité de son rendu devait trahir une quantité non négligeable de malveillance.

Une femme plus âgée coiffée de manière similaire et qui était visiblement la mère de la mariée marchait à côté d'elle. Elles étaient suivies par un homme corpulent au visage austère qui, selon Olivia, devait être le père de la mariée.

Olivia se hâta d'aller les accueillir.

— Bonjour ! Vous devez être Angelique. Bienvenue à La Leggenda. Je suis Olivia Glass, la sommelière.

— Bonjour, Olivia !

Au grand soulagement d'Olivia, Angelique avait l'air normale et, en fait, très aimable.

— C'est un plaisir d'être ici. Voici mes parents, Karen et Malcolm Miller.

— Bienvenue à vous tous ! dit Olivia avec enthousiasme, mais Karen fronçait les sourcils.

— Nous avons réservé une expérience authentiquement italienne. Je ne savais pas qu'il y aurait du personnel américain, ici.

Malcolm hocha la tête.

— Je commence à me dire que nous aurions dû rester au New Jersey ! déclara-t-il avec un gloussement sans humour. Et puis, ça aurait coûté moins cher !

— Euh — nous accueillons plusieurs nationalités, expliqua Olivia en toute hâte et en sentant son cœur se serrer de peur de gâcher malencontreusement cette fête. J'aide à la communication et je sers aussi le vin, car beaucoup de touristes de tous horizons visitent le domaine. Je vous présente Jean-Pierre, mon collègue.

En toute hâte, elle fit signe à son assistant d'approcher en espérant que son accent français exubérant ne décevrait pas encore plus les Miller, qui désiraient tant découvrir l'Italie authentique.

— Eh bien, c'est un plaisir de vous rencontrer, Olivia, et j'apprécie que l'exploitation viticole ait embauché une anglophone, dit Angelique, même si nous n'en avons pas besoin, car Terenzio parle très bien italien.

— C'est vrai, c'est vrai, il connaît beaucoup de mots, convint sa mère, mais elle fut distraite par l'accueil plein d'entrain de Jean-Pierre.

— *Bonjour, buon giorno*, mes amis. Bienvenue à l'exploitation viticole, annonça son assistant.

Visiblement, son panache français avait sauvé la mise, car les expressions des Miller s'illuminèrent.

— Venez avec moi. Nous allons vous présenter à Marcello, l'aîné des Vescovi, le propriétaire de ce domaine, leur dit Jean-Pierre. Il sera ravi de vous rencontrer, mais il a été quelque peu retardé dans son bureau parce qu'il avait un petit souci avec la fontaine de chocolat, car les fournisseurs n'avaient pas compris qu'elle devait fournir du chocolat rose. Tout est résolu, maintenant, et je crois que le camion de livraison est en route.

Jean-Pierre les emmena vers le bureau, mais Angelique resta derrière.

— Je veux juste vérifier si toutes les décorations de table sont comme elles devraient être, confia-t-elle à Olivia en un aparté sirupeux. Je sais que mes parents sont passionnés par le côté international de cette expérience mais, de mon côté, je trouve que, si les instructions sont perdues lors de la traduction, cela provoquera un désastre. De plus, dit-elle en baissant encore plus la voix, je ne fais pas confiance aux continentaux !

Olivia cligna des yeux, ne sachant que répondre, et décida qu'il valait mieux qu'elle se taise.

— En fait, je suis soulagée que vous soyez ici, poursuivit Angelique. Vous serez ma personne-ressource. Comme ça, je n'aurai pas à perdre du temps en répétant mes instructions à une personne qui les comprendra de travers, ou qui refusera délibérément de les comprendre !

Elle produisit un rire tintinnabulant. Olivia sourit à nouveau en espérant que son expression ne révélerait pas sa consternation. Cette femme, qui avait l'air tout miel tout sucre, était un démon déguisé en blonde pulpeuse. De plus, le pire, c'était qu'elle venait de nommer Olivia meilleure amie et personne-ressource au cas où elle aurait un problème avec tous ces continentaux indignes de confiance, c'est-à-dire tout le reste du personnel de l'exploitation viticole !

— J'espère que je pourrai vous aider le mieux possible, répondit Olivia avec diplomatie. Je ferai tout pour que ce soit une réussite. Je comprends que cet événement compte énormément pour vous. Vous voulez le meilleur pour tous vos invités et pour apprécier votre journée spéciale !

Les lèvres roses d'Angelique formèrent un sourire tendre. Olivia constata avec soulagement qu'elle avait dit exactement ce qu'il fallait pour l'apaiser. D'ailleurs, Angelique passa amicalement un bras autour de la taille d'Olivia.

— Je vois que vous comprenez les choses comme elles sont ! dit-elle en guise de félicitation.

Elle avança rapidement vers le restaurant et, quand elle y fut, elle inspecta attentivement les tables.

— Puis-je attirer votre attention sur un petit détail ? dit Angelique en désignant l'arrangement d'un doigt à l'ongle manucuré couleur corail. Je vois que vous avez décoré les tables avec des perles de cristal. Elles sont très jolies et je ne dis pas qu'il faudrait les enlever, mais où sont les ours en cristal que j'avais demandés ?

— Des ours en cristal ?

Olivia la contempla d'un air horrifié et les yeux écarquillés. Elle avait passé des heures à contempler cette liste griffonnée et s'était quand même trompée. Comment était-ce même possible ? Quelle personne sensée voudrait inclure des ours en cristal à son décor de mariage ? Des ours ? En cristal ? Incroyable !

Nadia avait fait les courses la veille. Le budget avait crevé le plafond et tous les membres de l'exploitation viticole condenseraient vingt-quatre heures de travail dans une journée de dix-huit heures le lendemain.

— Vous comprenez, malheureusement, il semble qu'aucun ours en cristal n'ait été disponible à Florence, essaya-t-elle nerveusement de répondre. D'après ce qu'on m'a dit, dans cette partie du monde, on ne produit que des perles. Ce n'est pas comme dans le New Jersey.

Angelique l'écouta sans se départir de son sourire mielleux.

Alors, elle serra Olivia à la taille. Olivia essaya de ne pas tressaillir quand Angelique appuya ses ongles pointus sur elle.

— Je comprends, dit-elle.

Olivia sentit le soulagement l'envahir. Prématurément, comme il s'avéra par la suite.

— Toutefois, ajouta Angelique avec une voix qui évoquait maintenant le sucre glace ou à l'arsenic et dont le ton léger et aigu comprenait de toute façon une note très désagréable, toutefois, c'est mon mariage.

Elle se tapota la poitrine au cas où Olivia aurait imaginé qu'il s'agissait du mariage de quelqu'un d'autre.

— Or, je veux que les choses soient comme je les ai demandées. Souvenez-vous que je travaille pour des agents de recouvrement. Seulement le matin. Je le fais parce qu'il faut que je m'occupe, pas parce que j'ai besoin du salaire.

Avec un sourire sirupeux, elle se pencha en avant et chuchota à l'oreille d'Olivia.

— Ils savent ce qu'être mauvais veut dire et je l'ai appris chez eux. Je n'hésiterai pas à être mauvaise avec vous si quelque chose se passe mal.

Elle virevolta et se dirigea vers Jean-Pierre et ses parents.

— Attendez-moi ! cria-t-elle, attendez-moi ! Je veux être la première à serrer la main à Marcello !

Olivia contempla la serviette rose choquant, pliée en forme de cygne.

Elle venait de se mettre dans une situation terrible. Si tout ne se déroulait pas à la perfection, sa nouvelle meilleure amie s'en prendrait personnellement à elle.

Il restait une heure avant la répétition et vingt-trois heures avant le commencement du mariage.

Y avait-il un moyen de se tirer de cette situation de plus en plus catastrophique ?

CHAPITRE SEPT

Olivia n'eut pas le temps de s'attarder sur le problème grave et insoluble des ours en cristal. Dans le hall d'entrée, un chœur de voix féminines excitées résonna. D'autres invitées étaient arrivées et Olivia se dépêcha de se rendre sur place, anxieuse, un sourire artificiel collé au visage. Elle espéra que les nouvelles arrivantes ne seraient pas aussi obsédées par l'authenticité de leur expérience à venir.

Olivia retrouva six jeunes femmes essoufflées et hilares à la porte.

— Bonjour ! Nous sommes en retard ! dit la plus grande et la plus mince des six en guise de salutation. Nous étions censées arriver ici avant Angelique, mais nous avons pris un mauvais tournant et nous sommes arrivées dans un village minuscule avec des murs des deux côtés de la route. Nous avons cabossé la voiture de location environ huit fois en essayant de faire demi-tour. Cette région est vraiment compliquée et toute petite ! Je m'appelle Cassidy.

— Bonjour, Cassidy, dit Olivia à la gentille brunette qui, heureusement, ne lui reprocha pas son accent américain.

— Voici Jewel, dit Cassidy en serrant l'épaule de la femme rondelette et rousse qui se tenait à sa droite. Et voici Dinah, dit-elle en passant amicalement un bras autour de la petite brune qui se tenait à sa gauche. Voici Molly, Madeline et Miranda, conclut-elle en désignant les trois femmes aux cheveux châtains qui la suivaient et dont les tailles allaient de grande à petite. On est vachement contentes d'être ici ! C'est notre premier voyage en Italie pour nous toutes, n'est-ce pas, les filles ?

— On va faire une super-fête ! annonça Jewel en renvoyant en arrière ses superbes mèches rousses.

— En fait, tempéra Dinah, notre premier travail est de nous occuper de notre merveilleuse mariée. Ne l'oublions pas, les filles !

Toutes les autres eurent l'air interloquées, comme si elles avaient oublié que cela avait été prévu.

Olivia se dit secrètement qu'Angelique n'avait pas besoin qu'on s'occupe d'elle. En fait, le rôle des demoiselles d'honneur aurait dû être de protéger les gens, en commençant par Olivia elle-même, contre cette blonde psychopathe.

46

Des ours en cristal ? Où allait-elle commencer à chercher ?

De plus, quelle sorte d'ours est-ce que la future mariée désirait ?

Des ours polaires ? Des koalas ? Des ours en peluche ? Des oursons en gélatine ?

Olivia avait trop peur de demander des précisions. Si la mariée fournissait des détails, Olivia aurait encore moins de chances de trouver un article susceptible de faire l'affaire.

Elle se força à revenir au moment présent, car elle avait remarqué que les demoiselles d'honneur la regardaient comme si elles attendaient quelque chose.

— Angelique est là-bas.

Elle désigna le couloir, où elle entendit des voix qui saluaient les arrivants. La voix de Marcello résonna, grave et retentissante. Olivia était sûre que, avec sa beauté et son accent superbe, il impressionnerait Angelique l'effrayante et ses parents difficiles à satisfaire.

Les demoiselles d'honneur s'en allèrent rapidement et Olivia les contempla avec intérêt. Elles n'auraient pas pu être plus différentes en termes de taille, de forme et de couleur de cheveux. Elle espérait assurément que toutes les demoiselles d'honneur du monde n'étaient pas obligées de se ressembler les unes les autres.

Olivia n'avait jamais été demoiselle d'honneur. Son expérience malheureuse en matière de mariage l'en avait-elle découragée ? De plus, ses amis avaient senti qu'elle n'avait pas le profil pour ce travail.

Dans la salle de dégustation, elle se souvint qu'elle avait été elle aussi une jeune femme très excitée et sur le point de se marier, bien que très brièvement. Après une relation amoureuse accélérée de deux mois, ils avaient, elle et le ravissant Ward de vingt-trois ans, fixé une date de mariage et entrepris les préparations. Olivia se souvenait que sa mère avait été ravie mais inquiète. Après tout, c'était un *mariage* — comme c'était *excitant* ! En plus, c'était un jeune homme *gentil*, bien élevé et en fait *très charmant* ! Pourtant, Olivia était très *jeune* et était-elle certaine qu'elle allait *s'engager à vie* ? Ne voulaient-ils pas *vivre ensemble* quelque temps, même si certains pourraient *désapprouver*, rien que pour *être sûrs* ?

C'était une des fois où la mère d'Olivia avait en fait eu raison. Elle avait eu complètement raison et l'Olivia de vingt-deux ans s'était complètement trompée. Elle avait été fascinée par la beauté de Ward, son charme, sa courtoisie et sa capacité à devenir immédiatement le meilleur ami de tous les gens qu'il rencontrait. Toutes ses amies l'avaient adoré mais, comme il s'était avéré par la suite, cela n'avait pas été une bonne chose.

D'autres invités entrèrent et Olivia se força à s'arracher à ses souvenirs.

Ce grand homme musclé à la mâchoire carrée qui avançait vers elle à grands pas devait être le marié. Il était très beau et, en le voyant regarder autour de lui avec assurance, Olivia sentit qu'il le savait. Avec un sursaut, elle se rendit compte qu'il lui rappelait Ward.

Une fois de plus, Olivia dut s'arracher à ses pensées. Que faisait-elle donc ? Pourquoi se souvenait-elle d'une période aussi tumultueuse de sa vie ? Peut-être la catastrophe avec Danilo de la veille l'avait-elle poussée à se souvenir d'autres échecs amoureux. Elle s'intima fermement l'ordre d'arrêter. Il fallait qu'elle concentre toute son énergie sur les invités du mariage et sur leurs besoins.

Avec un sourire, elle avança.

— Terenzio Jones ? Bienvenue à La Leggenda.

— Vous pouvez l'appeler Terence, comme ses amis et ses parents, dit en riant un des jeunes hommes qui le suivaient. Je suis son frère, Lance. Je vous présente les meilleurs amis de Terence, Kyle, Rog et Don.

Terenzio, ou Terence, ignora ostensiblement ce que venait de dire son frère et serra la main à Olivia avec fermeté, presque trop fort.

Les parents de Terenzio se dirigeaient directement vers l'endroit où Marcello s'adressait à la famille de la mariée et aux demoiselles d'honneur. Ils n'avaient pas jugé utile de saluer Olivia. Même si elle voyait un air de famille chez M. Jones, grand et aux cheveux grisonnants, Mme Jones avait l'air beaucoup plus jeune que son mari et ne ressemblait pas du tout à Terenzio. Olivia se demanda si elle était sa belle-mère.

— Angelique a dit qu'elle voulait des ours en cristal sur les tables. Je vais chercher à en acheter demain, dit Olivia à Terenzio en espérant qu'il ne la verrait pas rougir en formulant cette promesse qui risquait de rester hypothétique. Je me demandais quelle signification ils ont pour vous deux. Cela pourrait m'aider à choisir les articles les plus adéquats.

Terenzio eut l'air perplexe.

— Des ours ? demanda-t-il.

— Oui.

Il répondit assez impoliment.

— Et comment pourrais-je le savoir ? Elle a peut-être pensé qu'ils auraient l'air beaux. Elle a des goûts difficiles. Je ne sais pas pourquoi elle veut des ours mais, si elle veut des ours, je vous recommande de trouver les bons ours, de la bonne taille et de la bonne quantité, sinon !

Il lui sourit d'un air méprisant puis partit rejoindre les autres d'un pas nonchalant.

— *Buenos giornos*, l'entendit-elle dire.

Olivia se retourna, surprise.

Est-ce que Terenzio plaisantait ? C'était une salutation italienne très ordinaire, qu'elle avait réussi à apprendre dès son premier jour, et il l'avait complètement déformée ! Elle avait cru qu'il était italien et avait même repéré un soupçon d'accent dans son fort accent traînant du New Jersey. Cet accent était-il faux et Terenzio, qui avait peut-être été baptisé sous le nom de Terence, faisait-il semblant d'être italien ?

Marcello le regarda fixement et Olivia vit la confusion lui traverser brièvement le visage avant qu'il ne comprenne ce que le marié tentait de dire.

— *Buon giorno*, répondit-il avec un sourire chaleureux.

— Je suis ravi de retrouver mes compatriotes ! Depuis que mon arrière-arrière-arrière-grand-père est arrivé d'Italie pour accoster sur les côtes américaines après être descendu du — du — d'un des navires les plus importants de l'époque, je sens que je n'ai jamais oublié mes racines, dit pompeusement Terenzio. Je me sens tellement proche de ce pays que c'est presque comme si j'y étais déjà venu. C'est la mémoire des cellules ! Je crois qu'un de mes ancêtres était en charge de cette exploitation viticole ! Il était très probablement le patron de votre arrière-arrière-arrière-grand-père.

Terenzio sourit à Marcello d'un air complice.

— Vous devriez très probablement me payer une commission sur vos vins !

Comme le bâtiment principal de La Leggenda avait été construit par la famille au tout début du vingtième siècle et que Terenzio était un Américain de la sixième génération, ce qu'il disait était quasiment impossible. Terenzio se retourna et partit dans le couloir. Olivia ne savait que dire.

— Je me souviens qu'il y avait un jardin d'herbes aromatiques ici. Je le sens dans mes gènes.

Il revint un moment plus tard, apparemment perplexe.

— Je vois que ce sont les toilettes des hommes, maintenant, mais je sens quand même que vous faites partie de ma fratrie italienne. Je suis sûr que nous avons bien fait de venir ici, même si seul le temps le dira et que nous attendrons après le mariage pour en juger. Nous verrons alors si vous nous avez réellement fourni la meilleure expérience qui soit sans commettre d'impair ou faire quoi que ce soit de travers.

En parlant, il releva agressivement le menton.

— Soyez les bienvenus. Nous ferons de notre mieux pour que votre plus belle journée reste mémorable, souligna Marcello.

Olivia se demanda s'il commençait à regretter de s'être autant démené pour organiser cette soirée. Elle savait qu'elle le regrettait elle-même. Terenzio avait l'air arrogant et détestable. Avec son attitude critique, les menaces voilées d'Angelique et ses parents odieux et difficiles à contenter, Olivia redoutait que ce mariage ne se transforme en un désastre onéreux qui tourne au vinaigre.

Alors que les invités venaient d'arriver, elle se demandait déjà comment elle pourrait limiter les dégâts si le pire se produisait.

Ça présage mal, se dit Olivia avec inquiétude.

CHAPITRE HUIT

S'efforçant de ne plus penser aux attitudes dérangeantes de la mariée, du marié et des parents, Olivia vit que d'autres invités arrivaient. Avec Jean-Pierre, elle se précipita pour accueillir les deux blonds qui semblaient être le frère et la sœur d'Angelique. Ils escortaient deux dames aux cheveux gris qui semblaient être les grands-mères de la mariée et du marié. C'était vraiment un mariage multi-générationnel. Au moins, ça, c'était traditionnel, se dit Olivia, même si aucun des invités n'avait mis les pieds en Toscane avant ce jour.

De plus, à son grand soulagement, les deux grands-mères souriaient et avaient l'air heureuses d'être ici.

Avec un clic, Antonio activa la sonorisation.

— Bienvenue, bienvenue ! Nous allons diffuser de la musique légère pendant que vous finalisez les arrangements pour demain, que vous répétez votre cérémonie et buvez un peu. Le dîner sera servi à dix-neuf heures au restaurant. Ensuite, il y aura une grande fête ici, dans la salle de dégustation.

Le murmure de la conversation diminua soudain comme si les gens attendaient quelque chose. Olivia espéra que les invités du mariage allaient abandonner leurs attitudes critiques et remarquer l'atmosphère exceptionnelle de cet endroit.

Quand Olivia regarda les familles se diriger vers la véranda, elle commença à se sentir plus optimiste. Elle les entendit pousser des exclamations quand ils découvrirent l'arcade et les vues. L'atmosphère s'était réchauffée et semblait maintenant plus positive. Elle était certaine que le dîner serait alléchant et que, avec un peu de chance, cette répétition se déroulerait sans accroc.

Se souvenant qu'ils devaient servir maintenant les boissons pré-répétition, elle se rua dans le restaurant et remplit un plateau de verres de blanc, de rouge, de rosé et de pétillant. Elle amena aussi un pichet de jus de fruit pour ceux qui préféraient effectuer des mélanges.

Olivia circula parmi les invités qui se tenaient dans la véranda et apprécia la confusion des voix, les rires soudains et les cris de ravissement des gens qui remarquaient certains des petits détails sur lesquels le personnel de La Leggenda avait travaillé avec tant d'assiduité. Finalement, elle commença à se détendre. C'était comme cela qu'elle avait imaginé la répétition. Bien sûr, il était forcé qu'il y ait quelques menus problèmes au début, mais cela ne signifiait pas que le week-end de mariage serait entièrement gâché.

Olivia se força énergiquement à ne plus penser aux ours en cristal. Si Angelique aimait suffisamment cette soirée, elle les oublierait peut-être complètement.

— Voulez-vous du vin ? Du Metodo Classico ? demanda-t-elle à Terenzio.

— Avez-vous du pétillant ? demanda-t-il.

— Oui, c'est le Metodo —

Elle réfléchit vite et changea ce qu'elle allait dire.

— Oui, tenez. C'est du champagne italien.

— Du champagne italien. Champagno Italiano !

Il leva son verre et trinqua avec ses amis tout en renversant une partie de son vin pétillant sur l'épaule d'Olivia.

Comme elle avait les deux mains occupées par le plateau, elle ne put rien y faire et dut laisser le tissu imbiber le vin, irritée.

Alors, un doigt tapota sévèrement Olivia à l'épaule et elle se retourna prudemment avec son plateau.

— Bonjour, jeune dame. Je suis la grand-mère de Terence, Brittany Jones. D'habitude, ma famille m'appelle Mamie B, mais Terence a demandé aux gens de m'appeler « Nonna » pendant cette soirée.

Cette femme aux cheveux violets apparemment déterminée semblait ne plus supporter les manières prétentieuses de son petit-fils et son obsession d'avoir l'air aussi italien que possible.

— Que puis-je vous servir à boire ? demanda Olivia en passant à un sujet plus joyeux. Nous avons des jus de fruit et des sodas, ou je pourrais même vous préparer une tasse de thé.

Mamie B, aussi connue sous le nom de « Nonna », eut un rire ironique.

— Du thé ! Vous n'avez pas de whisky ? Tous les soirs, avant de me coucher, je bois un whisky-soda. Faites-le double, sans trop de soda, et ajoutez un glaçon si votre eau est buvable, par ici. Sinon, laissez tomber la glace. La nuit, je me lève assez souvent sans qu'on me force à aller aux toilettes.

Elle gloussa.

— Oui, bien sûr ! répondit Olivia, qui souriait malgré elle parce qu'elle adorait la franchise de Nonna. Je vais vous chercher votre whisky tout de suite. Notre eau est de grande qualité et vous pouvez mettre un glaçon dans tout ce que vous buvez sans danger, dit-elle pour la rassurer.

Posant le plateau, elle se dépêcha d'aller au bar et prépara sa boisson à Nonna. Elle remplit généreusement le verre, car elle pensait qu'économiser sur le whisky aurait des conséquences encore pires que ne pas arriver à trouver d'ours en cristal.

Après avoir donné son whisky à Nonna, Olivia s'occupa de l'autre grand-mère.

La grand-mère d'Angelique, Petra, avait le même air tranquille que sa petite-fille, mais Olivia sentit qu'elle était d'un caractère plus doux. Elle était aussi assez sourde.

— Aimeriez-vous un whisky on the rocks ? demanda Olivia en souriant.

— Le rose ?

Mamie Petra jeta un coup d'œil dans le restaurant.

— Eh bien, ma chère, je ne peux pas dire que j'aime le rose. Je ne l'approuve pas. J'ai toujours pensé que les mariages devaient se dérouler en blanc. Quand j'étais une fille, c'était la norme.

Olivia décida d'essayer autrement.

— Aimeriez-vous du vin ? Du champagne ? De la limonade ?

— De la limonade, je vous prie.

Olivia apporta la limonade et, quand la répétition commença, elle remplit à nouveau les plateaux et apporta la touche finale à la salle de l'after.

La répétition se déroula étonnamment bien. Soit les invités ne s'y intéressaient pas autant qu'ils l'avaient cru après un verre de vin, soit les employés de La Leggenda avaient tout fait correctement du premier coup, comme par magie. Quoi qu'il en soit, toutes les préparations et les répétitions furent bientôt terminées. Les gens se rendirent au bar où Paolo, barman pour la soirée, servit beaucoup de boissons, surtout des bières et du whisky. Gabriella commença à porter les plateaux d'entrées qui avaient attendu dans le chauffe-plat et le réfrigérateur et à les disposer sur les tables. Antonio baissa légèrement les lumières, monta un peu la musique et une ambiance festive remplit l'exploitation viticole.

Quand tout le monde s'assit pour le dîner, Olivia s'attarda dans l'embrasure de la porte et assista aux célébrations avec soulagement. Après un début houleux, tout s'était arrangé. Elle avait peut-être eu tort de craindre autant cette soirée.

Elle se rendait compte peu à peu que la soirée devenait détendue, joyeuse et sans accroc.

Les entrées eurent énormément de succès. Tout le monde avala les pizzas et Olivia commença à se sentir coupable d'avoir conspiré avec Jean-Pierre pour en voler quelques-unes. Elle fut réconfortée par le fait qu'il y aurait tant de nourriture par la suite que les convives ne regretteraient pas avoir mangé quelques pizzas de moins qu'ils ne l'auraient voulu.

Quand la nourriture fut mangée, Olivia aida Gabriella, qui était visiblement heureuse, à rapporter les assiettes vides à la cuisine. Olivia avait pensé que les plats principaux suivraient immédiatement mais, en fait, les invités repartirent au bar.

Il y avait vraiment de plus en plus de bruit, constata Olivia. Ces vingt personnes généraient autant de bruit que cinquante. Les demoiselles d'honneur riaient bruyamment en engloutissant une tournée de shots de Bailey's. Les témoins s'esclaffaient de la chute d'une blague racontée par Terenzio.

Heureusement, les personnes les plus âgées revenaient à table avec leurs boissons. À mesure que le niveau sonore montait, elles parlaient de plus en plus fort.

Olivia entendit le père de Terenzio converser avec la mère d'Angelique.

— Mon entreprise s'appelle « Vins du Monde », mais nous produisons aussi de la bière, des alcools forts et des cigares de luxe. Cela fait maintenant plus de trente ans que l'entreprise existe et, dans les quelques dernières années, nous avons grandi de façon phénoménale et ajouté cinq nouveaux pays à notre réseau.

Ces deux personnes passèrent leur chemin et Olivia fut privée du reste de la conversation, mais ce qu'elle avait entendu lui avait suffi. Donc, Marcello avait eu une raison cachée pour qu'on lui confie l'organisation de cette soirée, une raison très importante. M. Jones avait l'air d'être un homme d'affaires influent dans le monde du vin. S'il faisait affaire avec La Leggenda, cela pourrait ouvrir beaucoup de nouveaux marchés à Marcello et il pourrait distribuer ses vins aux États-Unis.

Ensuite, tout sembla bien se passer. Le somptueux plat principal remporta un grand succès. Le bourdonnement constant des conversations était un signe positif. Les familles se mélangeaient les unes aux autres et on entendait les gens rire. Olivia jeta un coup d'œil à Angelique et à Terenzio. Angelique avait la tête très près de celle de Terenzio et, plongés dans leur conversation, ils semblaient oublier le monde environnant.

Trouverait-elle un jour l'amour vrai ? se demanda tristement Olivia. Elle repensa à Danilo avec confusion et regret. Leur relation amicale forte était presque devenue une relation amoureuse. Pourquoi leur amour naissant avait-il échoué avec pertes et fracas ?

— Dessert ! annonça Gabriella.

Elle avait préparé une couche supplémentaire du gâteau au glaçage rose, assez grosse pour vingt. Elle l'amena avec un énorme cierge magique qui crépitait au-dessus. C'était à la mariée de découper la première tranche. Derrière elle, Paolo arriva et distribua des bols de tiramisu et des doubles glaces au chocolat.

Olivia se sentit soulagée quand elle vit tous les gens dévorer leur dessert. Le dîner s'était bien déroulé et le menu avait été parfait. C'était presque l'heure de l'after.

— Est-ce qu'on a tout ? demanda-t-elle à Jean-Pierre. Les alcools forts roses, les bols de chocolats, le vin est prêt ?

Elle observa à nouveau la salle.

— Oui, tout est prêt, confirma-t-il.

— Est-ce qu'on a des taxis en numérotation abrégée prêts à remmener les invités à leurs hôtels ?

— Nous avons une compagnie de taxis qui se tient prête, confirma Jean-Pierre. Les chauffeurs attendent qu'on les appelle.

Comme elle avait besoin de prendre l'air après avoir été à l'intérieur toute la journée, Olivia traversa la salle de dégustation et sortit dans le froid et la nuit venteuse. À sa grande surprise, elle vit qu'il y avait plusieurs voitures de location dehors. Elle espéra que les invités accepteraient de rentrer en taxi et que, si La Leggenda insistait pour qu'ils le fassent, cela ne créerait pas de disputes ou de tensions.

Alors qu'Olivia appréciait la fraîcheur, elle entendit un rire coquin arriver de l'autre côté du parking, près du restaurant. Le vent qui soufflait en bourrasques lui amena clairement le son aigu de ce rire. Il fut suivi par le gloussement grave d'un homme.

— Pas question ! chuchota une voix de femme. Il faut qu'on rentre !

Il semblait qu'il y ait de la romance dans l'air. Olivia jeta un coup d'œil dans l'obscurité et tenta de distinguer qui étaient ces gens-là, mais ils étaient trop loin et elle ne vit que deux silhouettes indistinctes rentrer dans l'exploitation viticole.

— Il ne faut pas qu'ils nous voient ensemble. On se retrouvera plus tard, entendit-elle l'homme marmonner quand ils disparurent de sa vue.

Olivia eut le souffle coupé et sentit son anxiété refaire surface.

Bien que la voix de l'homme n'ait guère été plus forte qu'un murmure, elle pensait avoir reconnu l'arrogance et la diction traînante distinctement New Jersey du marié, Terenzio Miller.

CHAPITRE NEUF

Olivia repartit hâtivement dans la salle de dégustation, extrêmement inquiète. Elle jeta un coup d'œil à l'arcade distante pour voir si elle pouvait distinguer qui était rentré par la porte du restaurant, mais la foule qui se tenait au bar lui bloquait la vue. Pourtant, elle était certaine qu'il se préparait quelque chose de grave.

Elle essaya de se convaincre qu'elle s'était peut-être trompée. L'homme aurait pu être Lance. Même si elle n'avait pas parlé aussi longtemps avec lui, les deux frères avaient à peu près la même voix.

N'est-ce pas ?

Olivia s'efforça résolument de penser au présent et de ne pas se laisser aller à ses doutes. Elle n'avait pas le temps de s'inquiéter d'une chose qu'elle avait peut-être mal entendue ou comprise de travers. Après le grand succès du dîner, il fallait qu'elle s'assure que l'after fournisse une expérience inoubliable au groupe de répétition du mariage.

Elle fut heureuse de voir à quel point la salle était belle.

Le grand espace était bordé de tables sur lesquelles les vins de La Leggenda et les vins pétillants avaient été posés avec les alcools forts roses. Des guirlandes lumineuses étaient pendues au plafond et Marcello s'était même procuré des lumières laser.

— Et la liste de chansons ? Est-ce qu'elle va commencer maintenant ? demanda Jean-Pierre.

— Oui, j'y ai beaucoup réfléchi ! dit Olivia.

Elle était fière du voyage sonore dont les invités allaient bénéficier et qu'elle avait passé la plus grande partie de l'après-midi à préparer.

— La liste commence par les années quatre-vingts parce que, en fait, qui n'aime pas danser sur Bon Jovi, Cyndi Lauper et Foreigner ? Ils sont si entraînants et multi-générationnels ! Ensuite, j'ai mis REM, Sting et Elton John et j'ai même inclus une chanson de Metallica !

Olivia devait admettre qu'elle adorait la musique des années quatre-vingts. Pendant cette décennie, malgré les coiffures et les vêtements, la musique avait été géniale.

— Et après ? demanda Jean-Pierre.

— Et après, j'ai mis Aerosmith et Queen, bien sûr !

— Et après ça ? demanda Jean-Pierre d'un air perplexe.

— Après, U2, les Bangles, Whitney Houston et George Michael !

Jean-Pierre hocha la tête en fronçant les sourcils.

— Encore les années quatre-vingts ?

— Oh, oui, dit Olivia. Je veux vraiment que les gens dansent !

— As-tu prévu des chansons d'une autre décennie ? demanda prudemment Jean-Pierre.

— Bien sûr. Quand ma liste des années quatre-vingts sera finie —

Elle réfléchit en essayant de se souvenir de ce qu'elle avait prévu après.

— Tout le monde s'en ira ? proposa Jean-Pierre.

— Non, non. Après, on passe aux années soixante et on diffuse quelques-uns des succès les plus magnifiques d'autrefois. Après ça, on accélère et on arrive à l'époque contemporaine avec quelques-uns des meilleurs hits des années 2000 qui nous mènent sans transition à une sélection de dance très énergétique. Comme les grands-parents seront probablement partis se coucher à ce stade, j'ai choisi quelques mixes superbes et, honnêtement, ça sera très tendance. Voilà, ça se termine comme ça. J'estime que la liste entière devrait durer environ deux heures. Après, les gens seront fatigués, surtout avec le mariage de demain !

Jean-Pierre hocha la tête et regarda sa montre.

— Il est vingt-et-une heures, maintenant. Je suis sûr que, à vingt-trois heures, les gens seront prêts à aller se coucher.

Olivia attendit impatiemment pendant que les invités du mariage se rendaient dans la salle de dégustation en parlant et en riant. Angelique et Terenzio arrivèrent en premier, la main dans la main. Ils partirent directement vers les alcools forts.

Il était temps de lancer la musique. Olivia appuya sur « Play », baissa la lumière, activa les lasers et regarda leurs rayons strier la salle.

Quand la première chanson commença, Olivia attendit impatiemment que l'air entraînant incite les invités, jeunes comme vieux, à se rendre en masse sur la piste de danse.

Son sourire disparut quand Terenzio se retourna et se dirigea vers le comptoir de dégustation d'un air exaspéré, suivi de près par Angelique et deux de ses témoins.

— C'est quoi ? Qui a choisi cette merde ?

Il appuya fortement sur le bouton « Stop ».

— Qu'est-ce qui se passe ? Ce n'est pas de la musique de fête !

— Euh — c'est un voyage musical. Nous pouvons avancer. Il y a de la dance énergique vers la fin de la séquence, dit Olivia.

Elle se sentait offensée par ses critiques. Elle avait effectué ses choix avec tant d'amour et de soin !

Terenzio la regarda d'un air méprisant.

— Un voyage musical ? Vous êtes seulement l'assistante qui sert le vin. Qu'est-ce que vous y connaissez en dance ? Rien ! Demain soir, vous ne toucherez plus à cette sonorisation, lui dit-il d'un air méprisant et insultant pendant qu'un de ses amis ricanait derrière lui.

Olivia sentit de la fumée lui sortir des oreilles. Qu'est-ce qu'il insinuait ?

Sa colère montait. Elle allait lui dire sèchement qu'il avait le cerveau d'un élève de seize ans et que le tabouret de bar sur lequel il s'appuyait avait plus d'ancêtres italiens que lui.

— Il est impoli, c'est tout, chuchota Jean-Pierre.

Heureusement, le soutien de Jean-Pierre permit à Olivia de se contrôler.

— Il y a un port sur le côté si vous voulez brancher votre téléphone et diffuser votre propre musique, dit-elle froidement à Terenzio.

— On y va !

Terenzio connecta son téléphone et appuya sur quelques boutons.

Olivia bondit quand elle entendit du rap violent jaillir des enceintes.

Avec un sourire méchant, Terenzio poussa le volume jusqu'à un niveau assourdissant.

Olivia dut avoir recours à toute sa patience pour ne pas s'enfoncer les doigts dans les oreilles. Cette musique était affreuse ! Elle craignait que seul Terenzio apprécie cette pulsation assourdissante.

Terenzio alla sur la piste de danse d'un air prétentieux, attrapa Angelique par la taille et l'entraîna avec lui en démontrant quelques pas de danse habiles.

Jean-Pierre essayait de dire quelque chose à Olivia mais, à cause du martèlement des basses, Olivia voyait seulement bouger ses lèvres.

Elle tendit la main vers la télécommande et baissa un peu le volume en regardant Terenzio prudemment. Heureusement, comme il lui tournait le dos, il ne remarqua pas la légère mais cruciale baisse du volume.

— Qu'as-tu dit ? cria-t-elle à Jean-Pierre, dont elle entendait tout juste la voix, à présent.

— J'ai dit que ces gens étaient dingues ! dit Jean-Pierre en se tapotant la tête de manière éloquente.

— Je sais !

Pourtant, à la grande surprise d'Olivia, les parents et les grands-parents ne paraissaient pas gênés. Ils se dispersèrent vers les coins de la salle, où le son était plus bas et où les chaises placées stratégiquement par Olivia leur permettaient de s'asseoir confortablement.

Ils semblaient satisfaits de ces martèlements à fendre le crâne.

Olivia tendit à nouveau le bras et baissa un peu plus le son.

Cette fois, Terenzio tourna rapidement la tête. Olivia détourna le regard tout aussi vite.

— Ils ont déjà fini le vin ! dit Jean-Pierre en tapotant l'épaule à Olivia.

— Quoi ?

Elle avait cru qu'elle en avait sorti plus qu'assez pour la soirée, mais les verres avaient été vidés en seulement quelques minutes.

— Ils ont joué à qui en boit le plus, lui cria Jean-Pierre dans l'oreille tout en désignant les témoins. Je crois que le gars le plus loin d'ici a gagné. Il a bu huit verres.

Stupéfaite, Olivia regarda le frère de Terenzio, Lance, envoyer un coup de poing en l'air devant Kyle, Rog et Don, qui étaient tous aussi mécontents les uns que les autres.

Les verres étaient seulement remplis à moitié et Lance était un grand homme, mais elle commençait à s'inquiéter de la tournure qu'allait prendre la soirée.

— Encore du vin ! cria-t-il en se tournant vers elle et en agitant les mains.

Olivia abandonna sa guerre d'usure avec la télécommande de volume et se dépêcha d'aller remplir les verres. À cause du rap tonitruant, elle ne put pas s'entendre penser et encore moins communiquer avec Jean-Pierre.

Elle fouilla dans le réfrigérateur, remplit un nouveau plateau de verres et les plaça sur la table, où les fêtards les saisirent immédiatement. Avec moult cris et sifflets, un autre round de beuveries commença. Cette fois, cela sembla être les demoiselles d'honneur contre les témoins et Olivia soupçonna que les dames allaient gagner. Jewel avait l'air d'être dans une forme particulièrement bonne et elle avalait le vin comme si c'était de l'eau fraîche par une chaude journée d'été.

— Hé, garçon ! rugit Terenzio en se penchant à nouveau par-dessus le comptoir.

Il s'adressait à Jean-Pierre, qui eut l'air étonné et plutôt vexé par ce terme.

— Tu veux bien me donner une bouteille de champagne ? J'en ai marre de ces verres !

Les yeux sortant presque des orbites, Jean-Pierre arriva d'un pas lourd avec la bouteille.

Terenzio la secoua violemment puis détacha le fil métallique. Le bouchon jaillit de la bouteille avec la force d'un missile téléguidé. Il heurta un des projecteurs de rayons laser, qui tomba immédiatement et se brisa au sol. Le vin pétillant jaillit de la bouteille en moussant et Terenzio en aspergea les invités comme s'il avait été pilote de Formule 1.

— Serveuse ! Encore du vin !

Cette fois, l'injonction impolie de Lance était destinée à Olivia. Olivia détourna son attention du drame avec le Metodo Classico et se dépêcha de remplir les verres. Ces gens étaient impatients de boire. Elle était étonnée qu'ils aient encore soif.

Essoufflée, elle fit trois trajets de plus avec un plateau entièrement rempli avant que la soif des invités ne commence finalement à se calmer.

Olivia se sentait épuisée et le sang battait dans ses tempes.

Elle commença à battre en retraite vers le comptoir de dégustation mais, quand elle passa devant le couloir qui menait au bureau de Marcello, elle y jeta un coup d'œil.

La porte de son bureau était ouverte et la lumière était allumée. L'endroit pourrait être un havre de paix, même transitoire.

Olivia entra dans le couloir et alla vers le bureau, mais elle s'arrêta brusquement à la porte.

Marcello était dans son bureau.

Il était incliné dans son fauteuil, un verre de vin à moitié fini en main. Le dos tourné vers la porte, il regardait la vue assombrie par la fenêtre. Les lumières éparpillées des fermes et le village qui s'étendait à l'horizon trouaient légèrement l'obscurité.

Quand Marcello entendit Olivia se racler la gorge, il se retourna rapidement sur son fauteuil et faillit renverser son vin.

Jamais Olivia n'avait vu une expression aussi sombre sur son visage. Que s'était-il passé ?

CHAPITRE DIX

— Olivia ! Je suis désolé, dit Marcello, mais son sourire triste n'atteignit pas ses yeux. Je ne t'avais pas entendue. Est-ce que tout va bien, là-bas ?

Olivia entra discrètement dans le bureau. Elle voulait désespérément reposer ses jambes endolories ne serait-ce qu'une minute. À son grand soulagement, Marcello désigna la chaise qui se trouvait de l'autre côté du bureau.

— Assieds-toi, je t'en prie.

Olivia se laissa tomber sur le coussin. Quelle soirée épuisante !

— Je suis venue ici pour faire une pause, admit-elle. Dans la salle de dégustation, ils boivent comme des fous et ça dégénère.

Marcello avait une photo aérienne encadrée de La Leggenda sur le mur latéral de son bureau et Olivia aperçut son propre reflet dans le verre assombri. Elle fut horrifiée. Son mascara bavait, son eye-liner avait coulé sous ses yeux et ses cheveux s'échappaient de la queue de cheval bien nette qu'elle avait faite au matin et pendaient autour de son visage trop pâle comme si elle sortait du plateau de tournage d'un film de zombies !

— Euh, dit Olivia.

Elle aurait voulu avoir son sac à main, mais elle l'avait laissé derrière le comptoir.

— Avez-vous un Kleenex ?

— Bien sûr.

L'expression de Marcello s'adoucit et il lui passa un paquet de mouchoirs.

Olivia ne put s'empêcher de se dire que, un mois ou deux auparavant, s'asseoir dans ce bureau avec Marcello lui aurait semblé être un moment d'intimité.

Maintenant, comme ils s'étaient mis d'accord pour rester amis, elle n'avait plus la sensation que l'atmosphère qui régnait entre eux était chargée en électricité, même si elle ressentit un frisson de chaleur quand la peau de Marcello frôla la sienne.

Elle lécha le Kleenex à la dérobée puis tamponna les taches qu'elle avait sous les yeux. Elle jeta un autre coup d'œil dans son miroir de fortune. C'était réussi. Elle ne ressemblait plus autant à un raton laveur qu'avant. Qu'ils aient renoncé à leur relation amoureuse ou pas, elle voulait être aussi belle que possible devant son patron.

— Tu as l'air bouleversé, dit-elle avec hésitation.

Marcello appuya contre ses tempes du bout des doigts comme s'il essayait de calmer un mal de tête lancinant.

— J'ai l'impression que cette histoire de mariage a été une erreur, avoua-t-il. J'ai accepté ce contrat pour de mauvaises raisons.

— Vraiment ? demanda Olivia, interloquée. Pourquoi ? Quelles étaient les raisons ?

Marcello serra les lèvres et son beau visage prit un air inhabituellement dur. Alors, il reprit la parole.

— Le père du marié est un grand importateur de vins et d'alcools forts. J'avais pensé, j'avais espéré que, si nous organisions le mariage ici, cela créerait une relation entre nous et cela ouvrirait la porte à des négociations qui permettraient que les vins de La Leggenda soient distribués plus largement aux États-Unis, avoua Marcello.

Olivia hocha la tête, inquiète. Elle avait bien deviné, mais Marcello en parlait comme si c'était déjà du passé.

— Et ? demanda-t-elle pour l'encourager. As-tu trouvé l'occasion de le faire ?

Marcello eut brièvement l'air furieux.

— Je lui ai parlé pendant le dîner. Je ne lui ai rien proposé directement. En fait, je lui ai simplement dit que j'aimerais beaucoup en savoir plus sur son entreprise au cas où nous serions amenés à travailler ensemble dans l'avenir.

— Qu'a-t-il dit ? demanda Olivia en fronçant les sourcils.

Marcello soupira.

— Il s'est moqué de moi et son fils aussi.

— Quoi ? dit Olivia d'un air incrédule.

Marcello hocha la tête.

— Il a dit que nos prix dépassaient de loin ce qu'il accepterait d'envisager. En fait, il a insulté nos vins en disant qu'ils étaient trop chers. Il a dit que les vins italiens étaient les cousins pauvres de l'Europe et que, si nos tarifs n'étaient pas minimaux, il n'était pas intéressé. Alors, son fils, Terence, s'est moqué de moi en disant que son père avait obtenu un monopole avec beaucoup des marchands de

63

vins les plus importants, qu'il hériterait de l'entreprise dans quelques années et qu'il faudrait que je fasse des courbettes comme un cousin pauvre si je voulais ne serait-ce qu'avoir droit à une entrevue.

Olivia se plaqua une main sur la bouche, horrifiée. Comment le père et le fils avaient-ils osé dire de telles choses, eux qui avaient choisi de confier leur fête de mariage à cet établissement et alors que le marié avait tenté de prouver qu'il avait des ancêtres italiens qui remontaient à six générations !

— On dirait que M. Jones est plus un racketteur qu'un marchant ! s'exclama-t-elle. Quel homme méchant ! La première fois que je l'ai vu, j'ai trouvé qu'il avait l'air louche, comme un homme qui a gagné beaucoup d'argent de manière peu recommandable.

Marcello hocha la tête.

— Je crois que tu as raison. Je crois qu'il est parvenu à dominer le marché et qu'il se sert de cette position de force pour baisser les prix tout en amassant un profit maximum. Ce n'est pas une bonne façon d'agir et ça ne peut pas durer !

Quand il prononça ces derniers mots, sa voix s'éleva, il cria presque et Olivia sentit son cœur se serrer. Elle n'avait jamais vu Marcello dans une telle colère. Elle supposa qu'il avait trop le sens de la justice pour pouvoir supporter l'attitude de M. Jones.

Olivia allait suggérer qu'ils boivent tous les deux un peu de vin pour en discuter. Elle aurait tout fait pour éviter de repartir à l'after. De plus, elle sentait que Marcello avait besoin de se défouler plus longtemps et n'avait pas encore parlé de tout ce qui le préoccupait.

Cependant, quand elle commença à parler, elle entendit un cri et un fracas impressionnant venir de la salle de dégustation.

— Je ferais mieux d'y aller !

Elle se releva brusquement malgré ses pieds endoloris et sortit du bureau de Marcello aussi vite que possible. Que s'était-il passé ? se demanda-t-elle en courant dans la salle de dégustation. Quel nouveau désastre allait-elle devoir affronter, maintenant ?

Les danseurs criaient, hurlaient et reculaient devant un cercle qui s'élargissait rapidement au centre de la piste de danse. Quand Olivia vit Jean-Pierre s'éloigner des lieux à toute vitesse, elle le rattrapa. Elle n'aurait jamais pu l'appeler, car Terenzio avait dû remonter le son après son départ.

Elle l'attrapa par une manche pour l'arrêter.

— Que s'est-il passé ? cria-t-elle.

Elle se reprochait d'avoir quitté la salle ne serait-ce qu'une minute, car la situation avait été trop imprévisible.

— Deux des témoins jonglaient avec des bouteilles de Metodo Classico. C'était une compétition, je crois, dit Jean-Pierre en agitant les bras d'un air consterné. Ils les ont laissé tomber tous les deux en même temps ! Elles ont toutes explosé. Le sol est couvert de bris de verre et de champagne !

Olivia se retrouva bouche bée quand elle constata l'étendue du désastre. Le sol de la piste de danse était devenu une mer de bris de verre et les lasers se reflétaient, criards et intermittents, dans le vin répandu au sol.

Comment était-il possible qu'un événement familial raffiné ait dégénéré si vite ? se demanda-t-elle d'un air incrédule. Elle se posa aussi une question plus grave : vu le niveau d'ivrognerie, qui s'aggravait rapidement, les choses allaient-elles empirer ?

Il allait falloir limiter les dégâts de toute urgence pour l'empêcher.

— Allons chercher des serpillières ! cria-t-elle.

Olivia fonça au fond de la salle de stockage et ouvrit brusquement le placard à balais qui se trouvait dans le coin de droite.

Les balais, serpillières et pelles à poussière servaient de temps à autre, quand un invité renversait un verre par excès d'enthousiasme ou, chose très rare, quand quelqu'un laissait tomber une bouteille.

Olivia saisit tout ce qu'elle put trouver dans le placard. Elle poussa une serpillière et un balai vers Jean-Pierre et en garda un de chaque pour elle-même.

Elle fut soulagée de voir que Paolo, le barman, entrait en toute hâte dans la salle de dégustation pour apporter son aide. Ils allaient avoir besoin de tout le monde pour nettoyer ce chaos de liquide renversé et de bris de verre.

Elle alluma la lumière et baissa la musique puis se rua sur la piste de danse. Le groupe sauvage de fêtards s'était dispersé. Quelques danseurs fervents dansaient encore le swing sur le bord de la piste. Les bris de verre s'étaient répandus sur une grande surface et Olivia marcha presque immédiatement sur un tesson.

— Balayez tout au centre, conseilla-t-elle. C'est la meilleure façon d'être sûr de ramasser tout le verre. Nous pourrons amener l'aspirateur pour le liquide.

Olivia utilisa frénétiquement balai et serpillière et partit à la recherche de tous les tessons égarés.

Quelle folie, pensa-t-elle avec mauvaise humeur. Les demoiselles d'honneur et les témoins se comportaient de manière complètement irresponsable. Quel que soit le pays, leur attitude était socialement inacceptable. Elle aurait aimé pouvoir attraper Terenzio par sa banane noire, luisante et couverte de gel et lui hurler à l'oreille ce qu'elle pensait exactement de lui et de son comportement destructeur.

Le pire était peut-être passé, décida Olivia en essayant de penser de manière positive afin d'éviter de se mettre encore plus en colère. Les ivrognes avaient causé assez de destruction pour pouvoir s'en vanter par la suite et, si le personnel avait de la chance, les fêtards iraient prendre l'air, cela les dessoûlerait et ils se comporteraient plus calmement. Donc, le reste de la soirée devrait se dérouler sans accroc.

Elle se rassura en faisant appel à sa propre raison et calma ainsi son exaspération, ce qui lui donna une énergie extrêmement nécessaire. Le nettoyage fut terminé en quelques minutes.

Fatiguée, Olivia se pencha sur son balai à franges. La piste de danse était maintenant désertée. Olivia plissa les yeux pour ne plus voir les lasers qui zigzaguaient au-dessus d'elle.

Alors, elle entendit un cri perçant arriver de l'entrée de l'exploitation viticole.

Olivia se tourna vers le son, stupéfaite. Elle avait cru que le pire était passé mais, visiblement, elle s'était trompée.

Elle se rua vers la porte pour découvrir quelle nouvelle catastrophe ces fêtards inconséquents avaient provoquée.

CHAPITRE ONZE

Jetant un coup d'œil désespéré à Jean-Pierre tout en fonçant vers l'entrée principale, Olivia vit le message non dit passer entre eux.

Qu'est-ce que ces fous ont bien pu faire d'autre ?

Plus que des heures supplémentaires, Olivia commençait à se dire qu'il faudrait lui verser une prime de risque pour qu'elle gère ce groupe d'illuminés !

Elle s'arrêta en dérapant quand elle vit Angelique dans le hall.

Elle avait la bouche ouverte et elle était prête à pousser un nouveau cri. Elle avait le visage rouge vif, les yeux rouges et les poings serrés de fureur. Horrifiée, Olivia la vit regarder autour d'elle. Visiblement, il fallait qu'elle passe sa colère de manière plus physique.

Elle saisit un énorme vase en verre rempli de roses roses et le leva au-dessus de sa tête.

— Non, non, non ! supplia Olivia.

Elle avait balayé assez de bris de verre pour toute une vie ! Elle fonça sur Angelique et saisit le bord lourd et glissant du vase en essayant d'empêcher Angelique de le jeter au sol.

Un déluge d'eau glaciale s'abattit sur la tête d'Olivia, suivi par les chocs légers de plusieurs roses.

Le souffle coupé, Olivia cligna des yeux, choquée par le froid. Elle commençait sérieusement à regretter les décisions qu'elle avait prises. Au moins, le vase avait été sauvé, se dit-elle, même si sa coiffure n'était plus qu'un souvenir. Une autre paire de mains fortes saisit le vase. Jean-Pierre était venu la sauver.

Secouant ses cheveux trempés, Olivia enjamba la mare pour se placer à côté d'Angelique.

La jeune blonde hurlait de manière incontrôlable et, quand Olivia essaya de lui prendre doucement un bras, elle la repoussa.

Olivia essaya à nouveau en plaçant une paume froide et mouillée sur l'épaule tremblante de la jeune femme.

— Tout va bien, dit-elle pour la rassurer. Tout va bien. Je crois que tout a dérapé un peu. Prenez votre temps. Dites-moi ce qui s'est passé.

Du coin de l'œil, elle vit Jean-Pierre placer le vase vide à l'abri sous une des tables puis ramasser les roses tombées à terre. D'autres gens arrivaient, alertés par le tumulte. Les parents d'Angelique se précipitaient vers le hall d'un air anxieux et son frère traversait la piste de danse d'un air déterminé pour les rejoindre.

Angelique se tourna vers Olivia et cette dernière vit de la rage pure dans ses yeux.

— Je suis sortie pendant que vous nettoyiez, siffla-t-elle. Alors, j'ai vu ce salaud de coureur de Terence embrasser Alice. Ma propre sœur !

Mme Miller poussa un petit cri.

Soudain, Olivia se souvint de la conversation à voix basse qu'elle avait entendue dehors. Elle avait craint le pire et c'était arrivé. L'homme avait dû être Terence.

Jean-Pierre fronçait les sourcils, confus.

— Mais comment a-t-il pu faire ça ? Vous vous mariez demain, non ? demanda-t-il.

— Plus maintenant ! cria Angelique.

Derrière elle, Olivia entendit Mme Miller pousser un autre cri, plus fort que le précédent, en entendant cette nouvelle choquante.

Olivia et Jean-Pierre se contemplèrent l'un l'autre, horrifiés. Cela compromettait tout le mariage. Comment une telle chose avait-elle pu se produire ? se demanda Olivia, tourmentée.

— Était-ce un baiser amical ? Il l'embrassait peut-être comme le ferait un frère, suggéra Jean-Pierre d'un ton optimiste.

— Qu'entendez-vous par-là ? demanda le frère d'Angelique d'un ton menaçant.

Alors qu'elle massait les épaules à Angelique, Olivia sentit la panique monter en elle. Elle ne savait pas du tout comment gérer cette situation et, pire encore, elle lui rappelait des souvenirs qu'elle aurait préféré oublier.

Angelique sembla apprécier la question de Jean-Pierre. Elle lui fournissait une opportunité de communiquer des opinions qui, comme Olivia s'en rendit compte, étaient extrêmement fortes, bien que récemment formées.

— Il avait le visage plaqué contre le sien ! Je l'ai vu clairement. C'était son visage dégoûtant, laid et hypocrite et ce n'était absolument pas un baiser fraternel.

Olivia s'efforça de ne plus repenser à la catastrophe qui l'avait poussée à annuler son mariage avec Ward. Ce n'était pas le moment de s'appesantir sur les mauvaises décisions qu'elle avait tenté d'oublier. Il fallait plutôt essayer de gérer la situation présente.

— Pourquoi ferait-il une telle chose ? demanda Jean-Pierre d'un air perplexe.

— Parce que c'est un homme infidèle, sournois et fourbe, annonça Angelique à Olivia, à Jean-Pierre et à tous les autres. Parce qu'il n'est pas digne de confiance et parce qu'il est lâche, puant et menteur. Je n'aurais jamais dû accepter de l'épouser ou de croire qu'il avait un bon côté ! Il est plus faux qu'un — qu'un sac à main Gucci en plastique ! Mon sac de voyage Moschino a plus de racines italiennes que lui. C'est un sournois mielleux, doucereux, prétentieux —

Heureusement, à ce moment-là, Angelique se retrouva à bout de souffle. Olivia ne crut pas une seule minute qu'elle était à court de mots. Elle était certaine que cette blonde en avait beaucoup d'autres en réserve. Alors, la blonde inspira brusquement et recommença à sangloter.

— C'est absolument inacceptable et je suis d'accord avec vous, se mit à crier Olivia en s'étonnant elle-même. Ce soir, son comportement a été atroce. Honteux, en fait ! Il a été impoli avec moi et mon assistant et, d'après mon expérience, quand on traite mal les inconnus, on traite ses amis de la même façon. Il n'a aucun droit de vous tromper et il mérite d'être puni pour cet affront. Donc, si ça signifie qu'il ne vous épousera pas, eh bien, c'est de sa faute. Il l'a cherché !

Alors qu'Olivia avait espéré être la voix de la raison, elle fut étonnée d'entendre ces mots furieux sortir de sa bouche.

Elle ne pouvait pas arrêter de penser au moment où elle était entrée dans la chambre d'hôtel de Ward le matin de leur mariage. Elle avait attendu qu'il aille prendre son petit-déjeuner et s'était rapidement procuré une clé à la réception. Ils avaient loué des chambres séparées au Holiday Inn, mais Olivia avait voulu faire une surprise à Ward en lui offrant une boutonnière pour son costume ainsi qu'un message écrit.

Elle avait prévu de laisser son cadeau sur le lit, à la mode romantique, puis de repartir à toute vitesse dans sa propre chambre pour commencer à se préparer.

Jamais elle n'aurait imaginé qu'elle trouverait son amie et demoiselle d'honneur Hayley *dans* le lit, d'où elle avait contemplé Olivia, horrifiée.

Comme Angelique, Olivia n'avait pas été avare de mots. La crise d'hystérie qui avait suivi avait fait sortir les clients des chambres voisines, le directeur de la réception et, finalement, Ward de la salle de petit-déjeuner.

Olivia lui avait jeté la boutonnière, avait immédiatement annulé le mariage et avait furieusement quitté le Holiday Inn. Ce n'était pas étonnant qu'elle ait tenté d'effacer cette journée-là de son esprit ! Elle était embarrassée d'avoir commis une telle erreur de jugement. Elle aurait dû se rendre compte que le charme de Ward était hypocrite et qu'il n'avait jamais vraiment cru la plupart des choses qu'il avait dites. Il avait été narcissique et elle était sûre que Terence l'était, lui aussi.

— Vous avez commis l'erreur de faire confiance à votre fiancé, dit-elle à Angelique. Certaines personnes ne sont pas dignes de confiances et mentent !

Olivia entendait la colère dans sa propre voix. Après toutes ces années, elle était encore furieuse de ce que Ward avait fait. De plus, elle en avait assez de Terence. Il avait bu de manière irresponsable, avait renversé du champagne sur elle et l'avait traitée comme une esclave. Enfin, il avait insulté Marcello. Dans le monde entier, il n'y avait pas assez d'argent pour que cette fête mérite d'exister.

Une voix mâle et furieuse retentit fortement pour approuver les propos d'Olivia.

— Où est-il ? Je vais le trouver et le tabasser !

Quand Olivia leva les yeux, elle vit le frère d'Angelique. Il avait l'air furieux et ses joues rubicondes étaient rouge vif.

— Comment a-t-il pu oser faire une telle chose ? C'est de sa faute, pas de celle d'Alice. Il a dû abuser d'elle !

— Oh, non, tu te trompes, Lysander ! cria une autre voix agressive derrière lui.

Lysander ? Alors qu'Olivia s'étonnait de ce nom étrange, elle vit que les témoins Kyle et Rog s'étaient joints à la mêlée avec Lance, le frère de Terence.

— Alice est une salope ! Elle a probablement essayé de le séduire !

— Terence, je veux dire Terenzio, est un brave gars ! Il n'aurait jamais fait ce genre de chose !

— Tu cherches la bagarre, Lysander ?

Les quatre hommes se tournèrent les uns vers les autres et fléchirent tous leurs muscles, mis à part Lance, qui tenait une bouteille de vin blanc ouverte dans une main et une tranche de gâteau dans l'autre. Par contre, Kyle remontait déjà ses manches et Olivia craignait qu'une bagarre ne soit imminente.

Elle aurait dû parler différemment. En s'énervant, elle avait aggravé la situation ! Elle aurait voulu revenir à leur fête avec le rap et l'alcool. Cette fête avait été incontrôlable et démente mais, au moins, tout le monde s'était amusé. Ils étaient en pleine crise et elle ne savait vraiment pas quoi faire.

— Allons nous asseoir, annonça-t-elle aussi fort qu'elle le put pour que les invités puissent tous l'entendre. Il faut qu'on discute de ça calmement. Il pourrait y avoir une — une raison pour ça. Il l'a peut-être prise pour vous ?

— Impossible ! cracha Angelique en retrouvant son souffle. C'était délibéré, intentionnel et il savait ce qu'il faisait !

— Venez. Il fait froid, dans le hall d'entrée.

Du moins, *elle* avait froid. Dans son haut trempé, elle commençait à frissonner. Dans le restaurant, il y avait des radiateurs et un grand feu, se souvint-elle.

Olivia emmena Angelique à l'abri dans le restaurant aux tentures roses, suivie par tous les autres. Lysander et les témoins échangeaient des murmures agressifs et ne semblaient pas avoir envie de résoudre leurs désaccords.

Petra, la grand-mère d'Angelique, était assise à la table la plus proche du feu et elle y buvait un sherry. Comme elle était sourde, Olivia ne voulait pas l'inquiéter avec ce drame. Elle préféra se diriger vers la table qui se trouvait à côté du radiateur le plus gros et s'y asseoir le dos vers le radiateur.

Des assiettes de gâteau et de chocolats assortis avaient été placées sur les tables. Malgré la tension du moment, Olivia contempla ces desserts délicieux avec envie. Elle se souvint que, quand on organisait des soirées, on mourait toujours de faim.

Au bar, la fontaine de chocolat déversait des vagues écœurantes de bouillasse rose. Quand Olivia la regarda, sa faim se calma.

— Ma chérie, je suis sûre qu'Alice n'a pas pu faire une telle chose, dit la mère d'Angélique pour rassurer sa fille. Veux-tu du thé ? Ou de l'eau ? Je suis sûre que nous trouverons une solution.

Olivia grimaça. Elle aurait pu dire à Mme Miller que c'était une mauvaise idée de dire ça. Angelique se tourna vers elle d'un air furieux.

— Est-ce que vous me traitez de menteuse ? Le menteur, c'est Terence. Quant au mariage, c'est terminé ! Je ne changerai pas d'avis !

Au moment même où Angelique annonçait sa décision, quelqu'un baissa la musique.

Ses mots résonnèrent dans tout le restaurant. Tout le monde tourna la tête.

Quelques moments plus tard, ils furent entourés par un cercle d'invités. Certains avaient l'air horrifiés, d'autres fascinés. Mamie B, aussi connue sous le nom de Nonna, la grand-mère de Terenzio, semblait avoir faim.

— Vous voulez du gâteau ? dit-elle en se servant avant de faire circuler l'assiette.

— Il m'a trompé ! Avec ma propre sœur ! se lamenta Angelique.

Olivia chercha non sans difficulté des mots de consolation mais, à ce moment-là, Terenzio entra nonchalamment dans le restaurant et elle se figea, inquiète.

Il y avait un demi-sourire détendu sur son beau visage. Ses cheveux étaient ébouriffés et, embarrassée, Olivia imagina Alice passer les doigts dedans.

— Salut, tout le monde ! Quoi de neuf ? demanda-t-il tranquillement.

Angelique se leva d'un bond en titubant sur ses chaussures à talons hauts chics. Olivia la saisit par un bras et l'aida à retrouver son équilibre. Cassidy se précipita dans le restaurant derrière Terence, le dépassa et se dirigea tout droit vers Angelique, à qui elle prit une main pour la soutenir.

— N'approche pas de moi, hypocrite ! Je t'ai vu dehors avec Alice, cracha Angelique.

Terence pâlit et sembla brièvement horrifié.

Alors, faisant preuve d'une résilience remarquable, il retrouva toute son assurance.

— Tu te trompes, ma chérie ! Tu es l'amour de ma vie. Je n'étais pas en train d'embrasser Alice. En fait, j'étais en train de lui murmurer à quel point je t'aime, ma bambino.

Olivia grimaça en espérant que ni Alice ni sa famille n'auraient remarqué que Terence venait de traiter Angelique de jeune garçon.

— Tu étais collé contre elle. Je sais ce que ça veut dire, siffla Angelique. Arrête de mentir et va te faire voir !

— Oui, sors d'ici !

Furieux, le père d'Angelique se leva d'un bond.

— Tu as bouleversé ma petite chérie et, maintenant, elle veut tout annuler. Sais-tu combien d'argent nous avons dépensé pour cette fête, que tu as absolument voulu en Italie à cause de tes racines soi-disant italiennes ? C'est un désastre total. J'ai investi dans ce mariage parce que j'ai cru que ma fille adorée serait en sécurité avec toi. Maintenant, je ne suis même pas sûr que ce soit fiscalement déductible. Qu'en dis-tu, ma chérie ?

Il se tourna vers sa femme, mais elle était en larmes, la tête dans les mains.

Terence avait pris une expression menaçante.

— Vous ne me croyez pas ? cria-t-il.

— Jamais je ne pourrais croire ce tas de mensonges, répliqua M. Miller sans tenir compte du cri furieux du père de Terence, qui se dépêchait de venir se mêler à la dispute, ou des grognements menaçants des témoins.

— Eh bien, dans ce cas, d'accord ! C'est parfait ! Je ne crois pas avoir envie d'être achochi — associé à une famille qu'a pas confiance en moi !

Terence avait mal prononcé ses mots, finalement rattrapé par les effets de l'alcool.

Il prit une bouteille de vin rouge pleine disponible sur le bar et commença à s'en aller avec.

Alors, il s'arrêta et contempla la bouteille comme un myope, comme s'il venait d'arriver à une conclusion compliquée et difficile.

Passant devant son père, Terence partit vers le comptoir de dégustation et prit un des tire-bouchons qu'Olivia y avait laissés. Alors que les vins blancs et les rosés de La Leggenda avaient des bouchons qui se vissent, leurs rouges étaient encore équipés d'un bouchon traditionnel, comme dans beaucoup d'autres exploitations viticoles.

Tire-bouchon en main, Terence se dirigea vers la porte de l'exploitation viticole à grands pas mais aussi en trébuchant parfois puis disparut dans la nuit.

— Regardez ce que vous avez fait, aboya le père de Terence d'un ton agressif. Vous l'avez insulté sans l'écouter jusqu'au bout, alors qu'il aurait probablement suffi de lui laisser le temps de s'expliquer.

Il adressa un regard noir au père d'Angelique, qui s'assit les bras croisés et le gratifia d'un regard similaire.

— S'il ne revient jamais, ça m'est égal ! hurla Angelique. Je le déteste et je voudrais qu'il meure !

Ses paroles résonnèrent dans tout le restaurant.

Olivia était à court de mots. Elle échangea un coup d'œil impuissant avec Jean-Pierre. Quand elle leva les yeux, elle vit que

Gabriella observait la scène depuis la cuisine, fascinée. Probablement alerté par l'arrêt de la musique, Marcello était sorti de son bureau et se tenait à l'entrée du couloir. Il avait l'air furieux.

— Mon pauvre garçon, victime d'une telle conspiration, dit le père de Terence avec colère.

Repoussant les mains des trois demoiselles d'honneur aux cheveux châtains inquiètes, Angelique se leva.

— Allez-vous-en. Je vous déteste toutes, vous aussi. Vous l'avez probablement toutes embrassé ! Je veux rentrer à la maison !

Elle sortit par la porte latérale du restaurant d'une façon très théâtrale, suivie par Cassidy, qui lui courait après en lui demandant de s'arrêter.

— Où est Alice, au fait ? demanda Mme Miller en s'essuyant les yeux. Et où est Jewel ?

— Je ne sais pas où Alice se trouve, mais j'ai vu Jewel courir vers les toilettes des dames il y a un moment, dit Mamie B en gloussant. Elle n'avait pas l'air en très bonne forme. Je crois qu'elle regrettait son huitième verre de vin.

— Je vais trouver Alice, dit Dinah, la dernière demoiselle d'honneur, en quittant hâtivement le restaurant.

Olivia contempla à nouveau l'assiette d'en-cas. En ce moment stressant, elle semblait lui crier son nom.

Elle avait besoin d'une minute pour se remettre les idées en place et, en se reposant, elle allait manger du sucre. Elle tendit une main et prit une part de gâteau de mariage, qui était parsemé de fruits et de cerises et couvert d'un glaçage épais rose avec une couche blanche de pâte d'amandes à l'intérieur.

Elle en mangea un petit morceau, puis un autre en se souvenant qu'elle avait fait don de sa bague de fiançailles à une kermesse après avoir découvert que Ward l'avait trompée. Elle ne l'avait plus jamais vu et n'avait plus jamais eu de nouvelles de lui. Il était passé à autre chose, mais Olivia était sûre qu'il n'avait rien changé à ses habitudes.

À une vitesse stupéfiante, le gâteau eut disparu. Quand elle s'essuya les miettes de la bouche et leva les yeux, elle vit que Marcello était parti. Les deux groupes de parents étaient assis à des côtés opposés du restaurant, où ils chuchotaient ensemble en jetant parfois des regards sombres à leurs ennemis. Jean-Pierre récupérait les verres utilisés dans la salle de dégustation et Gabriella s'était retirée dans la cuisine, d'où l'on sentait arriver l'arôme délicieux du café. Elle avait clairement décidé d'ignorer tout ce drame et de s'en tenir à l'emploi du temps prévu pour la soirée, selon lequel, à vingt-trois heures, on servait le thé et le café.

Olivia décida de rassembler les invités et de leur suggérer à tous de rentrer prendre le café. La caféine les calmerait probablement et ce serait une bonne chose. Elle pourrait aider à rattraper cette situation terrible, même si Olivia ne savait pas comment.

Elle se dirigea vers la salle de dégustation et prit son téléphone. Quand elle alluma la lampe de poche, elle eut l'impression d'être la matrone d'un internat qui allait chercher un groupe d'élèves indisciplinés.

La fraîcheur de l'air nocturne fit tressaillir Olivia. Le vent soufflait dans ses cheveux encore mouillés et elle se dit qu'elle aurait dû prendre son manteau en même temps que son téléphone.

En frissonnant, elle suivit l'allée pavée qui menait au parking. Elle voulait revenir à l'exploitation viticole par l'entrée principale et demander à tous les gens qu'elle trouverait en route de rentrer.

Quand elle traversa le parking, que sa lampe de poche éclairait d'un rayon qui tremblait d'un côté à l'autre, elle constata avec étonnement qu'il n'y avait presque personne à cet endroit. Seuls les grands SUV que les invités du mariage avaient loués occupaient le pavage impeccable.

Quand Olivia passa devant un des SUV, garé sous un lampadaire discret, elle remarqua une forme à l'arrière.

Elle hésita et regarda à nouveau au travers de la vitre teintée.

Était-ce Terence ? Elle pensa reconnaître la silhouette maintenant décoiffée de sa banane parfaitement sculptée par le gel.

S'était-il évanoui là ? Olivia soupira. Elle aurait aimé que son ivrognerie inconséquente le rattrape une demi-heure plus tôt et leur épargne tous les soucis que l'on sait !

Soudain, elle se souvint de la bouteille de vin. Si Terence s'était évanoui, le vin rouge aurait pu se répandre sur l'intérieur de la voiture, ou alors, il pourrait se renverser à n'importe quel moment.

Elle ferait mieux de sauver la bouteille, décida-t-elle, ou alors, cela causerait un désastre.

Un autre désastre, pensa-t-elle en essayant d'ouvrir la portière de derrière de la voiture.

À son grand soulagement, elle s'ouvrit. Olivia éclaira l'intérieur avec sa lampe de poche mais ne put ni voir ni sentir s'il y avait du vin renversé. L'entreprise de location en serait contente, se dit-elle.

Quand Olivia observa avec perplexité l'homme avachi, elle se rendit compte de deux autres choses.

D'abord, Terence était étrangement immobile. Il ne produisait pas les ronflements prolongés qu'elle se serait attendue à entendre chez un jeune homme inconscient qui avait bu assez pour étancher la soif d'un éléphant.

Ensuite, le tire-bouchon n'était plus dans sa main.

Il était … Il était …

Olivia laissa échapper un cri bref d'angoisse quand son cerveau assembla les éléments disparates que ses yeux étonnés voyaient.

Le tire-bouchon dépassait du cou de Terence.

CHAPITRE DOUZE

Se plaquant les mains sur la bouche, Olivia recula en trébuchant, effrayée par ce spectacle sinistre. Elle ne s'arrêta que quand son derrière toucha la voiture garée à côté.

Elle s'appuya contre elle. Elle se sentait faible et avait l'impression qu'elle allait vomir.

C'était un meurtre, sans nul doute. Terence était mort. Les émotions avaient débordé, les tensions avaient claqué et un des fêtards l'avait tué.

— C'est impossible ! chuchota-t-elle.

Quand elle s'était demandé si quelque chose d'autre pourrait tourner mal, elle n'avait jamais rêvé que ce serait une catastrophe de cette amplitude.

Machinalement, Olivia se mit à fuir la scène de crime et à traverser l'obscurité en chancelant sur des jambes molles comme du coton. Elle ne voulait plus jamais voir ça ! Elle voulait récupérer Erba, sa voiture et repartir à sa ferme tout de suite. Ce chaos, ces familles en conflit et la vue choquante de ce cadavre, elle voulait laisser tout cela derrière elle.

Ce ne fut qu'au moment où elle atteignit la porte du restaurant qu'elle se rendit compte que c'était la pire des idées.

Elle avait trouvé le corps ! Elle ne pouvait pas s'enfuir chez elle. Elle était responsable de la suite des événements. Quelque part, un tueur avait réussi son crime et espérait qu'on ne le retrouverait jamais.

Respirant rapidement, Olivia se retourna et se força à retourner à la voiture.

Il faut appeler la police, décida-t-elle. C'était ce que ferait une personne raisonnable. Il fallait qu'elle devienne cette personne, et vite, avant qu'il ne soit trop tard. En fait, cela aurait dû être sa toute première action, avant qu'elle ne s'enfuie.

Elle fouilla dans la poche de sa veste, heureuse d'avoir apporté son téléphone. Même si elle avait fortement envie de repartir se réfugier dans le bureau de Marcello, Olivia savait qu'il fallait qu'elle fasse le nécessaire, ici et maintenant, dans le parking. Chaque moment comptait.

Pourtant, elle ne pouvait pas regarder cette chose horrible un moment de plus.

Olivia referma du pied la portière de la voiture.

— Je voudrais parler à l'inspecteur en charge, s'il vous plaît, dit-elle quand quelqu'un décrocha.

Elle parla aussi doucement que possible, comprenant soudain que l'assassin était peut-être caché tout près.

— J'appelle de l'exploitation viticole de La Leggenda pour signaler un meurtre, dit-elle dès que l'inspecteur de sexe masculin répondit à son appel.

Olivia fournit rapidement les détails, dont le numéro d'immatriculation du véhicule. Elle essayait de parler aussi calmement que possible, mais elle entendait qu'elle avait une voix aiguë, qu'elle se trompait en lisant le numéro d'immatriculation et même qu'elle écorchait le nom de la route. Le pire, c'était qu'elle savait que sa description confuse serait enregistrée pour que tous les policiers puissent l'entendre et que son incohérence pourrait éveiller les soupçons.

Finalement, l'épreuve de signalement du crime prit fin.

— *Grazie*, chuchota-t-elle.

Elle raccrocha et scruta l'obscurité les yeux écarquillés, redoutant que l'assassin ne jaillisse soudain de derrière une voiture ou n'émerge d'un des pots de fleurs en terre cuite installés aux quatre coins de l'exploitation viticole.

Cependant, le parking était silencieux, même s'il y avait beaucoup de bruit plus loin. Des cris résonnaient faiblement dans le hall et elle repéra le son distant d'une dispute, ainsi que la musique, que quelqu'un avait rallumée.

Maintenant, il fallait qu'elle tente de rassembler les invités, décida-t-elle. Comme ça, ils seraient tous dans une seule pièce quand la police arriverait.

Tremblant de tous ses membres, elle entra dans l'exploitation viticole par le restaurant.

— Est-ce que tout le monde peut venir ici, s'il vous plaît ? cria-t-elle.

Plongés dans leur discussion, les parents d'Angelique l'ignorèrent complètement. Même Gabriella, qui ajoutait de la crème fouettée à un Irish coffee au bar, ne leva pas la tête.

Olivia se rendit compte que le volume de sa voix n'avait guère dépassé celui d'un petit cri voilé.

Quand elle se souvint que le système de sonorisation comprenait un micro et des enceintes, elle décida de s'en servir.

Elle se dirigea vers le micro, l'alluma et parla avec plus d'autorité.

— EST-CE QUE TOUT LE MONDE PEUT VENIR ICI, S'IL VOUS PLAÎT ?

Les mots résonnèrent violemment et firent trembler les fenêtres. Olivia fut surprise que le plâtre ne tombe pas du plafond. Un larsen assourdissant suivit son annonce tonitruante.

La musique s'arrêta brusquement et Olivia entendit le tintement distinctif du verre qui se brise.

La belle-mère de Terence avait été tellement étonnée qu'elle avait laissé tomber sa flûte de champagne.

La mondaine de moins de quarante ans se retourna et adressa un regard noir à Olivia.

— Qu'imaginez-vous ? Nous n'allons pas raccourcir cette soirée. L'heure à laquelle vous comptez fermer m'importe peu. Nous sommes les clients, ici. Laissez-nous en paix et retournez travailler, ordonna-t-elle. Garçon, apportez-moi un autre verre de Classico a la Methodo, dit-elle à Jean-Pierre en claquant les doigts.

— Exactement.

Le père de Terence hocha la tête fermement en rentrant dans le restaurant, un verre de sangiovese en main. Il était suivi par les trois demoiselles d'honneur aux cheveux châtains, qui étaient brièvement retournées sur la piste de danse à la fin du drame.

— C'est nous qui décidons, ici. Que quelqu'un nettoie tout ça.

— Je nettoie d'abord, puis je vous apporte votre boisson !

Brandissant une pelle à poussière et une brosse, Jean-Pierre passa loyalement à l'action sans attendre.

Olivia décida d'ignorer les Jones. Après tout, c'était une grosse urgence.

Elle baissa légèrement le volume et réessaya.

— EST-CE QUE TOUT LE MONDE PEUT VENIR TOUT DE SUITE DANS LE RESTAURANT ?

Gabriella plaça le café sur un plateau et fronça les sourcils comme pour indiquer à Olivia qu'elle dérangeait.

Deux des témoins arrivèrent à l'entrée du restaurant.

— Vous voulez une carrière dans le show business ? dit Kyle pour se moquer d'Olivia. Ne démissionnez pas de votre travail !

— Une chanson ! dit Rog sur le même ton.

Olivia les contempla avec exaspération. Pourquoi personne ne comprenait-il la gravité de cette situation ?

Jean-Pierre finit de balayer le verre. Il emporta la pelle à poussière et la brosse puis revint avec une flûte de vin pétillant remplie à ras-bord.

Quelques gens entrèrent peu à peu. Mamie B tenait un autre whisky, plus grand que le précédent. Alice et Lysander entrèrent en se disputant à voix basse.

Alors, de dehors, on entendit approcher rapidement le vacarme des sirènes.

— Une minute ! dit la belle-mère de Terence d'un ton outragé. Vous avez appelé la police pour nous chasser ? C'est incroyable. Nous avons réservé cette salle pour la soirée. Si nous sommes en retard, ça m'est égal. Nous resterons aussi longtemps que nous le voudrons !

— Exactement, convint Kyle. On devrait vous arrêter pour avoir gâché l'ambiance.

— CE N'EST PAS POUR CELA QUE JE VOUS AI DEMANDÉ DE VENIR ICI !

Exaspérée, Olivia avait oublié qu'elle tenait encore le micro.

— SI JE VOUS AI TOUS DEMANDÉS DE VENIR ICI, C'EST PARCE QUE LE MARIÉ EST MORT. IL A ÉTÉ ASSASSINÉ ET LA POLICE VIENT ENQUÊTER !

Elle se rendit compte trop tard que ses mots n'étaient pas seulement parvenus aux Jones mais avaient résonné partout dans l'exploitation viticole. Horrifiée, Olivia éteignit le micro et sursauta quand Gabriella laissa tomber le plateau d'Irish coffee et qu'il heurta le sol avec fracas.

Récupérant sa pelle à poussière et sa serpillière, Jean-Pierre se précipita vers elle.

La belle-mère de Terence se leva d'un bond en faisant bruyamment tomber sa chaise derrière elle.

— Non ! cria-t-elle. Impossible ! Tous nos amis sont déjà venus ici pour l'événement de l'année. Notre story allait figurer dans *Elite Traveler*. Ils nous ont promis quatre pages. Il faut que ce mariage ait lieu. C'est forcément un mensonge !

Elle se tourna vers son mari en sanglotant.

— Est-ce un mensonge ?

80

Stupéfait, le père de Terence secoua lentement la tête.

Kyle et Rog se ruèrent vers Olivia.

— Assassiné ? Comment ? lui cria Rog.

Ils ressemblaient à deux lyncheurs et Olivia fut soulagée que le vacarme des sirènes résonne maintenant juste à l'extérieur de l'exploitation viticole.

Le vacarme s'interrompit brusquement.

Juste après, il y eut des bruits de pas autoritaires en face de l'entrée principale.

L'inspectrice Caputi entra, suivie par deux inspecteurs en civil et un agent en uniforme.

Elle adressa un regard noir à Olivia comme si cette dernière avait été la cause directe de tous ces problèmes.

Olivia regarda nerveusement l'inspectrice mince, sévère et tirée à quatre épingles qui était son ennemie jurée. Depuis leur dernière rencontre, où Olivia avait failli se faire arrêter, elle avait espéré ne jamais la revoir. La coupe au carré gris acier de l'inspectrice était plus sèche et plus stricte que dans ses souvenirs. Olivia était sûre que, à cette heure de la nuit, son caractère devait être semblable à sa coupe.

Avec tous ses cheveux brillants bien en place et son rouge à lèvres impeccable sur sa bouche sans sourire, elle n'avait pas l'air d'avoir été tirée du lit par l'appel. Olivia se demanda s'il lui arrivait de dormir !

Après avoir crucifié Olivia de son regard froid, l'inspectrice Caputi en gratifia toutes les autres personnes présentes dans la salle.

— *Buona sera*, dit-elle sur un ton qui indiquait clairement à tout le monde que ce n'était pas du tout une bonne soirée. Je vois c'est une fête de mariage. Où logez-vous tous ?

C'était comme si la directrice venait d'entrer. Les témoins regardèrent par terre. Mme Jones contempla l'inspectrice Caputi avec un silence plein de remords.

Olivia ne put s'empêcher de se dire qu'ils avaient tous l'air remarquablement sobres. Elle ne savait pas si c'était à cause du choc causé par le meurtre ou de l'arrivée de l'inspectrice effrayante. Dans un cas comme dans l'autre, les événements des quinze dernières minutes avaient effectué le travail que des litres de café fort et huit heures de sommeil auraient eu du mal à accomplir.

Finalement, ce fut le père de la mariée qui parla.

— Nous logeons tous à La Locanda.

— L'hôtel cinq étoiles derrière la ville de Collina ? demanda sèchement l'inspectrice.

— Euh, oui. À environ dix minutes de voiture d'ici.

Caputi le regarda sévèrement.

— Vous comptiez rentrer en taxi, n'est-ce pas ?

— Euh — oui, absolument, dit M. Jones en regardant les verres vides. Un taxi. Après la fête. Oui.

— Tous les véhicules de location resteront où ils sont.

Elle se tourna vers son agent.

— Appelez des taxis pour remmener ces invités à l'hôtel maintenant.

Alors, s'adressant au groupe en général, elle ajouta :

— Vous allez écrire vos noms et vos numéros de chambre dans ce carnet de notes. À votre retour, ne quittez pas l'hôtel, ni même vos chambres. Je vous interrogerai dès que nous aurons terminé ici.

Elle tendit le carnet de notes à l'invité le plus proche.

Olivia regarda l'inspectrice Caputi avec effroi. Elle se dit qu'elle n'aurait pas dû être inspectrice de police mais directrice d'une école privée onéreuse. Dans la salle, on n'entendait que le grattement du stylo sur la page. Personne ne pleurait même plus, pas même la belle-mère de Terence. De toute façon, soupçonna Olivia, son chagrin intense avait été causé par le fait que le mariage ne bénéficierait pas de son article de quatre pages dans *Elite Traveler*. Elle n'était même pas sûre que cette femme ait aimé son beau-fils !

Même Mamie B semblait calme. Sirotant son whisky d'un air inexpressif, elle jetait de temps en temps un coup d'œil à Lance.

— Le crime a-t-il eu des témoins ? demanda l'inspectrice.

Le groupe resta muet. Tous ses membres échangèrent des coups d'œil coupables.

— Non ? Et qui a découvert le corps ?

Tout le monde se tourna vers Olivia.

Elle cligna rapidement des yeux quand elle se rendit compte des conclusions que l'on pourrait tirer de sa présence dans le parking au pire moment possible.

— Vous ? dit l'inspectrice d'un ton qui ne paraissait exprimer aucune surprise. Bien sûr, ajouta-t-elle.

Elle contempla Olivia d'un air pensif puis hocha énergiquement la tête comme si elle venait de confirmer ses propres soupçons.

CHAPITRE TREIZE

Olivia se percha sur le bord de la chaise du restaurant où l'inspectrice lui avait ordonné d'attendre. Elle regarda les derniers fêtards auparavant ivres et tapageurs sortir tranquillement et monter dans les taxis qui les attendaient.

En les regardant depuis la porte, l'inspectrice Caputi marmonna quelque chose à voix basse. Olivia pensa qu'elle avait dit « *Grazie a Dio* ». Elle ne pouvait pas en vouloir à l'inspectrice. Elle était heureuse d'être débarrassée d'eux, elle aussi, mais elle était également inquiète parce qu'elle était maintenant la seule personne à intéresser l'inspectrice.

Elle se détendit légèrement quand Caputi sortit, visiblement pour s'assurer franchement que tout le monde s'en aille de manière ordonnée. Alors qu'elle n'avait pas du tout faim, Olivia tendit la main vers une des fourchettes en argent, la prit et l'enfonça dans une tranche du gâteau de mariage. Quand elle était stressée, elle mangeait. Alors qu'elle mâchait machinalement, elle se sentit reconnaissante d'avoir du sucre pour se réconforter. Les quelques heures précédentes avaient été un grand huit émotionnel long et épuisant.

Elle avala rapidement sa bouchée et posa la fourchette quand l'inspectrice retourna.

— Dans cette exploitation viticole, qui d'autre était sur site au moment du meurtre ? demanda-t-elle sèchement.

Olivia se sentit soulagée quand elle entendit la voix grave de Marcello résonner derrière elle. Même s'il avait l'air aussi stressé qu'Olivia se sentait, son ton était fort et autoritaire.

— Olivia et l'assistant sommelier Jean-Pierre ont travaillé avec les invités pendant la répétition, expliqua-t-il. J'ai passé la plus grande partie de la soirée dans mon bureau. Paolo, le barman, et Gabriella, notre directrice de restaurant, ont servi les invités pendant toute la soirée et ils n'ont pas quitté le restaurant.

L'inspectrice effrayante aux cheveux gris hocha la tête.

— Gabriella et Paolo peuvent partir. Vous pouvez vous asseoir, et Jean-Pierre aussi.

Olivia fut contente d'avoir Jean-Pierre à ses côtés. Il contourna la table et s'assit craintivement sur sa chaise, visiblement aussi intimidé par Caputi qu'Olivia. Marcello s'assit en face. Olivia voyait qu'il faisait de grands efforts pour rester calme et maître de la situation.

— Décrivez-moi ce qui s'est passé ce soir. C'était la répétition, n'est-ce pas ? Donc, la famille et les amis, mais pas tous les invités au mariage ? demanda l'inspectrice.

— C'est exact, convint Marcello.

Olivia inspira profondément. Comme elle était le membre du personnel le plus âgé à avoir été sur site toute la soirée, elle savait que c'était elle qui allait devoir fournir le premier compte-rendu de ce qui s'était passé.

— Les invités du mariage étaient du New Jersey, expliqua-t-elle. C'était leur premier séjour en Toscane. Je ne sais pas si les deux familles se connaissent bien l'une l'autre, mais je dirais assez mal. Elles semblaient riches et fières toutes les deux et n'hésitaient pas à devenir agressives si les choses ne tournaient pas comment elles le voulaient.

Et même si leurs exigences étaient déraisonnables, pensa-t-elle avec ressentiment. L'épisode des ours en cristal lui restait encore en travers de la gorge ! Angelique avait complètement abusé de son pouvoir à cette occasion.

Olivia se sentit encouragée quand elle vit Marcello et Jean-Pierre hocher la tête avec enthousiasme pendant qu'elle parlait.

Elle ne savait pas ce que l'inspectrice Caputi pensait de son compte-rendu. La policière était tellement difficile à déchiffrer que c'en était troublant. Olivia aurait détesté s'asseoir face à elle à une table de poker. Cela dit, être assis face à elle à une table d'enquête n'était guère mieux.

L'inspectrice Caputi avait la très mauvaise habitude de considérer Olivia comme suspecte principale par défaut dès qu'Olivia avait le malheur d'être impliquée dans une affaire de meurtre. Donc, Olivia tenait absolument à faire comprendre à l'inspectrice qu'un des invités au mariage avait dû commettre ce crime. Remettant de l'ordre dans ses pensées, elle poursuivit.

— Tout s'est déroulé sans problème jusqu'après le dîner. Alors, ils ont commencé à faire la fête et tout a dégénéré. Ils ont bu comme des fous. En fait, je ne savais pas qu'on pouvait boire autant ! dit Olivia en désignant la cuisine, où des rangées de verres sales étaient posées sur les plans de travail. Quand ils se sont mis à boire de plus en plus, j'ai vu que tous les invités commençaient à montrer leur vrai visage. La famille de la mariée avait des points de désaccord avec la famille du marié et vice versa. Les témoins étaient complètement en mode destruction. Ils ont cassé quatre bouteilles de Metodo Classico en essayant de jongler avec. Ensuite, juste après que nous avons nettoyé tout ça, la mariée a surpris le marié dehors en train d'embrasser sa demoiselle d'honneur, qui est aussi sa sœur.

L'inspectrice Caputi serra les lèvres d'un air désapprobateur tout en griffonnant des notes sur son bloc-notes. Olivia espéra que, après cette description saisissante et cette analyse sans concession de la dynamique qui régnait entre ces deux familles, la policière concentrerait maintenant tous ses efforts de recherche d'un suspect sur les invités du mariage.

— Que s'est-il passé après que la mariée a découvert cette trahison ? demanda Caputi.

Holà, se dit Olivia. Jusqu'à présent, elle avait pu s'exprimer sans accroc mais, maintenant, elle devait admettre qu'elle allait avoir un peu plus de mal. Si seulement elle n'avait pas été aussi grande gueule ! Si seulement elle n'avait pas vidé son sac devant tant de gens ! Tout le monde allait révéler à la police ce qu'elle avait dit. Donc, autant l'admettre dès maintenant.

— Eh bien, je me suis fermement insurgée contre le mauvais comportement de Terence, essaya-t-elle de dire.

L'inspectrice avait déjà levé les yeux de ses notes et elle la contemplait les yeux plissés.

— Et comment l'avez-vous fait ? Soyez précise.

Olivia aurait voulu dire qu'elle n'avait pas tué Terence, mais elle savait que, si elle disait ça, elle ne ferait qu'aggraver son cas.

— De manière verbale, dit Olivia en essayant de garder une voix calme et raisonnable et en se disant avec un frisson qu'elle n'avait pas procédé manuellement, avec un tire-bouchon.

— Je l'ai critiqué sans concession devant un grand groupe d'invités. Vous comprenez, je suis fermement opposée à cette sorte de comportement.

Elle haussa les épaules avec auto-dérision pour essayer d'adoucir l'impact de ses mots.

— C'est une histoire d'expérience personnelle. On pourrait dire que je me traîne des mauvais souvenirs.

Dès qu'elle eut parlé, Olivia commença à regretter ses mots. Des mauvais souvenirs ? Comment avait-elle pu utiliser ces mots ? Pourquoi donc fournissait-elle à cette policière toujours plus de raisons de croire qu'elle avait eu des raisons de commettre ce crime ?

— Quand vous l'avez critiqué, qu'avez-vous dit exactement ? demanda Caputi en la regardant de près.

— J'ai dit que j'espérais qu'il aurait ce qu'il méritait, expliqua Olivia.

Elle avait l'impression qu'elle venait de creuser sa propre tombe, de bondir dedans puis de jeter la pelle hors de la tombe !

— Je trouve que cela aide beaucoup de dire ce qu'on a sur le cœur pour s'en débarrasser. Après ça, je me suis sentie calme et tranquille ! Plus de mauvais souvenirs !

Elle espérait que cette nouvelle explication clarifierait les choses mais, quand elle regarda l'inspectrice d'un air implorant, elle fut sûre que ça n'avait pas marché.

Elle savait que, maintenant, Caputi s'intéressait fermement à ce qu'Olivia aurait pu faire d'autre. Crier qu'elle espérait que Terence aurait ce qu'il méritait était de loin la pire chose qu'elle aurait pu dire. Si seulement elle avait été médium, elle aurait su ce qui se passerait plus tard dans la soirée.

Olivia eut un autre frisson qui n'avait aucun rapport avec son chemisier encore humide. Elle ne pouvait pas lire dans les pensées de l'inspectrice, mais elle se sentait sûre que cette dernière pensait qu'une sommelière aurait les compétences nécessaires pour manier un tire-bouchon. C'était une autre raison qu'elle avait de soupçonner Olivia.

— Avant ça, y a-t-il eu d'autres incidents ? Des désaccords ou des disputes ? demanda Caputi.

En formulant sa question, elle les regarda tous sévèrement comme pour les défier de lui cacher des informations quelles qu'elles soient.

— Terence avait été très impoli avec nous deux avant ça ! s'exclama Jean-Pierre en jetant un coup d'œil à Olivia.

Alors, il se plaqua une main sur la bouche comme s'il regrettait ce qu'il venait de dire.

Olivia aurait voulu se mettre la tête dans les mains. Alors que les choses allaient déjà dans la mauvaise direction, maintenant, la franchise de Jean-Pierre transformait cet interrogatoire en désastre total.

— Il semblait y avoir beaucoup de désaccords mineurs parmi les invités. Je les ai remarqués en servant du vin, poursuivit Jean-Pierre.

Olivia poussa un soupir de soulagement, heureuse qu'il soit revenu à des faits moins dangereux pour eux.

— Et après ? demanda Caputi, qui refusait clairement que des désaccords mineurs la détournent du mobile plus fort qui aurait pu motiver Jean-Pierre et Olivia après qu'ils avaient été personnellement insultés par la victime.

Marcello se racla la gorge et s'exprima avec un air d'autorité sereine.

— Le marié a quitté l'exploitation viticole et, en présence d'un grand nombre de spectateurs, la mariée a déclaré qu'elle le détestait et souhaitait sa mort.

Caputi ne trahissait pas souvent ses émotions, mais Olivia vit ses sourcils parfaitement épilés se lever brusquement suite à cette révélation stupéfiante.

— Vraiment ? demanda-t-elle.

Olivia et Jean-Pierre hochèrent tous les deux la tête avec enthousiasme.

— C'est important, dit l'inspectrice d'un ton réticent.

Alors, elle se redressa et adressa un regard noir à Olivia.

— Quand on assassine un Américain, cela crée une crise internationale. Mon équipe sera sous pression et on exigera d'elle qu'elle résolve ce crime aussi vite que possible.

Était-ce un appel à l'aide déguisé ? Olivia se demanda si elle devait proposer son assistance. Cela pourrait être utile à l'inspectrice. Tous les services de police n'étaient-ils pas en sous-effectif et surmenés ? De plus, après tout, elle avait bien réussi ses enquêtes passées. D'un autre côté, elle ne voulait pas offenser Caputi ou laisser entendre qu'elle était incapable de résoudre l'enquête toute seule !

Alors qu'elle formulait mentalement une proposition discrète et professionnelle, l'inspectrice reprit la parole.

— Il ne faut pas que des civils s'en mêlent, dit-elle fermement. Des personnes non formées qui agiraient de manière impulsive et ne suivraient pas le protocole pourraient compromettre toute notre enquête. De plus, ceux qui se mêlent d'une enquête pour meurtre pourraient mettre leur vie en danger.

À présent, c'était seulement à Olivia qu'elle s'adressait. Elle ne regardait même pas Marcello ou Jean-Pierre. Visiblement, Caputi ne voulait pas du tout de l'aide d'Olivia et lui enjoignait l'ordre de ne rien faire.

Olivia se sentit soulagée de ne rien avoir proposé, car cela aurait mis l'inspectrice dans une humeur encore pire.

Malgré l'avertissement, Olivia était sûre que la police ne lui en voudrait pas si elle posait quelques questions innocentes çà et là, n'est-ce pas ? Après tout, ce ne serait pas une véritable enquête. Cela faisait longtemps qu'elle voulait visiter l'Hôtel La Locanda. Tout en découvrant les infrastructures notoirement luxueuses des lieux, elle pourrait tomber par hasard sur un ou deux des invités du mariage.

L'inspectrice plissa les yeux et Olivia se rendit compte qu'elle lisait dans ses pensées.

— Vous êtes suspects tous les trois, pour l'instant, dit délibérément Caputi.

Elle avait dit « tous les trois », mais elle avait gardé les yeux rivés sur Olivia, songea l'intéressée avec un agacement soudain.

Tapotant son stylo sur la table d'un air songeur, l'inspectrice poursuivit.

— Je comprends que vous avez besoin de travailler et que l'exploitation viticole doit poursuivre ses opérations. Donc, je ne vais pas vous confiner chez vous.

Olivia sentit revenir l'espoir mais les mots suivants de l'inspectrice ne tardèrent pas à la décourager.

— Vous pouvez faire le trajet entre vos domiciles et cette exploitation viticole. Avant la conclusion de l'enquête, vous ne pourrez aller nulle part ailleurs, dit Caputi d'une voix glaciale. Vous ne pourrez être que chez vous ou au travail. Si vous allez ailleurs et si je le découvre, j'en déduirai que vous êtes coupables de ce crime et vous serez immédiatement arrêtés !

L'inspectrice annonça cette nouvelle catastrophique d'un ton triomphant.

CHAPITRE QUATORZE

Quand l'inspectrice annonça son ultimatum répressif, Olivia eut le souffle coupé par le choc. C'était injuste. On aurait dit que Caputi essayait de la pousser à briser ces règles tyranniques de façon à pouvoir l'arrêter.

À côté d'elle, Jean-Pierre gémit de désespoir. Elle se souvint qu'il avait récemment rejoint l'équipe de football du village. Ils s'entraînaient cinq jours par semaine sur les terrains de l'école primaire locale. S'il manquait les entraînements, il risquait de se faire exclure de l'équipe et elle savait à quel point il tenait à s'intégrer à la vie sociale du village où il avait emménagé récemment.

C'était vraiment cruel.

Alors même qu'Olivia bouillonnait de colère, elle se rendit compte que l'inspectrice Caputi attendait qu'elle proteste contre ces restrictions. Cela lui permettrait probablement de l'arrêter tout de suite pour s'être opposée aux ordres. Son seul espoir était de se soumettre.

— Mais — dit-elle en se souvenant de son réfrigérateur et de son garde-manger, qui étaient presque vides.

— Quoi ? dit sèchement l'inspectrice.

— Je pensais à mes courses. Vous pouvez bien autoriser qu'on se rende innocemment au village, non ?

La réponse de l'inspectrice fut cassante.

— Pas de courses ! Vous n'avez qu'à vous faire livrer à domicile !

Olivia la contempla, perplexe. Elle n'était pas sûre que les magasins locaux proposent des livraisons à domicile. Est-ce que l'inspectrice Caputi comptait la faire mourir de faim ?

Elle soupira, frustrée. Il allait falloir qu'elle trouve si les magasins pourraient lui faire une livraison dans les plus brefs délais. Ils pourraient peut-être livrer ses courses à l'exploitation viticole pendant qu'elle était au travail. Avec ces restrictions inhumaines, elle ne pourrait même pas s'arrêter au restaurant local pour y acheter une pizza à emporter.

Olivia pensa brièvement à Danilo. Dans d'autres circonstances comme, par exemple, deux jours avant, quand toute sa vie avait été différente, elle l'aurait appelé et lui aurait donné une liste. Il lui aurait livré les courses avec un sourire, une bouteille de vin et très probablement quelques choses agréables non marquées sur la liste.

Alors, elle aurait préparé le dîner pour eux deux et ils l'auraient apprécié ensemble dans sa cuisine chaude.

Olivia se sentit amère et triste quand elle se souvint de cette excursion désastreuse, qui aurait dû être une aventure romantique. Elle aurait aimé savoir ce qui s'était passé. Danilo ne l'avait pas appelée depuis et, comme c'était lui qui avait décidé de reculer aussi spectaculairement, elle n'avait pas l'impression de pouvoir l'appeler maintenant.

Il était clair qu'il modifiait les limites de leur relation mais, pour l'instant, Olivia trouvait qu'elles allaient dans la direction d'une annulation totale.

Olivia savait qu'elle aurait du mal à retrouver leur amitié d'origine. Certaines choses ne pouvaient pas s'effacer ou s'annuler. Il s'était produit trop de choses entre eux et, peu à peu, ils s'étaient rapprochés l'un de l'autre et liés sur le plan émotionnel.

Il s'avérait que ces liens avaient été fragiles.

Danilo avait peut-être décidé qu'il n'était pas prêt pour une relation amoureuse, ou alors, quelle qu'ait été sa raison, il avait choisi de mettre un terme à cette relation.

L'inspectrice Caputi finit de griffonner ses notes et se leva. Le raclement de sa chaise arracha Olivia à ses tristes réflexions et la remmena à la dureté de sa réalité.

— Rentrez directement chez vous, ou ça ira mal, lui rappela l'inspectrice d'un ton glacial.

Pour une fois, Olivia ne ressentit pas la terreur habituelle que ces mots menaçants lui avaient autrefois inspirée. Elle était trop occupée à écouter un son bizarre et tout juste audible qu'elle venait de remarquer.

Pendant l'interrogatoire, elle avait trop été concentrée sur ses problèmes personnels pour s'inquiéter de quoi que ce soit d'autre mais, maintenant, ce bourdonnement bizarre attirait son attention. Qu'était-ce ?

Olivia se leva, se retourna et traversa la salle en décrivant un étrange zigzag. C'était de là que venait le son. Du coin opposé, près de la cheminée.

Elle baissa les yeux et inspira brusquement.

90

— Inspectrice ? appela-t-elle d'une voix aiguë. Inspectrice, j'ai besoin de votre aide, ici !

Elle jeta un coup d'œil autour d'elle et vit que la policière la regardait d'un air soupçonneux.

— Avez-vous de l'espace dans votre voiture ? demanda Olivia. Ou faut-il qu'on appelle un autre taxi ?

L'inspectrice arriva à toute vitesse. Ses chaussures résonnèrent sur le carrelage en terre cuite aux tons chauds.

Elle laissa échapper un rire ironique quand elle vit ce qu'Olivia montrait du doigt.

Mamie Petra était recroquevillée sur le tapis, où elle ronflait d'un air ravi. Devant elle, sur l'âtre carrelé en terre cuite, on voyait cinq verres à sherry vides disposés en ligne.

— Je crois que les Miller ont dû l'oublier, expliqua Olivia. Je ne sais pas depuis combien de temps elle est ici. Que devrions-nous faire ?

Apparemment au bout du rouleau, l'inspectrice aboya une instruction à son sergent.

Le grand homme arriva vite et prit la femme âgée dans ses bras.

Elle ne se réveilla même pas. Elle ne fit que rire et marmonner quelque chose d'inintelligible.

— Je ne sais pas quel est le numéro de sa chambre, dit Olivia. Un membre de sa famille le sait peut-être.

Quand elle se rendit compte qu'elle remuait d'un pied sur l'autre d'un air anxieux, elle s'arrêta et s'immobilisa.

— Venez, maintenant, ordonna l'inspectrice Caputi à son sergent.

Elle partit vers la sortie d'un pas lourd, comme si sa patience avait atteint un point de rupture.

Olivia ressentit brièvement de la compassion pour elle. Elle était sûre que l'inspectrice allait devoir travailler toute la nuit. Avec dix-neuf invités à interroger, Olivia pensait qu'elle n'aurait pas fini avant le lendemain matin.

Olivia sursauta quand une main chaude lui saisit l'épaule.

Marcello se tenait derrière elle.

— Je voulais te remercier, dit-il d'une voix basse, apparemment soulagé.

— Ah, bon ? Et pour quoi ?

Marcello serra les lèvres d'un air pensif avant de poursuivre.

—Pour ne pas avoir dit à l'inspectrice que le père du marié avait rejeté ma proposition de collaboration. Ça aurait compliqué les choses. Je n'ai pas envie que la police cherche dans la mauvaise direction.

— Pas de problème, dit Olivia alors qu'elle craignait que la police ne soit déjà en train de le faire. Il y avait tant de problèmes plus importants que je n'y ai même pas pensé.

— Je dirais que ce sont les querelles entre les deux familles qui ont provoqué cette tragédie, acquiesça Marcello.

Cependant, quand il partit, Olivia ne put s'empêcher de froncer les sourcils, soucieuse.

Qu'arriverait-il quand M. Miller dirait à l'inspectrice qu'il avait rejeté la proposition et que cela avait faire rire son fils ? Cela ferait du beau propriétaire de l'exploitation viticole un des suspects principaux. Il serait en haut de la liste avec Olivia. Elle savait que Caputi penserait que le rejet brutal d'une proposition de collaboration, avec la perte de profits et de fierté qui allaient avec, était un mobile plus convaincant que les tensions familiales qui couvaient sous la surface.

De plus, reconnut Olivia avec un frisson, Caputi aurait peut-être raison.

Elle n'avait jamais vu Marcello dans une telle colère. Avait-il craqué et laissé libre cours à sa rage passionnée d'Italien ?

Quand l'inspectrice Caputi se rendrait compte du mobile irréfutable que Marcello avait, elle pourrait l'arrêter immédiatement. Il pourrait finir en prison, accusé d'un crime ignoble. Cela signifiait qu'il fallait agir vite.

Olivia décida qu'elle n'avait pas le choix. Elle allait être obligée d'enquêter par elle-même, en dépit des affreuses menaces qu'elle avait reçues ! Il fallait qu'elle prouve sa propre innocence. C'était urgent de le faire pour pouvoir innocenter Marcello et, surtout, il fallait que Jean-Pierre puisse reprendre son entraînement de football avant que l'équipe ne le remplace.

Il n'y avait pas un moment à perdre.

Dès le lendemain matin, il faudrait qu'elle se lance dans une enquête intensive, même si cela la forçait à désobéir, à risquer de se faire arrêter et à affronter l'inspectrice.

Entrant tout droit dans l'antre du dragon, Olivia espéra qu'elle réussirait à éviter les crocs et les flammes qui, savait-elle, l'y attendaient.

CHAPITRE QUINZE

Le lendemain matin, Olivia se réveilla bien avant que son réveil ne sonne. Émergeant d'un sommeil agité et difficile, elle se repassa les événements de la veille dans la tête tout en regardant dans le noir.

Comment aurait-elle pu empêcher l'événement tragique de la veille, se demanda-t-elle ? Si elle avait pu revenir dans le passé, qu'aurait-elle fait différemment ?

Alors, passant à une approche plus réaliste, elle commença à réfléchir aux événements de la veille au soir. Dans cette soirée chaotique, y avait-il une chose qu'elle avait remarquée et qui pourrait fournir un indice quant à l'identité de l'assassin ?

Alors qu'elle se repassait ces événements dans la tête, elle se rendit compte de quelque chose de terrible.

Elle se redressa tout droit dans son lit, le cœur battant la chamade, sous le choc.

Ce tire-bouchon était son préféré ! Elle l'avait utilisé pour ouvrir toutes les bouteilles de vin rouge pour les invités. Il avait sûrement ses empreintes digitales partout.

— Au secours ! s'écria Olivia en serrant les couvertures pendant que des frissons lui parcouraient l'échine.

Cette preuve allait l'incriminer, même si elle était innocente. À cause de tout son travail assidu, de sa planification et de ses préparations méticuleuses, elle finirait derrière les barreaux dès que la police aurait relevé les empreintes sur cet objet.

Elle sortit du lit, tira les rideaux et contempla le ciel gris et nuageux.

L'exploitation viticole était fermée aujourd'hui, à cause du mariage qui aurait dû y avoir lieu, mais Olivia décida d'y aller tôt quand même. Elle savait que tout le monde allait y travailler dur pour nettoyer les lieux et pour qu'ils soient ouverts aux clients le dimanche, comme d'habitude.

Elle s'habilla, nourrit Erba et passa la porte d'entrée avec la chèvre qui gambadait à ses côtés, contente de se rendre au travail à pied. Olivia se sentit jalouse. Erba était une chèvre libre, qui pouvait aller où elle voulait. Ses déplacements n'étaient pas limités par une inspectrice terrifiante.

— Tu as de la chance, l'animal, lui dit Olivia en se penchant en avant pour lui gratter le dos pendant qu'elle trottinait.

Jean-Pierre arriva en même temps qu'elle et ils allèrent dans la salle de dégustation, où l'on sentait l'arôme du café frais. Marcello et Antonio étaient occupés à démonter les tables et les enceintes.

Quand Olivia jeta un coup d'œil dans le restaurant, elle vit que la mousseline de soie rose avait été retirée des murs. Nadia était occupée à l'enfoncer dans une poche-poubelle avec une véhémence apparemment inutile.

— Bonjour, dit Olivia en essayant d'avoir l'air optimiste et joyeuse. Que puis-je faire pour aider ?

Marcello lui sourit et regarda autour de lui.

— Tu peux ranger les bouteilles de vin non bues et mettre notre stock à jour sur l'ordinateur.

Il avança vers elle et lui serra doucement un bras.

— J'ai dit ce qui s'est passé à tout le monde. Ils savent tous que la soirée d'hier a été un désastre et ce que nous risquons maintenant.

Il retourna à la sonorisation et débrancha les câbles avec soin pour déconnecter les enceintes géantes.

Heureuse d'avoir un travail à effectuer, Olivia entra dans le restaurant, suivie par avec Jean-Pierre. Le Français expressif était plein de mélancolie. Il avait les épaules voûtées et Olivia trouva que même ses cheveux bruns ondulés avaient l'air aplatis.

À sa grande surprise, un rire ironique l'accueillit quand elle entra dans le restaurant.

Tout en empilant des tasses à café, Gabriella lui adressa un regard noir.

— Ah, te voilà. J'espère que tu es fière de toi.

Olivia la contempla bouche bée. Qu'était-il arrivé à l'esprit d'équipe et à l'unité ? Pourquoi Gabriella avait-elle réveillé leur conflit et en avait-elle fait une vendetta ?

— Pourquoi ? demanda-t-elle.

— Parce que, maintenant, nous avons un autre meurtre sur le dos, siffla Gabriella. Combien d'autres crois-tu que tu vas pouvoir provoquer avant que les clients n'arrêtent de venir chez nous ? J'ai besoin de remplir mes tables. Elles seront vides, si les gens ont peur de venir ici !

— Mais — ce n'était pas de ma faute, protesta Olivia.

Non contente de l'accuser d'avoir provoqué le meurtre, Gabriella déclarait quasiment que c'était elle qui avait manié le tire-bouchon ! C'était vraiment injuste.

Visiblement, elle n'allait obtenir ni excuse ni compromis. Gabriella repartit dans la cuisine de façon théâtrale, en rejetant ses cheveux en arrière ; ce matin, ils étaient frisés et lui retombaient ingénieusement sur les épaules.

Grimaçant d'un air consterné, Olivia se demanda si Gabriella croyait sincèrement que c'était vrai ou si elle se servait de cette situation comme excuse pour reprendre les hostilités. Quoi qu'il en soit, maintenant, Olivia trouvait que le restaurant était devenu un endroit hostile. Le ressentiment méphitique qui émanait de la cuisine qui servait d'antre à Gabriella était presque tangible.

Olivia se mit au travail. Elle récupéra et tria les bouteilles puis elle rédigea une liste. Quand les bouteilles eurent rempli une caisse, Jean-Pierre la ramena dans la salle de dégustation et la déballa pendant qu'Olivia mettait à jour la base de données de l'ordinateur. Alors, ils repartirent et reprirent le processus. Olivia était contente que ce travail exige une concentration constante et un effort physique, car cela lui occupait les pensées et lui permettait d'oublier ses soucis.

C'était une attitude contraire à celle de Gabriella qui ne faisait que remuer une sauce et, très probablement, se laisser aller à sa propre animosité, pensa Olivia en s'octroyant une brève pause pour aller jeter un coup d'œil amer dans la cuisine, où elle entendit des raclements vigoureux, sinon agressifs.

Alors, derrière elle, elle entendit quelqu'un se racler sévèrement la gorge.

Elle ne reconnut le son que trop bien.

Le cœur serré, elle se retourna.

L'inspectrice Caputi se tenait là et la contemplait d'un air furieux.

La première pensée plutôt fantasque d'Olivia fut qu'il était impossible que l'inspectrice ait dormi. Il n'était pas encore neuf heures du matin et elle n'avait pu arriver à l'hôtel qu'après minuit.

Vu ce créneau horaire, Olivia fut inquiète quand elle constata à quel point l'inspectrice avait l'œil vif et alerte. Elle se dit que cela prouvait encore plus que l'inspectrice Caputi ne pouvait pas être entièrement humaine.

— Olivia Glass, il faut que je vous parle en privé, annonça l'inspectrice.

Jean-Pierre repartit rapidement dans la salle de dégustation, visiblement soulagé de ne pas être dans le collimateur de la policière. Du coin de l'œil, Olivia vit que Gabriella observait la scène depuis la cuisine d'un air joyeux.

— Venez dehors, poursuivit inexorablement l'inspectrice.

Le cœur battant la chamade, Olivia comprit de quoi il s'agissait.

C'étaient les empreintes digitales, ces empreintes qui, réparties sur tout le tire-bouchon, l'incriminaient. L'inspectrice n'allait même pas poser de questions. Elle allait l'arrêter immédiatement.

Elle la suivit les pieds lourds.

— Je sais de quoi il s'agit, déclara-t-elle.

Elle avait essayé d'avoir la sérénité d'une personne qui maîtrise la situation mais, bien sûr, elle avait lamentablement échoué. Même elle, elle entendait qu'elle avait l'air pétrifiée.

— C'est-à-dire ?

— La — l'arme du crime. Le tire-bouchon. Je sais que je suis la dernière personne à l'avoir manipulé.

Olivia se rendit compte trop tard de son erreur.

— En fait, pas la dernière personne, bien sûr. L'antépénultième, en fait, parce que le marié l'a emmené à l'extérieur et parce que quelqu'un d'autre l'a — euh —utilisé. Cependant, je sais que mes empreintes sont probablement dessus. C'était mon préféré, car c'était celui qui marchait le mieux et qui était de loin le plus tranchant. Tous les tire-bouchons ont leur caractère propre.

Elle ferma rapidement la bouche. Elle était si nerveuse qu'elle commençait à dire n'importe quoi. En présence de cette femme-là, c'était une mauvaise idée.

L'inspectrice la contempla.

— Il s'avère que le tire-bouchon a été essuyé et ne comporte aucune empreinte, dit-elle.

— Oh ! Vraiment ? Bon sang.

Olivia ne savait pas quoi dire. Elle sentait qu'elle rougissait. L'absence d'empreintes n'aidait pas du tout la police, mais elle voyait que ça ne l'aidait pas non plus.

— Une action très commode, surtout parce que, comme vous l'avez dit, vous saviez à quel point il était tranchant et qu'il y avait forcément vos empreintes dessus. C'est extrêmement louche.

L'inspectrice la regarda de près.

— Quand l'avez-vous fait ? Avez-vous utilisé votre chemisier ou votre veste pour essuyer le tire-bouchon ?

— Quoi ? demanda Olivia, inquiète.

Elle se sentait crucifiée par le regard implacable de Caputi. Était-ce une accusation formelle ? On l'aurait bien dit, en dépit de l'absence d'empreintes.

— Je n'ai pas touché le tire-bouchon quand j'ai vu son corps ! Je n'ai pas non plus touché le corps !

— Beaucoup des invités ont signalé que vous aviez été en conflit avec Terence Jones pendant toute la soirée, poursuivit Caputi avec malveillance. Plus tôt dans la soirée, vous vous êtes disputés à cause de la musique. Vous ne me l'avez pas dit. Pourquoi ? Est-ce que vous cachez des preuves ?

— Je — Je n'en ai pas parlé parce que j'ai complètement oublié. Il a effectivement insulté les musiques que j'avais choisies et j'ai été vexée parce que tout le monde adore les années quatre-vingts et parce que je crois personnellement que cela aurait créé une atmosphère beaucoup plus sympathique. Cependant, j'ai été trop occupée pour m'inquiéter de ça longtemps.

Olivia eut fortement l'impression d'être à nouveau sur la défensive.

— Je crois qu'il vous a insultée à plusieurs reprises.

— Non, seulement une fois. Le reste du temps, il a été trop occupé à boire et à danser.

— Au moins deux témoins ont clairement affirmé qu'ils vous ont vus suivre Terence Jones hors du restaurant.

— Non, c'est complètement faux.

Maintenant, Olivia était plus sûre d'elle-même. En fait, elle sentait qu'elle commençait à s'indigner à juste titre.

— S'ils ont dit ça, ils mentent ou ils se trompent. Je vais vous dire ce qui s'est exactement passé. Terence est sorti. Il était tellement ivre qu'il titubait. Alors, Angelique nous a dit à tous ce qu'elle pensait de lui et elle est sortie. Les invités se sont dispersés, mais je suis restée où j'étais et j'ai mangé une part de gâteau de mariage.

— Du gâteau ? À cette heure-là ? dit Caputi d'une voix profondément incrédule.

Olivia haussa les épaules.

— Je mange quand je suis stressée.

— Et pourquoi n'êtes-vous pas allée apporter votre aide ?

97

— Je l'avais déjà fait ! Quand Angelique est entrée dans l'exploitation viticole en hurlant qu'elle avait vu Terence embrasser Alice, j'ai été la première à courir l'aider, avec Jean-Pierre juste derrière moi. Elle était furieuse et elle a pris un énorme vase en verre. J'ai essayé de l'empêcher de le briser et l'eau m'a dégouliné partout dessus ! Mon chemisier était trempé et glacé. J'ai décidé que nous devions tous en parler calmement. Donc, j'ai remmené Angelique dans le restaurant et je me suis assise le dos contre un des radiateurs pour me sécher. Après que Terence est parti et qu'elle est sortie en courant, j'ai mangé une part de gâteau pour me calmer et réfléchir à ce que j'allais faire.

Que pouvait-elle dire d'autre ? se demanda Olivia, extrêmement inquiète. Visiblement, l'inspectrice faisait tout son possible pour pousser Olivia à avouer, mais Olivia ne pouvait pas avouer une chose qu'elle n'avait pas faite !

Comme si elle avait lu dans ses pensées, l'inspectrice poursuivit. Olivia trouva qu'elle avait l'air légèrement déçue.

— Bien que certains témoins oculaires aient effectivement observé ce que vous dites, d'autres sont restés perplexes et n'ont pas pu le confirmer, poursuivit l'inspectrice Caputi. Les gens buvaient, leurs souvenirs sont flous et beaucoup des invités ont été très émus à mesure que progressait la soirée. Donc, avant de continuer à vérifier cette piste, je vais devoir en ré-interroger quelques-uns.

Elle avait besoin de les ré-interroger ? Olivia sentit un peu d'espoir. Il semblait qu'on n'allait pas l'arrêter ou, du moins, pas encore.

— Vous êtes encore une suspecte principale qui avait le mobile et l'opportunité pour commettre ce crime. Si vous êtes coupable, je le prouverai. Entre temps, ne vous impliquez pas dans l'enquête, dit l'inspectrice Caputi en pointant sévèrement un doigt sur Olivia. Ce n'est pas un jeu. À cause de ce meurtre d'un touriste international, les chefs de notre section nous mettent une pression énorme. Il est crucial que nous achevions cette enquête le plus vite possible, que vous ne vous en mêliez pas et que vous ne tentiez pas de faire accuser quelqu'un d'autre.

Les paroles de Caputi donnèrent à Olivia l'impression qu'elles étaient sculptées dans de la glace. Elle sentit un frisson lui courir entre les omoplates et cela n'avait rien à voir avec la brise qui soufflait plus fort qu'avant.

— Je comprends, dit-elle pour rassurer l'inspectrice.

Caputi hocha sévèrement la tête.

Olivia se serait attendue à ce qu'elle entre dans l'exploitation viticole, mais elle partit vers sa Fiat gris acier d'un pas lourd et y monta.

Un moment plus tard, elle partit, laissant Olivia bouche bée et inquiète.

Elle était revenue ici rien que pour ça ? C'était plus qu'une menace voilée. Cela avait été une tentative directe d'obtenir un aveu.

Il semblait que la seule chose qui sépare Olivia de sa cellule était le fait que personne ne se souvenait exactement de ce qui s'était passé la veille au soir et que tout le monde avait raconté quelque chose de différent.

À présent, sa destinée reposait sur les souvenirs peu convaincants de dix-huit invités qui avaient été lourdement ivres et d'une grand-mère qui avait fait un somme.

CHAPITRE SEIZE

Quand la Fiat grise de l'inspectrice Caputi eut disparu de sa vue, Olivia sentit sa résolution se renforcer en elle. Certes, elle allait braver directement les menaces sérieuses de l'inspectrice, mais il fallait qu'elle se rende à l'hôtel où logeaient les invités du mariage et qu'elle y confronte Angelique. Il était extrêmement louche qu'elle soit sortie du restaurant en courant peu après que Terence était parti et qu'elle ait refusé toutes les propositions d'aide de ses demoiselles d'honneur. Enfin, de tous, c'était de loin elle qui avait le mobile le plus crédible.

Olivia emballa les dernières bouteilles de vin et quitta volontiers le lieu hostile que le restaurant était redevenu. De retour dans la salle de stockage, elle déballa les bouteilles et alla dans le bureau pour enregistrer les dernières mises à jour sur l'ordinateur.

Alors, elle commença à prendre des notes. Quand elle arrivait à l'hôtel, elle aurait besoin d'interroger Angelique en détail. Pour avancer aussi vite que possible, il faudrait que ses idées soient en ordre.

— *Où êtes-vous allée quand vous avez quitté le restaurant ?* écrivit Olivia.

Ce serait sa première question. Alors, elle ajouta :

— *Y avait-il quelqu'un avec vous ?*

À ce moment, la porte de la salle de stockage s'ouvrit bruyamment.

— Aïe, aïe, aïe ! Je suis malade ! Je vais vomir, dit une forte voix à l'accent français.

Olivia se releva et quitta hâtivement le petit bureau.

— Jean-Pierre ! Ça va ? appela-t-elle en courant le long des grandes étagères fraîches qui portaient les bouteilles de vin.

— *Non, non !* Je vais mourir, tellement je suis malade.

Quand Olivia le rejoignit, elle vit qu'il avait le teint vert pâle.

— Il a fallu que je nettoie les toilettes des dames ! Toute la pièce était couverte de vomi. Couverte !

Il frémit.

— Et j'ai l'estomac fragile.

— Oh, c'est terrible !

Olivia plongea vite une main dans le réfrigérateur et en sortit une canette de soda au gingembre. C'était un des derniers sodas à avoir survécu au mariage.

Elle le versa dans un verre et y ajouta des quantités de glace.

— Le gingembre est censé être bon contre la nausée. Viens dans le bureau du fond, assieds-toi et bois-le lentement. Ça a dû être la pire des corvées !

Jean-Pierre s'effondra dans une chaise.

Olivia le regarda, inquiète, siroter lentement la boisson. Peu à peu, la couleur de son visage passa du vert au blanc linceul, puis un rose léger réapparut sur ses joues.

— Je me sens un peu mieux, maintenant, déclara-t-il.

Il baissa les yeux vers les notes d'Olivia.

— Que fais-tu ? demanda-t-il avec curiosité.

Même s'il fallait qu'elle reste aussi discrète que possible, Olivia décida qu'elle pouvait faire confiance à son assistant.

— Je note quelques idées et des questions sur ce qui s'est passé la veille au soir, dit-elle.

— Ah ! dit Jean-Pierre en la regardant d'un air interrogateur.

— C'est pour tourner la page. Je ne mène aucune enquête, dit Olivia d'un ton ferme.

— Oh, *non, non* ! s'écria Jean-Pierre en agitant les bras de manière éloquente avant d'avaler la fin du soda au gingembre. Absolument pas. Moi non plus, je n'imaginerais pas faire une telle chose, mais je comprends que tu aies besoin de mettre de l'ordre dans tes idées.

Il baissa la voix.

— En fait, moi aussi, j'ai essayé de tourner la page en me remémorant ce qui s'était passé. Alors, on m'a ordonné d'aller nettoyer les toilettes et je n'ai plus pu penser clairement pendant un moment.

Olivia fut réconfortée d'être exactement sur la même longueur d'onde que Jean-Pierre. Elle ferma le carnet de notes et le remit dans son sac à main avec son stylo.

— Que vas-tu faire, maintenant ? demanda Jean-Pierre.

— Je vais rentrer à la maison, déclara fermement Olivia. Je vais y rester comme on me l'a ordonné et je vais réfléchir un peu plus à ça.

Elle quitta l'exploitation viticole et fit un détour par l'exploitation laitière pour y prendre Erba.

Pendant leur trajet, Olivia se plongea tellement dans ses pensées qu'elle ne regarda même pas autour d'elle pour apprécier la vue de collines, de vignes et de cèdres. Ce paysage rural semblait présenter une beauté différente tous les jours en fonction de la lumière, du soleil et de la saison.

Ce jour-là, Olivia regarda à peine le paysage verdoyant et se concentra sur la route qui se déroulait sous ses yeux. Elle avait un problème grave à résoudre et il fallait qu'elle lui consacre son attention de toute urgence. Comment donc allait-elle arriver à l'hôtel, qui serait rempli d'agents de police, dont Caputi, sans se faire repérer ?

Cela semblait impossible. Allait-elle devoir abandonner sa mission avant même qu'elle ne soit commencée ?

Ce fut seulement quand elle monta à grands pas la colline pentue qui menait au portail de sa ferme qu'elle trouva une réponse.

— Bien sûr ! s'exclama-t-elle pour expliquer son idée à Erba. Je peux le faire si je prends une apparence assez différente ! Par contre, je ne pourrai pas t'emmener. Malheureusement, ta présence me trahirait complètement. Tu vas rester ici et garder la ferme. Si l'inspectrice Caputi arrive, tu lui diras que je viens de partir au travail !

Olivia se précipita dans sa ferme et fouilla dans sa garde-robe, contemplée avec curiosité par Pirate, qui était allongé sur le lit avec ses pattes blanches en l'air et sa queue noire qui pendait par-dessus le bord des couvertures.

Au fond de l'armoire, il y avait un grand manteau brun roux qu'elle avait acheté sur un marché avant de se rendre compte qu'il était trop grand et trop lourd et qu'elle ne le porterait jamais.

Avec la paire de lunettes de soleil trop grandes qu'elle avait amenée des États-Unis, qu'elle n'avait jamais portée non plus parce qu'elle était trop lourde et lui laissait des marques sur le nez, elle aurait un embryon de déguisement, décida-t-elle.

Elle avait besoin d'un chapeau. Ses cheveux blonds étaient beaucoup trop voyants. Elle fouilla dans ses tiroirs et trouva un bonnet noir dont elle avait oublié l'existence. Il était grand et remarquablement laid. Quand elle se mit cette horreur tricotée, Olivia se rappela à nouveau pourquoi elle avait décidé qu'il valait mieux avoir froid à la tête que porter ce chapeau sans forme.

Pour l'instant, c'était parfait. Il lui cachait complètement les cheveux.

— Je crois que j'ai aussi une écharpe noire, Pirate.

Plongeant à nouveau une main dans l'armoire, Olivia ajouta l'écharpe à son ensemble.

— Qu'en penses-tu ? demanda-t-elle au chat.

L'animal la contempla d'un air impassible. Olivia eut nettement l'impression que son chat pensait qu'elle était folle.

— Il faut que je change de forme, décida Olivia.

Elle sortit trois sweats et se les mit l'un après l'autre avant d'ajouter le manteau.

Alors, elle examina son reflet dans la psyché puis hocha la tête avec admiration. Elle ne se ressemblait plus du tout ! Ses cheveux étaient cachés, elle semblait peser dix kilos de plus et les lunettes de soleil lui donnaient l'apparence d'une touriste ordinaire.

— Pirate, si on m'arrête, j'appellerai Danilo et je lui demanderai de venir te nourrir, promit-elle à son chat. Il ne m'aime pas, mais je suis sûre qu'il t'aime, toi. Bon, maintenant, je vais à l'hôtel.

Quand elle le dit, sa confiance en son déguisement disparut et son estomac se noua.

Elle descendit, ouvrit la porte d'entrée et jeta un coup d'œil craintif aux alentours, s'attendant à entendre un cri joyeux et à voir l'inspectrice Caputi se précipiter vers elle menottes en main.

Elle ne vit qu'Erba, qui était allée à la grange et poussait la porte du museau en espérant pouvoir entrer parce qu'elle avait senti le vin. Olivia savait que, si sa chèvre réussissait à entrer, ses cuves en acier n'auraient aucune chance de survie ! En fait, quand Olivia reviendrait, elle verrait probablement sa chèvre passer la tête par-dessus le bord de la cuve la plus proche, ivre.

Olivia approcha rapidement dans sa tenue encombrante pour vérifier si les portes étaient fermées. Alors, elle repartit en se dandinant et, non sans difficulté, elle monta dans sa voiture.

En plus d'être encombrant, ce déguisement était d'une chaleur étouffante. Olivia se mit à souhaiter que les hivers toscans soient plus froids. Quand elle eut réglé l'air conditionné de sa voiture sur la position la plus froide, Olivia quitta prudemment la ferme.

Elle s'arrêta devant le portail et inspecta soigneusement la route.

Il n'y avait pas d'autre voiture en vue. Cela dit, est-ce que l'inspectrice avait placé un agent de police pour la surveiller ? Ce serait tout à fait le style de manœuvre sournoise à laquelle Olivia s'attendrait de sa part.

Malgré tous ses efforts, elle n'arriva pas à se souvenir si la police détenait des informations détaillées sur sa voiture. Elle espéra que non.

De plus, heureusement pour elle, elle avait choisi une marque de véhicule ordinaire en une couleur passe-partout.

À l'époque où elle avait acheté la voiture, Olivia aurait aimé qu'elle soit rouge vif, comme une boîte aux lettres. Maintenant, elle était extrêmement satisfaite qu'elle soit d'un gris terne ordinaire qui pourrait bien lui sauver la mise dans cette situation tendue.

Elle entra dans le village médiéval mais fut trop préoccupée pour contempler les murs majestueux du château en ruine qui se dressait à l'entrée, car elle cherchait uniquement s'il y avait des agents de police.

Avec ses routes étroites, Collina était toujours plein de circulation et Olivia devint de plus en plus nerveuse quand elle dut attendre pour doubler un grand bus de touristes mal garé. Elle ne voulait pas être forcée de s'arrêter à cet endroit public occupé, mais c'était la seule route pour aller à l'hôtel, à moins de prendre un long itinéraire secondaire. La Locanda était à deux kilomètres sur cette route-ci, dans la campagne pittoresque qui s'étendait au-delà du village.

Distraite par le bus de touristes, Olivia fit une embardée à la dernière minute pour éviter un homme corpulent sur une bicyclette. Bedonnant et avec une moustache en guidon de vélo, il avait un casque de cycliste bien enfoncé sur la tête et il portait des lunettes de soleil de sport.

Olivia tourna le volant pour empêcher la voiture de foncer dans le mur opposé. Pour s'excuser, elle adressa un geste de la main au cycliste au gros ventre en espérant qu'il le remarquerait, même s'il semblait ne regarder que par terre.

Olivia se sentit coupable suite à ce quasi-accident. Elle avait presque fauché un cycliste innocent ! Il fallait qu'elle fasse attention. Ce n'était pas le moment de perdre sa concentration.

Elle se concentra fortement pendant le reste de son court trajet mais, quand elle atteignit l'hôtel, elle était encore plus tendue qu'avant.

Si elle avait du plomb dans la cervelle, elle ferait demi-tour.

— Je n'ai aucun plomb dans la cervelle, marmonna Olivia en entrant par le portail principal de l'hôtel.

Malgré les dangers qui la menaçaient, elle tenait absolument à chercher l'identité du tueur dès maintenant.

CHAPITRE DIX-SEPT

La Locanda était un bâtiment majestueux à cinq niveaux installé sur des grands terrains entretenus avec amour. Olivia regarda avec admiration la profusion de couleurs présente dans les parterres de fleurs tout en remontant la longue allée de gravier. Elle était certaine que les propriétaires avaient pour but de donner l'impression que l'été régnait toute l'année dans cet établissement élégant à cinq étoiles.

Heureusement, l'hôtel avait un parking séparé à l'entrée de son cours de golf. Décidant que cela lui donnerait plus de chances de survivre à cette quête irréfléchie, Olivia s'arrêta au cours de golf et cacha sa voiture derrière un grand minibus pour que l'inspectrice Caputi n'ait aucune chance de la remarquer. Alors, elle se dirigea vers l'entrée principale à pied.

Quand elle atteignit le porche voûté imposant, elle était à bout de souffle. Elle inspecta à fond le parking de l'hôtel et n'y vit pas la voiture de l'inspectrice Caputi. Cela ne signifiait pas que l'inspectrice n'avait pas utilisé de voiture différente cette fois-ci ou qu'elle n'arriverait pas dans quelques minutes.

Olivia espéra que son déguisement remplirait sa fonction !

Quand elle entra dans l'hôtel, elle essaya de se sentir à l'aise dans le bâtiment spacieux, aéré et au plafond élevé comme si elle y était déjà venue souvent. Elle ne voulait pas que quelqu'un se précipite pour essayer de l'aider.

La première personne qu'elle vit fut un agent de police en uniforme qui se tenait près de la réception.

Olivia sentit son cœur battre la chamade. Allait-il immédiatement percer à jour son déguisement et l'arrêter sur place ?

Il semblait surveiller l'escalier et l'ascenseur plutôt que l'entrée principale. Donc, elle supposa que son rôle était surtout d'empêcher les invités du mariage d'essayer de s'enfuir.

Où logeait donc Angelique ?

Dans la suite nuptiale, bien évidemment ! Olivia poussa un soupir de soulagement quand elle vit le panneau près de l'ascenseur. La suite était au dernier étage et devait donner accès à une vue panoramique.

Olivia se dirigea vers l'ascenseur d'un air sérieux, comme si elle avait été une cliente qui revenait d'une promenade de santé. Heureusement, le réceptionniste de l'hôtel était occupé à enregistrer un nouvel arrivant et ne la remarquait pas.

Avant qu'elle n'ait pu monter dans l'ascenseur, elle entendit des pas lourds arriver d'un couloir latéral. Lysander, le frère d'Angelique, passa le coin. Il venait de la salle de gym. Il portait un marcel et un short de gym et ses cheveux blonds étaient assombris par la sueur.

Il se dirigea vers l'ascenseur.

En pleine hyperventilation, Olivia se détourna et partit dans la direction opposée. Elle ne voulait surtout pas croiser la route de cet individu agressif ! Elle ne pouvait s'empêcher de se souvenir qu'il avait menacé de tabasser Terence dès qu'il avait entendu ce qui s'était passé.

Olivia fit semblant de s'intéresser soudain au mur opposé, sur lequel on voyait un collage encadré de photos signées par les célébrités qui avaient logé ici. En examinant les photos, elle constata avec joie que le grand Pavarotti lui-même avait séjourné dans la Suite Présidentielle pendant les années 1990.

En regardant fixement son visage souriant et ses cheveux noirs, Olivia essaya de ne pas penser à ce qui pourrait arriver si Lysander lui touchait le dos de son doigt en sueur en l'accusant d'être venue les espionner.

L'ascenseur sonna et les portes se refermèrent avec un appel d'air. Ce ne fut qu'à ce moment qu'Olivia osa regarder autour d'elle. À son grand soulagement, maintenant, Lysander n'était plus dans le hall.

Olivia repartit vers l'ascenseur en espérant que Lysander n'ait rien oublié en bas. Que ferait-elle si elle se retrouvait face à lui quand les portes s'ouvriraient ?

Heureusement, l'ascenseur arriva vide. Olivia appuya sur le bouton du dernier étage et y monta toute seule.

La suite nuptiale était à mi-chemin d'un couloir carrelé lumineux doté de fenêtres cintrées étroites sur toute sa longueur. La lumière qui y passait semblait donner un éclat aux carreaux en terre cuite. Entre les fenêtres, il y avait des tableaux encadrés qui avaient l'air d'être des originaux onéreux. Quand Olivia passa devant en toute hâte, son regard fut attiré par les roses et les verts vaporeux et évocateurs d'une peinture encadrée qui était de la jeune artiste milanaise Serena Vestrucci.

Olivia adorait ses œuvres. Si elle était venue en ce lieu en d'autres circonstances, elle aurait pu prendre le temps d'admirer les magnifiques

106

tourbillons de couleurs et de textures par le biais desquels cette artiste interprétait mystérieusement un paysage.

En secouant fermement la tête, Olivia alla jusqu'à la suite nuptiale. Avant de pouvoir perdre son courage, elle frappa à la porte.

— Qu'est-ce que c'est ? cria une voix acerbe de l'intérieur. Je n'ai pas besoin qu'on me fasse mon lit ! Quelqu'un l'a déjà fait !

— Je viens remplir le minibar, marmonna Olivia en essayant de prendre une voix italienne.

Elle entendit des pas sur la moquette et, un moment plus tard, Angelique ouvrit impatiemment la porte.

— Entrez — commença-t-elle.

Alors, elle regarda fixement Olivia, interloquée.

— Vous n'êtes pas de l'hôtel ! D'où venez-vous ? Qui êtes-vous ? demanda-t-elle quand Olivia la poussa pour entrer.

Olivia enleva rapidement ses lunettes de soleil et ferma la porte.

— Je suis de l'exploitation viticole, chuchota-t-elle. Vous vous souvenez ? C'est moi qui ai dit que Terence devrait être puni pour ce qu'il vous a fait !

Le regard d'Angelique s'illumina.

— Oh, formidable ! C'est vous qui l'avez puni, dans ce cas ?

Horrifiée par l'idée fausse de celle qui ne serait plus la mariée du jour, Olivia se dépêcha de remettre les pendules à l'heure.

— Non, non ! Absolument pas.

Décidant qu'elle devait d'abord être polie et compatissante dans cette situation délicate, elle ajouta :

— Je suis vraiment désolée pour votre perte.

Angelique haussa les épaules.

— Quelle perte ? Vous vous attendez à ce que je lui pardonne sa trahison parce qu'il s'est fait assassiner ?

Alarmée par l'attitude de son interlocutrice, Olivia se demanda si cela confirmait sa culpabilité et se dépêcha d'expliquer pourquoi elle était venue à l'improviste dans cette suite chic.

— J'ai découvert le corps, mais ce n'est pas moi qui ai commis le crime. J'essaie de découvrir de qui il s'agit et c'est pour cela que je suis venue ici.

Angelique se percha sur le couvre-lit en dentelle blanche de l'énorme lit à baldaquin et contempla Olivia d'un air soupçonneux pendant un moment.

— Essayez-vous de me forcer à avouer ? Je sais que je suis suspecte, parce que j'ai dit à tout le monde que je voulais qu'il meure.

Olivia secoua la tête.

Angelique ne lui avait pas demandé de s'asseoir, mais elle s'installa quand même sur la jolie causeuse en velours rouge qui se trouvait en face du lit. Quand elle était debout, elle avait la sensation d'être l'inspectrice Caputi et elle ne voulait pas qu'Angelique se sente menacée.

— La même chose m'est arrivée le matin de mon mariage. Je veux dire, le marié m'a trompée. Il n'a pas été assassiné.

— Vraiment ? dit Angelique d'un ton plus amical.

— Je suis allée dans sa chambre d'hôtel pour y déposer un présent après qu'il était descendu prendre son petit-déjeuner et, là, dans son lit, j'ai trouvé mon amie, qui était aussi ma demoiselle d'honneur !

Angelique eut l'air horrifiée.

— Il y avait deux femmes ?

— Non, non, seulement une.

— Oh, dit Angelique, qui réfléchit un moment. Eh bien, une, c'est déjà une de trop ! dit-elle fermement.

— C'est ce que j'ai pensé, moi aussi. J'ai jeté le présent sur Ward et je lui ai crié beaucoup de mauvaises choses avant d'annuler le mariage. Je suis sûre que je lui ai dit que je voulais le voir mort, moi aussi. C'est ce qu'on dit dans le feu de l'action. C'est probablement inévitable quand on découvre une telle chose, expliqua Olivia.

Angelique sembla amadouée par les paroles d'Olivia. Elle alla au mini bar et jeta un coup d'œil à l'intérieur.

— Cacahuètes ? Bœuf séché ? Chocolat ?

Angelique choisit un paquet de trois Ferrero Rocher et déplia un des papiers d'emballage dorés.

— En fait, j'aimerais beaucoup un chocolat, dit Olivia.

Elle ne pensait pas qu'elle allait pouvoir le manger maintenant, car la décision qu'elle avait dû prendre aussi soudainement l'avait rendue trop nerveuse, mais elle pensa qu'il serait amical d'accepter ce petit plaisir sucré. Elle avait besoin d'établir un climat de confiance entre elle-même et l'ex-mariée.

Angelique lui tendit le reste du paquet.

— Quand vous êtes sortie, où êtes-vous allée ? demanda Olivia en se souvenant des questions qu'elle avait notées et en se rappelant qu'il faudrait qu'elle écoute soigneusement les réponses et réfléchisse aussi bien à ce qu'Angelique dissimulerait qu'à ce qu'elle révélerait.

— Eh bien, comme j'étais furieuse, je suis sortie.

Angelique se rassit sur le lit et coupa le chocolat en deux d'un coup de dents.

— J'étais en une telle colère que je comptais repartir à l'hôtel à pied et, de là, prendre un taxi jusqu'à l'aéroport. C'était là ce que j'avais en tête. En fait, je suis sortie du parking et je suis partie dans l'allée. À ce moment, Cassidy m'a appelée.

Olivia hocha la tête. La question numéro deux, « Avec qui étiez-vous ? », venait de trouver réponse. Elle se souvint que la grande brunette avait couru pour rattraper son amie bouleversée.

— Donc, vous êtes restées ensemble ?

— Oui. Cassidy a essayé de me persuader qu'il serait mieux de ne pas quitter l'exploitation viticole, car nous pourrions nous perdre.

— Et avez-vous accepté ? insista Olivia, qui voulait plus de détails.

— Eh bien, oui, en quelque sorte. Je lui ai dit que je refusais de revenir à l'intérieur. Je veux dire, est-ce que vous l'auriez fait, vous ?

Olivia secoua la tête.

— Moi aussi, j'aurais eu besoin de prendre l'air un moment.

— Donc, je n'ai pas quitté le domaine. Nous sommes parties nous promener sur les routes du domaine et je me suis calmée. Comme il faisait très sombre, je ne sais pas quelle route nous avons prise, mais nous avons trouvé un sentier qui menait au fond de l'exploitation viticole. Alors, nous avons marché pendant un moment, nous sommes revenues, nous nous sommes perdues à nouveau et nous avons fini à l'exploitation laitière.

— Je vois.

Angelique hocha la tête.

— Cassidy s'en souvient probablement mieux. J'étais dans une telle colère que je ne réfléchissais pas, je ne regardais pas, je marchais, c'était tout.

Eh bien, vu ce qui s'était passé, cela paraissait crédible. Cela aurait probablement été plus louche si Angelique avait fourni un compte-rendu précis, pas à pas, de sa promenade dans l'exploitation viticole.

Toutefois, bien que la blonde ne puisse pas fournir plus d'informations, Olivia savait qu'il fallait qu'elle aille interroger Cassidy de toute urgence pour qu'elle confirme ses dires. Si Cassidy pouvait fournir plus de détails, et seulement si, alors, les deux femmes auraient un alibi.

Quand Olivia mit le chocolat dans sa poche, le doute l'assaillit à nouveau. Après les quantités énormes de vin que les invités avaient bues et toutes les émotions qui les avaient secoués la veille, aucun témoin ne serait fiable. De plus, grâce à l'histoire des ours de cristal, Olivia savait qu'Angelique était manipulatrice et qu'elle aurait pu forcer Cassidy à mentir pour la protéger.

L'interrogatoire de Cassidy serait essentiel et Olivia devrait vérifier si Cassidy protégeait son amie ou si elle cachait la vérité.

— Savez-vous dans quelle chambre loge Cassidy ? demanda Olivia. Et les autres ? ajouta-t-elle en espérant obtenir une réponse.

— Cassidy loge dans la chambre 301. Mon frère loge dans la chambre 309 et ma sœur répugnante, que je ne veux plus jamais revoir, est à côté de Cassidy. Les autres demoiselles d'honneur sont au deuxième étage, mais je ne sais pas dans quelles chambres. Mes parents sont au bout du couloir de cet étage. Je crois que la plupart des témoins ont des chambres au quatrième étage.

— Cela m'aide beaucoup. Merci, dit Olivia.

Elle fouilla dans la poche intérieure de son manteau et en sortit le petit carnet de notes qu'elle avait amené pour y noter les informations.

— Dites-moi, ajouta-t-elle en essayant d'avoir l'air détendue, avez-vous une idée de qui aurait pu faire ça ?

Angelique soupira.

— J'y ai réfléchi et j'ai décidé que c'était Kyle ou Rog.

Olivia se sentit interloquée. Les amis du marié ? Pourquoi Angelique les soupçonnait-elle ?

— Avez-vous une raison de les soupçonner ? demanda-t-elle prudemment.

— Eh bien, je crois qu'ils ont tous les deux du mal à maîtriser leur colère. Je crois qu'ils étaient jaloux de Terence.

Elle baissa la voix.

— Il avait ce côté pas très gentil, vous voyez. Parfois, je n'ai pu m'empêcher de le remarquer. Hier matin, au petit-déjeuner, je faisais préparer mes œufs. Ils le font derrière un paravent et il y a une dame qui les prépare comme vous voulez. Brouillés, pochés, frits ou en omelette.

— Je vois, dit Olivia.

— J'étais derrière le paravent, où je me faisais préparer une omelette au fromage et aux champignons, quand j'ai entendu Terence se vanter auprès de son groupe qu'il allait bientôt reprendre l'entreprise de son père et être super-riche. Il a dit qu'il était un spécialiste des affaires, qu'il avait étudié toutes les informations les plus récentes et que, si certains de ses amis voulaient du travail, il n'accorderait aucune faveur et les forcerait à faire des courbettes comme tous les autres.

Olivia se souvint que Terence avait également utilisé l'expression « faire des courbettes » quand il avait insulté Marcello. Il avait semblé l'aimer.

— Qui y avait-il dans le groupe ? demanda-t-elle.

— Eh bien, tous les invités du mariage. Tous les témoins et aussi le frère de Terence.

— Lance est le frère cadet ? demanda Olivia, qui avait besoin de connaître les faits avec précision.

— Oui. Lance a deux ans et demi de moins que Terence et ce dernier ne lui permet jamais — Angelique se corrigea en toute hâte — Terence ne lui permettait jamais de l'oublier. Honnêtement, quand je repense à son comportement, je suis navrée d'avoir été aussi fascinée par son apparence et de ne pas m'être plus concentrée sur sa personnalité et ses actions. Si je l'avais fait, on aurait pu éviter tout ça.

Olivia hocha la tête avec compassion. Vu le scénario qu'Angelique avait décrit, Olivia se dit que Lance, en tant que frère cadet de Terence, avait un mobile encore plus convaincant que les témoins. Il aurait pu prévoir de tuer Terence pendant le mariage en espérant s'en tirer parce qu'ils seraient à l'étranger et parce qu'il y aurait énormément de suspects. Olivia se dit qu'il faudrait qu'elle fasse très attention quand elle interrogerait Lance.

Olivia ne pensait pas que Terence aurait bien géré l'entreprise de son père. Il avait peut-être lu *Comment Perdre des Amis et Influencer les Gens*, ou alors, songea Olivia, *Les Sept Habitudes des Victimes Très Efficaces*.

— Eh bien, merci beaucoup. Ce que vous m'avez dit m'a vraiment aidée. Si vous avez d'autres idées, pouvez-vous m'appeler ? demanda-t-elle.

— Bien sûr. Je vais noter votre numéro et vous donner aussi le mien.

Angelique fouilla dans son sac à main. Olivia devina qu'elle cherchait une de ses cartes de l'entreprise de recouvrement, mais elle ne put pas la donner à Olivia.

À ce moment-là, quelqu'un frappa fortement à la porte.

CHAPITRE DIX-HUIT

Olivia contempla Angelique, horrifiée. Son cœur battit la chamade. C'était un désastre ! Elle était piégée ici et n'avait nulle part où se cacher.

Elle virevolta, scrutant désespérément la chambre spacieuse. Le siège en velours cramoisi avait des pieds filiformes qui n'offraient aucune cachette efficace. La grosse base du lit king-size allait presque jusqu'au sol. Les rideaux rouges étaient habilement retenus par des cordes et des glands ; ils n'auraient pas pu dissimuler un petit enfant et encore moins Olivia et son imperméable.

Les toilettes n'avaient pas de porte. Olivia aurait été tentée de se plaindre de l'ouverture moderne et large d'esprit qui, fidèle au design européen, ne présentait qu'un porche cintré avec la baignoire à pattes de lion au-delà. De l'autre côté, le coin toilette avait une porte en verre dépoli, mais on voyait quand même s'il y avait quelqu'un à l'intérieur ou pas. De plus, celui qui allait entrer dans la chambre aurait peut-être besoin d'aller aux toilettes !

— Là-dedans ! Là-dedans ! siffla Angelique.

Elle poussa Olivia jusqu'à la grande armoire en bois. On frappa à nouveau à la porte, encore plus fort et plus impatiemment, cette fois.

Y avait-il assez d'espace dans cette armoire de taille modeste ?

Olivia hésita, mais Angelique la poussa de façon déterminée et elle s'infiltra dans l'espace réduit.

Angelique claqua la porte mais, à cause des vêtements volumineux d'Olivia, elle ne ferma pas entièrement. Olivia voyait un rai de lumière. Elle recula en essayant de résoudre le problème mais, quand elle bougea, le bas craqua de manière alarmante.

Elle se figea. Il valait mieux qu'elle reste où elle était, aplatie contre le fond de l'armoire dans la mesure où son manteau étouffant et ses couches de tricots le permettaient. Elle décida d'essayer de ne pas bouger du tout et de ne pas respirer non plus.

Olivia ferma brusquement la bouche quand elle entendit Angelique déverrouiller la porte.

— Bonjour, papa, dit-elle.

Au moins, ce n'est pas l'inspectrice Caputi. C'est déjà ça, se dit Olivia.

— Salut, ma chérie. J'allais au bar à cocktails qui se trouve sur le toit et je me suis dit que j'allais te rendre visite, dit-il. Ta mère va venir m'y rejoindre pour déjeuner tôt, mais elle commence par se promener dans les jardins avec Mamie. Elles voulaient visiter le labyrinthe, le vignoble et le cours de golf de l'hôtel. Mamie voulait jouer au croquet sur la pelouse de devant, mais elles le feront probablement cet après-midi si le temps se maintient. J'ai prévu une partie de tennis avec Lysander mais, s'il pleut, nous pourrons louer un des terrains de squash.

— Vous pouvez toujours aller nager dans la piscine chauffée, proposa Angelique.

Son père soupira.

— C'est absurde qu'on nous retienne en otages ici. Je me sens tellement piégé ! Je suis sûr que tu as la même sensation. C'est inacceptable. Non seulement cette inspectrice t'a pris ton passeport, mais elle a placé quelqu'un dans le hall pour s'assurer qu'aucun de nous ne sorte de bagages !

— Oui, papa, dit Angelique. Je me sens très confinée. Pendant tout le temps où j'ai fait mon jogging de six kilomètres dans les jardins ce matin, j'ai eu l'impression d'être en prison. Crois-tu qu'un passage au spa aiderait à me détendre ?

M. Miller soupira.

— Fais-le, ma chérie. Loue tout ce que tu veux. Fais-toi plaisir. Cela dit, j'espère que nous pourrons échapper à cette situation insupportable dès que possible et rentrer à la maison demain.

Il baissa la voix.

— Il est évident qu'aucun des invités du mariage n'aurait pu commettre ce crime ! Sans nul doute, la coupable est la serveuse de l'exploitation viticole, celle qui a crié si fort qu'il fallait punir Terence.

Olivia sursauta, heurta un des cintres et une veste noire se détacha de la tringle. Elle l'attrapa avant que le cintre ne tombe bruyamment au sol.

M. Miller parlait d'elle !

— C'était quoi, ce bruit ? demanda-t-il.

Olivia se figea à nouveau et sentit qu'elle commençait à faire de l'hyperventilation. Comment avait-elle pu se fourrer dans une situation aussi périlleuse ?

— De quoi parles-tu ? demanda Angelique d'un air innocent.

— On aurait dit un cliquetis.

— Oh, c'est seulement le chauffage central de la chambre qui s'allume. Le mécanisme est assez bruyant, expliqua Angelique.

Olivia dut admettre que cette femme était une menteuse exceptionnelle capable d'inventer des mensonges éhontés à la volée sans un seul tremblement dans la voix ! Avant de croire ce qu'elle lui avait dit, Olivia décida qu'elle vérifierait plusieurs fois si Cassidy le confirmerait.

Elle serra la veste et remarqua qu'elle sentait fortement le vin. Comment allait-elle remettre la veste et le cintre sur la tringle sans alerter à nouveau l'ouïe très sensible de M. Miller ?

Le mieux serait peut-être qu'elle tienne le tout, décida-t-elle en recommençant à écouter la conversation qui se déroulait au-delà des portes de l'armoire.

— De toute façon, poursuivit M. Miller à voix basse et d'un ton confidentiel, je me dis que l'idéal pour nous tous serait de se mettre d'accord sur un scénario. Je sais que tout le monde était confus et, en fait, c'est pour cela que je vais de chambre en chambre pour voir si quelqu'un d'autre se souvient que cette serveuse est sortie peu après avoir dit à ton futur mari qu'il aurait un jour ce qu'il méritait. Je m'en souviens clairement, car j'étais assis dans le restaurant avec ta mère et je me souviens que la serveuse avait l'air vraiment furieuse. Elle a peut-être même déclaré qu'elle allait tuer Terence.

Olivia serra fermement les lèvres pour retenir un petit cri d'étonnement. Cet homme faisait tout son possible pour l'impliquer afin qu'ils puissent tous rentrer chez eux ! Comment pouvait-on être aussi injuste ?

— Je ne crois pas que cette version fonctionnera, dit prudemment Angelique.

Olivia avait l'impression qu'Angelique protégeait ses arrières. Elle était sûre que, dès qu'elle aurait le dos tourné, Angelique dirait à son père qu'elle était d'accord avec lui et que c'était une bonne idée.

— Réfléchis, ma chérie. La plupart des gens auxquels j'ai parlé jusque-là trouvent que ce scénario est bon, dit M. Miller pour la rassurer.

Olivia serra la veste, saisie par la panique, puis la serra moins fort quand un papier qui se trouvait dans la poche commença à bruire.

Heureusement, encore plongé dans sa conversation, le père d'Angelique n'entendit pas le petit bruit.

— Dis-moi, as-tu essayé les alfredo pasta al forno ? Ta mère ne sait pas si elle devrait les commander au déjeuner ou leur préférer les fettucine aux crevettes.

Un papier dans la poche ?

Une veste d'homme qui empeste le vin, dans l'armoire de la suite nuptiale ?

Elle devait appartenir à Terence ! Olivia se souvint qu'il avait porté une veste foncée bien coupée à son arrivée. Il l'avait enlevée quand ils s'étaient mis à boire et à danser comme des fous. Il était probable qu'il l'avait posée sur le dos de sa chaise et que quelqu'un l'avait ramenée.

Le papier qui se trouvait dans cette poche pourrait fournir à Olivia des informations qu'elle n'avait pas encore. Il pourrait même être un indice.

En essayant de bouger sans faire de bruit, Olivia le sortit de la poche, consciente du moindre bruissement et reconnaissante qu'Angelique soit en train de recommander bruyamment que sa mère choisisse la pizza aux fruits de mer et une petite salade avec un supplément d'anchois et des copeaux de parmesan.

Olivia serra le papier dans sa main moite. Elle l'avait sorti de la poche intérieure où il avait été planqué.

Elle le plia prudemment et le plaça dans la poche de son manteau.

Un moment plus tard, la porte de l'armoire s'ouvrit brusquement.

Aveuglée par la lumière, Olivia laissa échapper un cri.

Angelique la contempla avec mauvaise humeur.

— Allez, allez. Ne faites pas de bruit, ou mon père pourrait vous entendre et revenir.

— J'ai fait tomber ça de la tringle.

Sortant maladroitement de l'armoire, Olivia replaça la veste sur son cintre.

Après ce confinement extrême, elle avait terriblement chaud et les nerfs en pelote. Donc, les Miller se sentaient confinés dans cet hôtel et ses terrains immenses ? *Essayez de passer du temps là-dedans*, pensa-t-elle avec ressentiment.

— Merci pour vos informations, dit-elle.

— N'ayez pas peur, dit Angelique pour la rassurer. Mon père n'arrivera pas à convaincre tout le monde d'accepter sa version. Kyle et Rog sont trop stupides pour mémoriser un autre scénario et les Jones le détestent tous et feront le contraire de ce qu'il demande. Tenez, prenez ma carte avant de partir.

Olivia remercia à nouveau Angelique et enfonça la carte de visite bien à l'abri dans sa poche. Ensuite, elle quitta la suite à toute vitesse. L'escalier qui menait au bar du toit était à côté. Il fallait qu'elle s'éclipse avant que d'autres membres de la famille ne viennent passer leur temps de confinement en buvant des cocktails et en mangeant une nourriture délicieuse.

Ensuite, Olivia voulait se rendre dans la chambre de Cassidy mais, quand elle tapota discrètement à la porte, personne ne répondit. Peut-être Cassidy faisait-elle la sieste après le stress de la veille au soir, à moins qu'elle ne soit partie faire quelques longueurs dans la piscine chauffée.

Pendant qu'Olivia attendait dehors, elle entendit des voix de femmes sortir de la chambre qui se trouvait à sa gauche.

Elle se souvint qu'Angelique avait dit qu'Alice logeait à côté de Cassidy. Donc, elle alla frapper à cette porte-là.

La porte s'ouvrit presque immédiatement et Olivia se retrouva confrontée aux yeux bleus étonnés d'Alice.

Olivia ne pouvait s'empêcher d'en vouloir à Alice, qui avait semé le chaos dans toute la soirée quand elle avait embrassé le marié de manière irresponsable, mais elle ne voulait pas que ses sentiments personnels viennent entraver son enquête. Profitant de la confusion d'Alice, qui ne reconnaissait pas l'apparition en imperméable qui se tenait en face de sa porte, Olivia s'introduisit dans la chambre et retira rapidement ses lunettes de soleil.

— N'ayez pas peur, dit-elle à Alice, qui la contemplait bouche bée, sous le choc. Je suis la sommelière de La Leggenda. Vous souvenez-vous de moi ?

— Je me souviens de vous, répondit l'autre occupante de la chambre d'une voix basse menaçante. Que faites-vous ici ? La police a dit que vous étiez une suspecte. Les suspects ne devraient sûrement pas se promener dans cet hôtel et s'introduire dans les chambres des gens, n'est-ce pas ?

La petite brune était assise en posture du lotus complète sur un des lits jumeaux, d'où elle contemplait Olivia d'un air soupçonneux, les sourcils froncés. Olivia se souvint que c'était Dinah, la demoiselle d'honneur, qui avait encouragé les autres à être responsables. Si seulement elles avaient tenu compte de ce conseil !

— J'essaie d'apporter ma contribution, expliqua Olivia.

— Et comment ? demanda Dinah, qui ne croyait pas Olivia. Vous n'êtes pas de la police. Quel droit avez-vous de demander où nous étions et ce que nous faisions ? Je crois que vous devriez partir maintenant, ou alors, nous allons appeler la police, dit-elle en regardant Alice d'un air entendu.

— Comme j'ai travaillé toute la soirée, j'espère avoir vu ou entendu une chose susceptible d'aider à identifier l'assassin, dit rapidement Olivia.

Elle savait qu'elle n'avait que quelques moments pour convaincre Dinah avant qu'elle ne perde patience et ne mette sa menace à exécution.

— La police n'a pas eu la chance d'être sur site au bon moment. De plus, je sais que vous vous sentez tous piégés ici, puisque vous n'avez pas le droit de quitter La Locanda. Le plus tôt nous découvrirons qui a tué Terence, le plus tôt vous pourrez tous quitter l'hôtel et rentrer chez vous, expliqua Olivia.

Alice éclata en sanglots forts et hystériques.

— Ce n'est pas de ma faute ! Les gens le pensent, mais ils se trompent tous ! Cette situation a été exagérée au-delà du raisonnable. Comment peut-on imaginer que j'ai embrassé le futur mari de ma propre sœur ? Il m'a simplement pris dans ses bras et Angelique a inventé le reste ! Personne ne se soucie même de savoir à quel point je souffre de tout ça, mis à part Lysander, qui m'a réconfortée après que j'ai été humiliée en public !

Assise sur le lit à côté d'Alice, Olivia essaya de la réconforter mais sans être sûre de la croire. Elle se dit aussi que, si Alice niait son implication de manière aussi véhémente, c'était peut-être parce qu'elle avait commis le crime.

— Prenez un chocolat, dit-elle en sortant les Ferrero Rocher de la poche de sa veste. Avec du chocolat, tout va toujours mieux.

— Merci, dit Alice en reniflant.

Elle déballa le chocolat et, quand elle le mangea, elle sembla s'apaiser.

— Au moment où c'est arrivé, j'étais dans les toilettes des femmes, dit Dinah.

La demoiselle d'honneur quitta sa pose de yoga et passa un Kleenex à Alice. Elle semblait plus coopérative, maintenant, au grand soulagement d'Olivia.

— Jewel vomissait. Je suis allée l'aider. Quand une personne boit trop, elle a besoin que quelqu'un lui tienne la tête et lui écarte les cheveux.

Olivia se sentit encouragée par ce témoignage oculaire. C'était une information importante. Elle se souvint que Mamie B avait vu Jewel partir vers les toilettes, visiblement malade. Quand Jean-Pierre avait nettoyé ces toilettes, il avait eu le teint aussi vert. Il ne faisait aucun doute que Jewel avait vomi là-bas.

Donc, Jewel et Dinah étaient innocentes.

— J'ai une autre information intéressante, ajouta Dinah.

Elle alla sur le tapis qui était devant le lit et se tint sur une seule jambe avec les bras courbés au-dessus de la tête. Olivia ne connaissait pas le nom de cette pose. Arbre, peut-être ?

— Quelle information ? demanda-t-elle.

— C'est juste une rumeur, mais on me l'a communiquée il y a un mois. Pendant qu'il était fiancé, Terence a emmené Madeline à un concert pendant qu'Angelique était à une fête de diplômées de fac et, d'après la rumeur, ils ne seraient rentrés que tard dans la matinée.

Elle adressa à Olivia un coup d'œil espiègle puis redevint un arbre en toute sérénité.

— Vous voulez dire qu'il l'a trompée ? demanda Olivia, consternée. Un mois avant le mariage ?

— Oui. Madeline l'a dit à Miranda, qui l'a dit à Molly, qui me l'a dit. Moi, je l'ai dit à Cassidy, qui l'a dit à Jewel.

Olivia était stupéfaite, pas seulement par l'information, mais par le fait que Dinah soit assez calme pour communiquer cette révélation choquante tout en restant debout sur une seule jambe, sans même trembler.

Pourquoi personne ne l'avait-il dit à la mariée ? Avaient-elles toutes eu trop peur d'avouer la vérité ?

— Donc, personne ne l'a dit à Angelique ? demanda Olivia, posant la question qui lui brûlait les lèvres.

Dinah haussa les épaules.

— J'imagine qu'aucune de nous ne savait tout, mis à part Madeline. Donc, nous n'avons rien dit. Cela n'aurait été honnête ni envers Madeline ni envers Terence, n'est-ce pas ?

Olivia pensa que, d'une façon ou d'une autre, ces gens-là avaient une sorte de logique plutôt froide.

Elle ne put s'empêcher de repenser à l'énorme erreur de jugement qu'elle avait commise quand elle avait prévu d'épouser Ward. Elle était sûre qu'il s'était comporté exactement de la même façon que Terence dans les semaines qui avaient précédé le mariage. Comme Angelique, Olivia avait complètement ignoré son infidélité.

— Savez-vous dans quelle chambre Madeline loge ? demanda-t-elle.

Dinah hocha la tête, se mit à genoux puis plaça les mains sur le sol et fit le dos rond comme un chat.

— Elle est au deuxième étage, première chambre sur la droite après l'ascenseur. Je ne suis pas sûre du numéro.

— Merci, dit Olivia.

Elle quitta hâtivement la chambre, encouragée parce qu'elle venait d'apprendre quelques informations importantes. Elle en savait vraiment plus qu'une heure auparavant.

Elle entra dans l'ascenseur et appuya sur le bouton du deuxième étage. Cependant, alors que les portes allaient se refermer, elles se rouvrirent avec un ding.

Le cœur d'Olivia battit la chamade quand l'inspectrice Caputi entra dans l'ascenseur.

CHAPITRE DIX-NEUF

Instinctivement, Olivia baissa la tête en faisant semblant de fouiller dans la poche de son manteau pendant que l'inspectrice Caputi appuyait sur le bouton.

Elle avait le souffle coupé. Déjà, son cœur battait la chamade. De plus, elle était trop terrifiée pour produire le moindre son, car cela risquerait d'attirer l'attention de l'inspectrice sur elle.

Heureusement, la policière semblait être impatiente et préoccupée. Du moins, Olivia le pensait. Les yeux rivés sur le sol, elle trouvait que l'inspectrice remuait les pieds avec nervosité. Elle voyait sa bottine noire et polie tapoter sur la moquette de l'ascenseur.

Si l'inspectrice reconnaissait Olivia, elle irait directement en prison. Elle avait été avertie et elle avait su que, en venant ici, elle croiserait le chemin de l'inspectrice irascible.

Seulement, Olivia ne s'était pas attendue à ce qu'elle finisse piégée dans les mêmes quatre mètres carrés d'espace confiné !

Quand son téléphone produisit un léger ding, elle faillit bondir jusqu'au plafond. Instinctivement, elle plaqua une main sur sa poche. Quel moment malencontreux pour recevoir un message !

L'inspectrice inspira brusquement et Olivia faillit hurler, tendue à l'extrême. Est-ce que Caputi avait repéré une mèche de cheveux blonds qui aurait dépassé du bonnet noir ?

Olivia prit le risque de lever les yeux un tout petit peu et vit que l'inspectrice contemplait son propre téléphone. Elle fronçait les sourcils en faisant tss tss, visiblement insatisfaite de l'information qu'elle avait reçue.

Olivia entendit un ding. Alors, des bottines cliquetèrent et partirent dans le couloir.

Olivia leva la tête. Des taches noires flottaient devant ses yeux. Elle inspira.

Elle était au deuxième étage, où elle avait eu l'intention d'aller. Elle ne pouvait plus le faire, bien sûr, pas avec l'inspectrice aux environs. Il fallait qu'elle sorte immédiatement de cet hôtel. Elle risquait trop de retomber sur l'inspectrice Caputi. La prochaine fois, la policière ne serait peut-être pas aussi distraite.

Olivia appuya sur le bouton du rez-de-chaussée. Les portes se fermèrent avec un souffle et Olivia eut le vertige, soulagée.

Quand ils s'ouvrirent, elle jeta immédiatement un coup d'œil autour d'elle et vit où se trouvait l'agent de police.

Il était dehors, où il parlait à un autre agent qui, pensa Olivia, devait le relayer.

Cela lui donnait la chance dont elle avait besoin pour s'esquiver et rentrer chez elle aussi vite que possible.

Cependant, quand Olivia se dirigea vers la porte, elle vit entrer Mme Miller et son fils Lysander.

Ils parlaient ensemble avec des voix basses mais intenses et allaient vers le bar de l'hôtel avec détermination.

Olivia se sentit littéralement déchirée en deux. Elle hésita, regardant d'un côté à l'autre. Il y avait la porte de sortie à sa gauche et les Miller à sa droite, la sécurité d'un côté et la folie de l'autre. Elle devrait s'en aller tout de suite, mais les Miller semblaient discuter de quelque chose de sérieux. Cette information pouvait s'avérer essentielle.

Olivia se retourna et les suivit en se reprochant sa propre stupidité.

Ses actions étaient irréfléchies et inconséquentes de tous les points de vue. Le plus probable, c'était qu'elles la mèneraient au désastre. Cependant, maintenant, elle avait au moins une chance de découvrir de quoi ils discutaient à voix si basse mais avec une telle véhémence.

Olivia constata avec plaisir que le bar était l'incarnation de la splendeur à l'ancienne. Il avait des box à hautes parois qui donnaient l'illusion d'une intimité totale.

À moins que, bien sûr, quelqu'un ne s'asseye dans le box d'à côté.

Olivia arriva derrière eux sur la pointe des pieds et s'installa discrètement dans le box voisin.

Perchée sur le siège doux et luxueux, elle tendit les oreilles pour entendre de quoi discutaient les Miller.

— Est-ce que tu as fait ça, Lysander ? Dis-le-moi ! As-tu perdu ton sang-froid et l'as-tu poignardé ? Je ne le dirai à personne mais, comme je suis ta mère, j'ai besoin de savoir la vérité ! siffla Mme Miller pendant qu'Olivia s'appuyait plus près de la paroi du box, fascinée.

Cette conversation s'avérait être encore plus révélatrice qu'elle ne s'y était attendue.

Lysander soupira.

— Maman, tu plaisantes ou quoi ? Arrête de me calomnier ! marmonna-t-il d'un ton grincheux.

— Je te calomnie, moi ? dit Mme Miller d'un ton offensé. D'abord, poser une question innocente, ce n'est pas de la calomnie et, ensuite, même si c'en était, je suis ta mère et j'ai le droit de demander ça ! Enfin, le plus important, c'est que c'est pour toi qu'il a fallu déposer une caution ! Tu te souviens quand il a fallu qu'on te sorte de prison après cette remise de diplômes où tu as fini par te battre avec l'hôte ? Tu as eu beaucoup de chance que sa famille ait accepté de renoncer aux accusations après que ton père a payé tous ses frais d'université.

Lysander grogna impatiemment.

— Tu sais que tu agis parfois de manière irréfléchie, dit Mme Miller d'une voix tremblante de sérieux. Cependant, si c'est arrivé, dis-le-moi et nous pourrons essayer de nous en tirer.

— Je ne l'ai pas fait ! dit Lysander d'une voix exaspérée.

— Jure-le-moi !

— Je le jure sur — sur tout ! Je ne l'ai pas fait et je ne sais pas qui l'a fait. Oui, j'ai menacé Lance et ces imbéciles de témoins. Ils l'avaient mérité parce qu'ils avaient insulté Alice. Ça s'est arrêté là. J'aurais bien aimé me le faire, ce salaud, ajouta-t-il avec regret.

— Eh bien, tout ce que je peux dire, c'est qu'Angelique s'en est bien tirée, convint Mme Miller. Je n'avais jamais pensé que Terence était assez bien pour elle. Il était arrogant et très irrespectueux. Elle aurait fini malheureuse. Cela dit, c'est une fille têtue ! Quand je lui ai dit qu'elle prenait une mauvaise décision, tu crois qu'elle m'aurait écoutée ? Bien sûr que non !

— Oui, ce gars était un —

Olivia n'entendit pas le mot suivant parce que Lysander le marmonna mais, d'après le petit cri et le rire choqué de Mme Miller, Olivia devina de quelle sorte de mot il s'agissait.

— Qui aurait pu le faire ? se demanda Mme Miller d'une voix songeuse.

— Et si c'était Angelique ? demanda Lysander. Si c'est elle, tu devras aussi gérer la situation. Je crois que c'est elle.

— Non ! Ta sœur ne ferait jamais une chose aussi violente. Elle a une âme pleine de beauté et de douceur !

Olivia serra fortement les lèvres pour retenir un rire aussi ironique qu'incrédule. Angelique était exactement le contraire de ça !

— Je crois que c'était un des amis de Terence, Kyle ou Rog. Ils ont le même caractère que lui. Ils sont arrogants, ils ont les idées arrêtées et ils sont agressifs.

Mme Miller baissa la voix jusqu'à chuchoter et, malgré tous ses efforts, Olivia ne comprit pas ce qu'elle disait.

— *Pronto ?* demanda fortement un homme. Olivia faillit tomber de son siège sous l'effet de la surprise.

Le barman était arrivé pour prendre sa commande.

— Rien, merci, chuchota Olivia. J'attends mon amie.

Le barman hocha la tête et passa au box suivant.

Pendant que Mme Miller commandait des cocktails, Olivia entendit racler une chaise. Lysander s'était levé et se dirigeait vers les toilettes des hommes.

Il s'arrêta quand il vit Olivia et la regarda avec curiosité.

Olivia sentit sa bouche s'assécher. En moins d'une heure, cela faisait deux fois qu'il la croisait dans son déguisement bizarre et mémorable. Il devait se demander qui elle était, pourquoi elle portait une tenue aussi bizarre et pourquoi elle était tout le temps dans la même partie de l'hôtel que lui. Lysander semblait être sur le point de deviner la vérité. S'il y parvenait, ce serait un désastre.

Elle le contempla aussi calmement que possible malgré la panique qui montait en elle. Il fallait qu'elle fasse quelque chose, vite et avec subtilité, pour qu'il cesse de s'intéresser à elle.

Elle ne trouva qu'un moyen d'y arriver.

Elle lui sourit poliment.

— *Che bella giornata*, dit-elle sur le ton de la conversation, grimaçant intérieurement à sa mauvaise prononciation d'une phrase italienne aussi ordinaire que « Quelle belle journée ! ».

Lysander lui répondit par un hochement de tête incompréhensif et le soupçon disparut de son visage. Elle vit qu'il venait de la classer mentalement parmi les Italiennes qu'il ne connaissait pas et qu'il avait renoncé à se demander où il l'avait déjà vue. Il poursuivit sa route sans se retourner dans sa direction.

Olivia se leva et se dépêcha de quitter le bar. Il était vraiment temps de partir, maintenant, car elle ne pouvait pas risquer de rencontrer quelqu'un d'autre. Elle décida de rentrer directement chez elle, de s'enlever son déguisement-sauna puis de repartir à La Leggenda.

Heureusement, l'officier de police était en train de boire un cappuccino avec la réceptionniste de l'hôtel et il ne regarda pas dans la direction d'Olivia quand elle s'en alla. Traversant le parking principal, Olivia se sentit fière d'avoir incarné une vraie Italienne avec succès pour la première fois depuis son arrivée en Italie.

Même si Lysander n'était pas du style à comprendre vite et même si elle ne l'avait dupé que l'espace d'un instant, c'était quand même une réussite et cela montrait qu'elle progressait. Tout en se précipitant vers le parking du cours de golf, Olivia articula les mots qu'elle avait prononcés à plusieurs reprises pour améliorer sa prononciation et son accent. Un jour, résolut-elle, elle parlerait cette langue musicale aussi bien qu'elle le méritait !

Quand elle sortit de l'hôtel, elle réfléchit à ce qu'elle avait appris pendant cette incursion stressante.

Il faudrait confirmer l'alibi d'Angelique avec Cassidy et cela ne permettrait pas de l'exclure de la liste des suspects. Lysander était un bagarreur impulsif qui avait des antécédents d'agression. Terence avait trompé Angelique au moins une fois et M. Miller allait de porte en porte en essayant de persuader tous les invités du mariage de dire à la police qu'Olivia était la coupable.

Cela présageait mal pour Olivia qui, après les interrogatoires du jour, n'avait pas l'impression de mieux comprendre qui pouvait être l'assassin. Elle n'arrivait qu'à trouver toujours plus de suspects potentiels !

— Il faut bien commencer quelque part, se dit-elle fermement.

À sa grande surprise, quand elle entra dans le village, elle revit le cycliste corpulent. Cette fois-ci, il allait dans l'autre direction et, en dépit de son tour de taille conséquent, il montait la pente raide à une bonne vitesse.

Cette fois, Olivia s'assura de lui laisser beaucoup de place. Quand elle poursuivit sa route et ralentit à une allure d'escargot, prisonnière de l'embouteillage qui régnait constamment dans la rue principale étroite du village, elle remarqua une autre chose qui lui donna des sentiments partagés.

Danilo entrait nonchalamment dans la boulangerie Forno Collina.

Comment pouvait-il se promener comme si tout allait bien et comme s'il ne lui avait pas brisé le cœur en refusant de lui parler ou de lui fournir une explication ? Elle se sentit choquée de le voir vivre sa vie comme d'habitude et d'acheter du pain comme si elle ne lui manquait même pas.

Bon, il ne lui manquait pas non plus, se dit-elle en tentant vainement de nier la réalité.

Quand elle regarda ce que la boulangerie proposait en vitrine, elle vit qu'il y avait des tranches de Panforte di Siena. C'était le gâteau préféré de Danilo et il lui en avait présenté les délices. Constitué de généreuses quantités de noix, de fruits secs, d'épices et de sirop, le tout couvert de sucre en poudre, c'était une friandise dense et délicieuse. Son goût épicé lui donnait une saveur unique et mémorable.

Depuis qu'Olivia avait découvert que Danilo adorait ce gâteau, elle s'était assurée de lui en acheter une tranche à chaque fois qu'elle avait su qu'il allait passer la voir. Une fois, elle lui avait même préparé tout un Panforte di Siena comme cadeau de remerciement pour l'avoir aidée à nettoyer sa grange. Il l'avait adoré et avait déclaré qu'il était encore meilleur que celui qu'on trouvait en boulangerie.

Elle n'aurait jamais l'occasion de lui préparer un autre Panforte di Siena, parce que leur amitié avait brusquement pris fin.

Quand il avança, Olivia repéra une série de mini-crostatas dans la vitrine. Sur ces tartes collantes pleines de confiture, on mettait des croisillons de pâte croustillante et dorée. Ces tartes étaient devenues ses préférées et c'était la friandise qu'elle choisissait à chaque fois, même si Danilo avait admis qu'elles étaient un peu trop sucrées pour lui.

Alors, elle le vit s'arrêter devant les crostatas et les contempler d'un air pensif avant d'entrer dans la boulangerie.

Alors, le trafic se fluidifia. Olivia accéléra et dépassa la boulangerie. Elle se sentait perturbée d'avoir vu Danilo. Sa présence avait déclenché une remontée dérangeante d'émotions et, le pire, c'était qu'elle avait dérangé ses pensées. Il fallait qu'elle se concentre sur son enquête pour pouvoir s'innocenter et trouver l'identité du tueur.

Elle s'ordonna d'arrêter de penser tout le temps à son ex-ami et sortit du village en observant les voitures de police ainsi que, en fait, tous les gens qui semblaient la contempler d'un air soupçonneux. Il faudrait que ce comportement devienne une habitude, si elle voulait éviter de se faire arrêter. Elle n'osa se détendre qu'au moment où elle tourna sur la piste tranquille qui menait à la ferme et vit le portail ouvert devant elle.

Ce ne fut que lorsqu'elle eut passé le portail et se fut garée à sa place près de la ferme qu'elle s'autorisa à baisser la garde.

Dès qu'elle fut sortie de la voiture, Olivia retira son déguisement étouffant et soupira avec soulagement quand la brise fraîche lui tira sur les cheveux. Avant d'aller au travail, elle décida d'examiner le message qu'elle avait pris dans le manteau de Terence.

Elle rentra en toute hâte dans la maison avec un tas de vêtements encombrants sur les bras. Ensuite, elle sortit le message de la poche où elle l'avait fourré et déplia soigneusement la page.

— Eh bien ! dit-elle en le lisant.

Il était écrit sur une feuille de papier à lettres de l'hôtel et disait : « Chérie, retrouve-moi à 7 heures du matin dans le sauna de la salle de gym. Je lui dirai que je suis parti m'entraîner ! »

Terence avait dû avoir l'intention de donner ce message à quelqu'un pendant la soirée afin de fixer un rendez-vous pour le tout début du matin de son mariage !

Quel culot !

À qui avait-il eu l'intention de donner le message ? À Alice ? À Madeline ? Quelle que soit la réponse, cela prouvait encore plus qu'il n'était pas digne de confiance.

Heureusement, l'indignation que l'infidélité de Terence inspira à Olivia lui permit d'oublier à quel point elle avait été bouleversée quand elle avait vu son ex-ami brun aller à la boulangerie du village.

Cependant, il ne semblait pas qu'elle puisse échapper à la présence de Danilo dans sa vie. Quand elle ouvrit son téléphone pour lire le message qui était arrivé quand elle avait été dans l'ascenseur, elle vit, à son grand étonnement, qu'il venait de Danilo.

CHAPITRE VINGT

— Sérieusement ? dit Olivia à voix haute en contemplant l'en-tête du message les yeux plissés, comme s'il avait pu bondir hors de l'écran et la mordre.

Exaspération, confusion et espoir (l'espoir l'agaçait encore plus), tout cela monta en elle pendant qu'elle observait son écran d'un air critique en fronçant les sourcils.

Pourquoi la contactait-il maintenant ? Pourquoi entrait-il soudain en contact avec elle en lui envoyant un SMS ? Elle ne pensait pas que Danilo soit le type de personne à envoyer un SMS après ce qui s'était passé entre eux. Il appellerait, ou il viendrait discuter en personne.

Dans ce cas, que signifiait ce SMS ?

Elle ouvrit le message.

— *Olivia, ce matin, j'ai entendu dire qu'il y avait eu des problèmes à la répétition du mariage et que quelqu'un avait été assassiné. Est-ce que tu vas bien ? Si tu as besoin d'aide, dis-le. Je peux te faire les courses. Dis-moi juste quoi acheter. D.*

Olivia lut et relut le SMS sans savoir ce qu'elle devait en faire. Il semblait que Danilo veuille revenir à la relation purement amicale qu'ils avaient eue avant que l'amour ne commence à naître — du côté d'Olivia, du moins. Cela dit, était-ce assez pour elle et le voulait-elle ?

Olivia savait que la réponse était non.

Danilo ne faisait probablement qu'être gentil. Malgré la froideur de son rejet, Olivia devait admettre qu'il avait en général beaucoup de considération et qu'il pensait habituellement aux autres. Elle plissa les yeux, relut son SMS et remarqua tout particulièrement « te faire les courses ». Visiblement, les ordres de Caputi, qui voulait que les trois suspects n'aillent que chez eux et au travail, était déjà connus de tout le village.

Olivia soupira. C'était une autre complication de leur romance ratée. Et si, maintenant, tous les habitants de Collina et des alentours savaient qu'il avait rejeté ses avances ? Elle espérait qu'il n'en parlerait à personne.

Toutefois, il manquait beaucoup de choses importantes, dans ce SMS. Il n'avait pas mentionné leur excursion désastreuse. Il n'avait pas dit ce qu'il pensait d'elle de quelque façon que ce soit et n'avait pas du tout expliqué ses actions. Elle se sentait frustrée.

Olivia répondit :

— *Merci. Je n'ai besoin de rien. Tout va bien pour l'instant.*

Court, poli, formel. Elle se dit qu'elle avait trouvé le bon style.

Elle le lit deux fois de plus, juste pour être sûre. Alors, elle l'effaça entièrement. Il devait être possible de le dire mieux !

Alors, elle retapa le message et obtint exactement le même qu'avant.

Se sentant aussi exaspérée par elle-même que par Danilo, Olivia appuya sur le bouton « Envoyer » avant de perdre plus de temps à hésiter sur ce sujet sans importance. Elle n'avait pas de temps à perdre. Maintenant, il était urgent qu'elle reparte à l'exploitation viticole et innocente Marcello.

Après avoir pendu son déguisement dans l'armoire et s'être mis des vêtements confortables et adaptés au temps qu'il faisait, Olivia se dirigea vers La Leggenda. Comme l'après-midi était beau, elle s'y rendit à pied avec Erba. Marcher à vive allure le long de la route vallonnée lui donna la possibilité de se changer les idées et d'anticiper les événements. Olivia décida qu'elle ne raconterait pas ses aventures de la matinée à Jean-Pierre. Elle ne voulait pas qu'il soit forcé de mentir pour la protéger si l'inspectrice lui posait des questions sur ce qu'elle avait fait.

Olivia décida qu'il serait mieux qu'elle garde tout cela pour elle-même.

Quand elle arriva à l'exploitation viticole, elle vit la voiture de Jean-Pierre dans le parking mais pas celle de Marcello. Une petite camionnette de livraison y était garée et le découragement l'envahit quand elle vit la Fiat chic de Gabriella. Quand Olivia entrerait, elle serait mal accueillie.

Quant à Marcello, il pouvait être en train de travailler à n'importe quel endroit des terrains de l'exploitation viticole. Olivia était sûre qu'il était avec Antonio, en train d'effectuer l'entretien hivernal des vignes. S'il ne revenait pas bientôt, il faudrait qu'elle trouve une excuse pour l'appeler.

À sa grande surprise, quand elle entra, elle vit que des dizaines de cupcakes à glaçage rosé avaient été placés dans des boîtes couvertes de cellophane et disposés sur les tables du fond de la salle de dégustation.

Gabriella était à la réception du restaurant, où elle supervisait le chargement de grands conteneurs en feuilles de métal. Elle semblait être d'une humeur légèrement meilleure. Quand elle vit Olivia, elle désigna les tables de façon expansive.

— Les cupcakes sont pour tout le monde. Mangez, mangez. Amenez-en chez vous. Demain, il faudra que tout soit parti.

Olivia approcha prudemment.

C'étaient les cupcakes personnalisés du mariage. Olivia se souvenait qu'il y en avait eu cent huit, même s'il y en avait moins, maintenant. Les Vescovi en avaient peut-être déjà pris quelques-uns.

Elle entendit Gabriella discuter avec le livreur.

— Oui, voici les adresses. Cette nourriture doit aller à ces deux orphelinats ; cette boîte au premier, cette autre au second. Quant au troisième paquet, envoyez-le au village des enfants.

Elle sourit, rôdant d'un air satisfait dans la salle de dégustation.

— Les enfants pourront se délecter de ce repas de mariage pendant quelques jours, dit-elle à Olivia.

Alors, elle ajouta :

— Nous avons décidé de garder les cupcakes ici. Je suis sûre que des orphelins ne voudront pas qu'on leur donne des gâteaux avec le nom d'autres personnes dessus ! Donc, ils auront les couches du gâteau de mariage principal et nous devrons finir les cupcakes.

Elle désigna sévèrement les cupcakes et Olivia devina que ses mots étaient plus un ordre qu'une suggestion.

Il y avait beaucoup de noms qu'elle ne reconnut pas, mais l'un d'eux attira son attention.

Kyle, le témoin désagréable.

Olivia prit une boîte vide et y mit le cupcake de Kyle. Alors, elle prit celui de Rog et l'ajouta aussi à la boîte. Elle ressentit une certaine satisfaction en prenant leurs cupcakes pour elle-même.

Elle chercha le cupcake de Don en se demandant si elle pourrait emporter les cupcakes de tous les témoins mais vit non sans déception que son cupcake manquait à l'appel. Quelqu'un l'avait déjà mangé.

Le nom de Terenzio attira son attention.

Son cupcake était au centre des autres. Olivia était sûre que personne ne se sentirait à l'aise à l'idée de le prendre et qu'il serait le dernier à être emporté. Elle pourrait peut-être le donner à Erba. Elle l'ajouta à sa boîte.

— C'est très gentil de donner la nourriture aux enfants pauvres et de nous laisser les petits gâteaux.

Jean-Pierre sortit de la salle de stockage. Il tenait une bouteille d'eau avec la main droite et une grosse boîte de cupcakes avec la gauche.

— Je suis contente que toute la nourriture soit bien utilisée, dit Olivia. Si tu as le temps, nous devons relire la liste de dégustation. Il est temps de la remettre à jour.

Cependant, avant qu'elle ait pu s'occuper de cette tâche, elle entendit la portière d'une voiture claquer dehors.

Olivia leva brusquement les oreilles. Même si elle n'avait pas une ouïe d'une sensibilité hors-norme, elle était sensible à certains sons, dont le bruit métallique de la portière conducteur d'une Fiat grise qu'une certaine policière irascible claquait impatiemment.

Olivia regarda fixement la porte d'entrée en se sentant comme une biche dans la lumière des phares d'une voiture. Alors qu'elle s'y attendait, elle ne put se retenir de sursauter quand l'inspectrice Caputi entra.

— *Buon giorno*, marmonna machinalement l'inspectrice. Où est Marcello Vescovi ? J'ai besoin de lui parler de toute urgence.

Olivia écarquilla les yeux.

— Il est probablement parti dans le domaine, dit-elle en espérant fortement que Marcello n'ait pas choisi ce moment pour se rendre illégalement en ville.

— Je vais l'appeler, répondit l'inspectrice en adressant un regard noir à Olivia avant de sortir son téléphone.

Cependant, avant qu'elle n'ait pu le faire, Marcello entra.

Visiblement, il avait travaillé dans les vignes. Ses bottines étaient tachées de boue et il avait mis une vieille veste en velours côtelé sur ses épaules.

Marcello avait l'air préoccupé et pas très content. Même s'il s'arrêta dès qu'il vit l'inspectrice et se dirigea vers elle avec un sourire charmeur, Olivia eut la sensation qu'il en avait vraiment assez que la police s'introduise dans son entreprise.

— J'ai une question pour vous et je voudrais une réponse, s'il vous plaît, Signor Vescovi, dit l'inspectrice Caputi.

Elle parlait à voix basse, mais Olivia entendait qu'elle triomphait.

131

— Je viens d'interroger M. Jones. Il a dit qu'il avait oublié de me donner une information importante la veille au soir. Il a dit que vous lui aviez proposé une collaboration et qu'il avait refusé et vous avait expliqué qu'il ne pourrait jamais travailler avec vous. Il a dit que vous aviez eu une réaction agressive sinon combative et qu'il avait remarqué que vous étiez particulièrement fâché contre Terence, qui était avec lui à ce moment-là. Maintenant, expliquez-vous parce que, selon ce témoignage, vous avez un très bon mobile pour avoir assassiné Terence !

CHAPITRE VINGT-ET-UN

Quand l'inspectrice Caputi eut formulé son accusation, un silence assourdissant régna dans l'exploitation viticole.

Le seul son que l'on entendit fut une mastication discrète. Jean-Pierre, qui semblait lui aussi être du style à manger en situation de stress, était en train de dévorer le cupcake de Jewel.

Olivia se mordit la lèvre inférieure. C'était exactement ce qu'elle avait craint. Ce n'était pas seulement le père de la mariée qui accusait le personnel de l'exploitation viticole. Le terrible M. Jones essayait aussi de retourner la situation pour que l'équipe de direction de La Leggenda soit accusée et que les familles puissent quitter l'hôtel.

Sévèrement ébranlée, Olivia admira le calme de Marcello, qui hocha la tête avec compassion.

— Toutes mes excuses, inspectrice. De la même manière que M. Jones avait oublié de vous le dire, je l'avais oublié moi aussi. Avec le recul, je crois qu'il accorde un peu trop d'importance à ce fait.

La voix de Marcello était douce et pleine de compassion.

— C'est un père en deuil et, bien sûr, il cherche à tourner la page. Toutefois, quand nous avons discuté, je n'ai ressenti aucune colère. Quand je lui ai posé des questions sur son entreprise pour décider si nous pouvions trouver un terrain d'entente, il a expliqué qu'il travaillait avec des prix plus bas, ce qui signifiait qu'il n'y avait aucune raison de poursuivre la discussion. Nous en sommes restés là et cela n'a été important ni pour lui ni pour moi.

Olivia écouta le compte-rendu apaisant de Marcello sur l'interaction en question et fut stupéfaite par son sens de la diplomatie.

Elle était la seule à savoir à quel point Marcello dédramatisait la situation. En effet, elle avait vu la colère qui l'avait traversé. Le rejet de M. Jones et les insultes du père et de son fils l'avaient rendu furieux.

Maintenant, il avait résumé les faits avec un tel calme que même l'inspectrice Caputi avait l'air contrariée, comme si elle avait espéré révéler un fait sidérant qui s'était avéré n'être qu'un détail.

— Vous ne l'avez pas dit et je trouve ça louche, dit-elle sèchement.

— Inspectrice, si j'avais pensé que c'était important, même un tout petit peu, je vous en aurais parlé immédiatement, répéta Marcello, les mains écartées comme pour en appeler à sa compréhension.

Olivia retint son souffle en espérant que l'inspectrice Caputi le croirait.

Elle aurait voulu pouvoir expliquer à cette odieuse inspectrice qu'elle cherchait dans la mauvaise direction. Pourquoi revenait-elle ici, à l'exploitation viticole, et pourquoi gâchait-elle la journée à tout le monde alors qu'elle aurait dû être à l'hôtel en train d'interroger les demoiselles d'honneur pour découvrir laquelle d'elles avait eu une relation cachée avec Terence ?

Olivia ouvrit la bouche pour révéler les actions perfides de Madeline, puis elle la referma. Cela ne ferait que lui apporter des ennuis, parce que Caputi demanderait comment elle avait découvert ce fait.

— Je vais vous poser d'autres questions en privé, dit l'inspectrice à Marcello.

Elle fit sévèrement signe à Marcello d'aller avec elle dans son bureau. Olivia devina qu'elle allait chercher des incohérences dans son témoignage.

Ils laissèrent la porte du bureau entrebâillée et Olivia alla au fond de la salle de dégustation pour voir si elle pourrait espionner leur conversation.

Elle fit semblant de choisir d'autres cupcakes à ajouter à sa boîte mais tendit les oreilles pour écouter les murmures. Malheureusement, elle ne put comprendre aucun mot clairement. Quand elle contempla les friandises sucrées, elle se rendit compte qu'elle n'en voulait pas d'autre. Elle sentait qu'elle en avait plus qu'assez, maintenant.

En fait, depuis qu'elle avait vu la vitrine de Forno Collina, elle avait très envie d'une crostata à la confiture de fraise avec ses croisillons de pâte délicieusement croustillante et son fourrage de confiture somptueusement sucrée et collante.

Pourtant, il était inutile qu'elle désire autant cette pâtisserie, vu qu'elle ne pouvait pas aller à la boulangerie. Arrêtant de penser à des pâtisseries, Olivia repartit au travail.

Avec Jean-Pierre, elle alla dans la salle de stockage et en inspecta les étagères pour décider quels changements apporter au menu de dégustation.

— Ton rosé a été un grand succès, dit Jean-Pierre. Nous ne pouvons pas l'enlever du menu de dégustation ; de plus, c'est le seul rosé.

Olivia se sentit fière du vin qu'elle avait créé à la fin de l'été. Elle avait eu de la chance d'obtenir un si bon résultat.

— On garde le rosé, convint-elle.

— Ensuite, nous avons déjà quatre vins rouges au menu, mais seulement deux blancs, observa Jean-Pierre. Pourquoi ne pas inclure trois de chaque pendant quelque temps ?

— On pourrait retirer le sangiovese de la liste pour l'instant, convint Olivia. Nadia a dit qu'ils avaient du mal à en fournir la quantité demandée et, cette année, les quantités sont basses. Bon, quel blanc devrions-nous ajouter ? J'ai tout le temps envie d'y mettre le chardonnay mais, en même temps, je me dis que les gens préféreront une variété plus italienne.

— Oui, le nom italien fait partie de l'expérience ! J'adore le pinot grigio, dit Jean-Pierre avec enthousiasme.

— Nous devrions peut-être goûter les deux rapidement et décider lequel correspondra le mieux à l'expérience de nos clients, dit Olivia.

— Bonne idée, convint impatiemment Jean-Pierre.

Olivia prit quatre verres de dégustation sur l'étagère et fouilla dans le réfrigérateur. Heureusement, il y avait encore quelques bouteilles ouvertes de vin blanc de la répétition de mariage (Olivia était étonnée que les invités aient épargné ne serait-ce qu'une bouteille). Olivia trouva une bouteille de chardonnay et une de pinot grigio parmi les quelques survivantes.

Elle versa une petite portion de chaque dans les verres.

— N'oublie pas que ce vin fera partie de l'expérience de nos clients après le vermentino et avant l'assemblage de blancs.

Avant la dégustation, Olivia adorait plus que tout faire tourbillonner les vins fins de La Leggenda et inhaler leurs bouquets somptueux, d'abord les arômes volatils de la fermentation puis les arômes plus subtils de fruits. Elle adorait ce que le bouquet du vin, ou son arôme, apportait à l'ensemble de l'expérience. La plupart des clients étaient étonnés quand ils apprenaient que la majorité des saveurs fruitées qu'ils repéraient dans le vin leur parvenait par l'odorat plutôt que par le goût.

— Le chardonnay est très léger, fit remarquer Olivia.

Il était conçu pour être un vin plus moderne et, cette année, il n'avait été conservé en fûts de chêne que brièvement. Au lieu de la saveur beurrée de chêne plus lourde du chardonnay traditionnel, ce vin avait un goût délicieusement complexe qui était doux et crémeux tout en étant relevé par des nuances complexes d'agrumes.

Jean-Pierre hocha la tête d'un air pensif.

— C'est un vin magnifique. Toutefois, je me demande si sa saveur n'est pas trop proche de celle de l'assemblage de blancs, qui contient un pourcentage non négligeable de chardonnay.

Olivia hocha la tête.

— C'est exactement ce que je me demandais, moi aussi. Les clients pourraient les trouver trop similaires et l'impact des deux serait perdu.

Ils goûtèrent le pinot grigio et Jean-Pierre poussa un soupir de délice.

— Souvent, je trouve cette variété de vin trop sèche mais, ici, à La Leggenda, il est fabriqué avec un grand caractère, plus riche que la moyenne, et je repère une belle nuance de pêche.

— Je suis d'accord. Le pinot grigio peut avoir un fort goût de silex quand il est trop sec, mais Nadia a réussi à donner au nôtre une saveur d'une grande profondeur tout en restant fidèle au vrai caractère du vin. Il est différent et distinctif quand on le compare aux deux autres blancs de la liste de dégustation et, surtout, il a un nom italien ! dit Olivia en guise de compliment.

— Exactement, répondit Jean-Pierre en souriant. Y en a-t-il assez en stock ?

— Des quantités, confirma-t-elle. On le met sur la liste !

Contente des changements qu'ils avaient apportés à l'expérience future de leurs clients, Olivia se précipita dans le bureau du fond pour mettre à jour les feuilles de dégustation.

Quelques minutes plus tard, elle entendit l'inspectrice s'en aller. Quand sa présence méphitique s'en va, on sent l'exploitation viticole retrouver vie, se dit Olivia. Comme l'imprimante était dans le bureau de Marcello, elle avait maintenant l'excuse idéale pour aller l'embêter à nouveau.

Elle appuya sur le bouton pour entamer les impressions et se dirigea avec détermination vers la porte entrebâillée de Marcello.

— Oui, Olivia ?

Marcello semblait assez content de la voir. Il avait l'air éreinté, comme s'il en avait vraiment assez de ce mariage au sort funeste.

— Oh, tu viens récupérer les feuilles.

— Nous mettons à jour la liste de dégustation pour y inclure le pinot grigio, expliqua Olivia.

Ayant expliqué sa présence, elle poursuivit.

— Je me demandais si tu te souvenais de ce qui s'était passé lors de la soirée de répétition du mariage. Je me dis constamment que, à nous deux et en nous basant sur ce que nous avons vu, nous devrions arriver à trouver qui a fait ça.

Marcello hocha la tête.

— J'aimerais avoir des souvenirs plus clairs et avoir passé plus de temps avec les invités. Il est malencontreux que M. Jones ait rejeté ma proposition de collaboration avec une telle impolitesse. C'est à cause de cela que je suis resté en retrait, car je me suis dit que ma présence ne pourrait que créer du ressentiment. De plus, à ce stade-là, je n'étais pas d'assez bonne humeur pour être un hôte accueillant, admit-il.

Olivia était sûre qu'il n'avait rien dit de tout cela à l'inspectrice Caputi. Elle se sentit encouragée d'avoir pu comprendre un peu ce qui lui était passé en tête. D'après ce qu'il disait, elle comprenait qu'il n'avait pas songé au meurtre.

— Est-ce que tu es resté dans ton bureau tout le temps ? demanda-t-elle.

Marcello hocha la tête.

— Il y avait trop de bruit et cette musique était affreuse. Donc, je me suis mis des écouteurs et j'ai travaillé en écoutant de l'opéra. C'est seulement quand j'ai changé de liste d'écoute que je me suis rendu compte que le silence régnait hors de mon bureau. Après, je t'ai entendue annoncer au micro ce qui était arrivé.

Olivia hocha la tête.

Le problème, c'était que Marcello avait passé la soirée seul. Comment pourrait-elle confirmer l'endroit où il était resté ?

— Est-ce que quelqu'un d'autre est entré dans ton bureau pour y faire une pause ? demanda-t-elle.

Il secoua la tête.

— Il n'y a eu que toi. Malheureusement, l'inspectrice a aussi dit que cela signifiait qu'elle ne pouvait pas m'innocenter et qu'elle pourrait avoir besoin de m'interroger à nouveau.

Il serra les lèvres, exaspéré, et Olivia ressentit de la compassion pour lui. Il avait peut-être besoin d'aller à l'épicerie, lui aussi.

— J'aimerais que tu aies quitté ton bureau plus longtemps, dit Olivia. Bon, maintenant, il faut que j'y aille. Tout est organisé pour demain.

Marcello hocha la tête.

— Merci. N'oublie pas que nous n'ouvrirons que l'après-midi, demain.

Olivia avait oublié qu'ils avaient prévu de rouvrir tard parce qu'ils avaient pensé qu'il leur faudrait du temps pour tout nettoyer après le mariage.

— À demain après-midi, dit-elle à son patron beau mais hélas dénué d'alibi.

Déchirée entre des sentiments contradictoires, elle quitta le bureau de Marcello pour rentrer chez elle. Elle aurait voulu que l'une d'elles, elle-même ou l'inspectrice Caputi, puisse innocenter Marcello. C'était terrible qu'Olivia l'ait sur sa liste de suspects et très problématique que l'inspectrice Caputi l'ait encore sur la sienne.

*

Quand elle fut rentrée à sa ferme, elle vit avec ravissement Pirate en train de faire la sieste au soleil sur le toit de sa voiture. Elle salua le chat et passa un peu de temps à le caresser.

Quand elle leva les yeux, ce fut Erba qui attira son attention. Au lieu de passer l'après-midi à se promener sur les terres de la ferme, la chèvre semblait fascinée par le paillasson de la porte d'entrée d'Olivia.

Olivia vit qu'il y avait quelque chose sur le paillasson. Elle se rua vers sa chèvre.

— Erba ! Va-t'en !

Il y avait un sac en papier marron sur le paillasson et Erba l'avait dans la gueule !

Après une lutte aussi brève qu'infructueuse avec sa chèvre, Olivia réussit à sauver la moitié inférieure du sac, qui se déchira.

Visiblement contente d'elle-même, Erba s'en alla en mâchonnant malicieusement une grande portion de papier marron.

La moitié inférieure du sac contenait une boîte en carton. Heureusement, elle était encore intacte. Olivia entra chez elle, alla dans la cuisine et posa le sac sur le plan de travail.

Alors, elle sortit la boîte.

À son grand étonnement, cette boîte venait de la boulangerie Forno Collina. Quand Olivia l'ouvrit, complètement déconcertée, elle y trouva quatre mini-crostatas à la confiture de fraise !

Elle les contempla, extrêmement confuse. Danilo avait dû les acheter et les laisser ici. Personne d'autre n'aurait déposé cette friandise-là sur son paillasson.

Olivia secoua la tête, sidérée par son comportement. Il avait rejeté ses avances, ne l'avait pas appelée et n'avait rien expliqué, mais il lui avait envoyé un message pour lui demander si elle allait bien et lui avait offert sa pâtisserie préférée.

Elle ne comprenait pas du tout ce qui se passait !

Rapidement, avant d'avoir pu changer d'avis, elle l'appela.

Exaspérée, elle entendit la sonnerie résonner sans qu'il réponde et finit par obtenir la messagerie.

Olivia ne laissa pas de message. Elle ne savait absolument pas quoi dire. Pourquoi donc n'avait-il pas répondu au téléphone ? Suggérait-il que leur relation ne pouvait se poursuivre que par SMS et par cadeaux déposés sur le pas de porte et pas par le biais d'une communication orale réelle ?

Olivia posa son téléphone sur le plan de travail et entendit un bruit derrière elle.

Quand elle se retourna, elle vit Erba à la fenêtre. La chèvre se tenait sur ses pattes de derrière, les pattes de devant sur le rebord et le nez appuyé goulûment contre le verre.

— Je ne te donnerai pas de crostatas, lui dit Olivia. Elles sont à moi et rien qu'à moi. Cela dit, je t'ai apporté une chose que tu apprécieras encore plus.

Elle sortit le cupcake de Terenzio de son emballage en aluminium et le donna à sa chèvre par la fenêtre.

Erba eut l'air ravie qu'on lui donne cette friandise sucrée et la dévora jusqu'à la dernière miette.

Alors, Olivia se mit des vêtements usés, alla chercher sa brouette et se dirigea vers la grange. Comme elle voyait qu'elle ne pouvait résoudre aucun des mystères actuels de sa vie (que ce soit celui de l'assassin de Terence ou de Danilo), elle allait se concentrer sur une tâche plus simple et plus réalisable : déblayer une partie du tas de gravats qui restait.

Déblayer ces gravats, c'était dur et ennuyeux, surtout parce qu'il fallait sortir chaque pelletée du tas avec délicatesse, ou alors, elle risquerait de casser un trésor caché. À sa grande inquiétude, quand Olivia entra dans la grange, elle trouva que le tas semblait à nouveau avoir grossi ! Ou alors, c'était peut-être la journée difficile qu'elle avait eue qui lui donnait cette impression.

Elle remplit la première brouettée, sentant la douleur dont elle avait l'habitude dans les bras et les jambes après avoir manié la pelle, et l'amena dehors en fermant la porte derrière elle, ce qui était une précaution importante et nécessaire parce que, même si elle ne pouvait pas voir où Erba était, elle sentait que sa chèvre la regardait et attendait une occasion d'entrer !

Quand elle avait commencé à déblayer le tas, elle avait utilisé les gravats pour aplanir l'endroit où elle garait sa voiture. Son travail suivant était de remplir une section de sol pierreux très érodée où elle comptait installer un de ses sentiers pavés.

Avec grand soin, Olivia renversa la brouettée dans la crevasse, contente de voir la différence que cela produisait déjà.

Encouragée, elle retourna à la grange. Cette fois, dès qu'elle creusa dans le tas, le bord de sa pelle produisit le cliquetis qu'elle avait fini par associer avec la présence du verre.

Excitée à l'idée d'une découverte importante, elle posa la pelle et continua le déblayage à la main, travaillant prudemment au cas où ce que la pelle avait touché aurait un bord tranchant.

Olivia sortit un éclat de verre court et gros.

Le souffle coupé par l'excitation, elle le contempla. Cet éclat était de la même couleur que celui qu'elle avait trouvé. Avec Danilo, elle l'avait amené à un expert pour qu'il l'examine. Il avait dit qu'il venait d'une bouteille rare et ancienne fabriquée à la fin du dix-septième siècle. L'expert avait déterminé que ce verre distinctif vert foncé et marbré venait d'un fabricant spécifique. Mis à part le fragment qu'elle avait amené à l'expert, il n'existait ni bouteille ni autre fragment.

Excitée, Olivia avait la tête qui tournait. Elle avait déblayé une partie du tas, n'avait découvert que de la poussière et des cailloux et, maintenant, elle était fatiguée. Cette découverte lui prouvait qu'il y avait peut-être plus de trésors dans le petit tas de gravats qui restait.

À chaque fragment qu'elle découvrait, elle en apprenait un peu plus sur le passé oublié de sa ferme. Un jour, elle saurait peut-être pourquoi elle avait été abandonnée pendant des décennies après avoir été un des meilleurs vignobles de la région.

C'était plus qu'un heureux hasard. Olivia décida que c'était un signe qui prouvait qu'il ne fallait pas qu'elle renonce à résoudre les mystères concernant l'histoire de sa ferme et le mystère actuel et plus troublant que constituait le meurtre.

Quoi qu'il en coûte, elle devrait continuer à chercher jusqu'à ce qu'elle découvre la vérité.

Encouragée, Olivia décida de repartir à l'hôtel dès le début de la matinée. Si elle fouillait soigneusement dans les secrets et les mensonges, elle pourrait trouver l'équivalent de ce fragment de verre incurvé et identifier l'assassin de Terence.

CHAPITRE VINGT-DEUX

Le lendemain matin, enrobée dans son déguisement encombrant, Olivia monta dans sa voiture et quitta sa ferme avec résolution. Elle entra dans le village, plongée dans ses pensées et préoccupée par la journée difficile qui l'attendait.

Dans sa tête, elle dressa la liste des gens qu'il fallait qu'elle interroge en premier et aussi, chose non moins importante, de ceux qu'il faudrait qu'elle évite quoi qu'il en coûte. Si Olivia était vue à l'hôtel par une mauvaise personne, cette personne appellerait l'inspectrice, qui emprisonnerait Olivia.

Kyle, Rog, Don, Lysander et Lance étaient tous sur la liste des personnes qu'Olivia voulait absolument éviter, avec M. Miller. Vu que ce dernier voulait faire accuser Olivia du meurtre, s'il la reconnaissait, elle lui laisserait l'avantage.

Quand elle quitta la ville, elle vit une chose qui l'arracha à ses réflexions. Elle revit le cycliste corpulent à vélo. Il lui tournait le dos et remontait la colline d'un coup de pédale résolu. Olivia se dit une fois de plus qu'il allait étonnamment vite.

Elle décida d'attendre que la route s'élargisse pour essayer de le dépasser. Il n'y avait personne derrière elle et il valait mieux faire attention. Cependant, pendant qu'ils avançaient, le cycliste passa dans un nid-de-poule.

Son vélo sursauta et trembla. Olivia donna un coup de volant pour éviter elle-même le trou. Ce faisant, elle remarqua que le cycliste semblait avoir laissé tomber quelque chose.

Qu'était-ce ? Cela ressemblait à un gros sac de courses blanc.

Le moment suivant, un nuage de plumes remplit l'air.

Des plumes volèrent au-dessus de la voiture d'Olivia, atterrirent sur le capot et sur son pare-brise. Olivia freina brusquement et, quand elle le fit, quelque chose d'autre heurta le verre avec un floc sonore et y resta collé.

C'était une fausse moustache !

Olivia sortit de la voiture, déconcertée.

Le cycliste descendit de son vélo et se précipita vers elle. Il avait l'air plus mince, maintenant, et, sans la moustache, elle le reconnut avec stupéfaction.

C'était Jean-Pierre !

Pourquoi donc défiait-il les menaces sévères de l'inspectrice Caputi en allant se promener partout sur son vélo ?

— Que fais-tu ? demanda-t-elle d'un air incrédule.

Elle se retourna et décolla la moustache de son pare-brise.

Elle avait imaginé que cette journée pourrait lui amener de nombreuses surprises, mais entrer en collision avec une moustache volante n'avait pas été sur sa liste.

Jean-Pierre la contempla d'un air confus.

— Olivia ? demanda-t-il. C'est toi ?

À son grand étonnement, Jean-Pierre se mit à rire.

— Tu as l'air si grosse ! Et si drôle ! balbutia-t-il.

— Moi ? dit Olivia d'un air outragé. Et toi ? C'est toi qui as fourré un oreiller plein de plumes sous ta chemise ! Un oreiller plein de plumes *qui fuit*. Et c'est quoi, cette moustache ?

Elle avait la voix qui tremblait. À sa grande surprise, elle se rendit compte que c'était parce qu'elle essayait aussi de réprimer un rire. Le moment d'après, il lui échappa, comme les plumes. Olivia se surprit à glousser de manière incontrôlable et Jean-Pierre se plia en deux et essuya des larmes de joie de ses yeux.

— La moustache venait d'une soirée costumée. Je pensais qu'elle me donnait un air différent, réussit-il à dire avant d'éclater de rire à nouveau.

— Elle y arrive très bien, admit-elle.

Alors, finalement, retenant ses rires, elle ajouta :

— Mais pourquoi prends-tu le risque de sortir ?

Jean-Pierre se tourna et ramassa l'oreiller de plumes, qu'il plia pour que la déchirure ne laisse plus échapper de plumes. Alors, il le fourra sous sa chemise.

— Il fallait que j'aille au football, expliqua-t-il. Ces entraînements sont très importants. À ce stade, l'équipe ne peut pas me remplacer ! Notre premier match est la semaine prochaine.

— Eh bien, fais attention, l'avertit Olivia en lui rendant la moustache. Essaie de la coller plus fermement. Il y a beaucoup de vent, aujourd'hui. Il vaut mieux éviter qu'elle ne se décolle et n'aille atterrir sur le pare-brise de l'inspectrice Caputi !

Quand Olivia imagina la façon dont l'inspectrice ricanerait pour exprimer son choc et sa désapprobation confrontée à une telle situation, elle recommença à rire. Elle se plaqua une main sur la bouche pour étouffer ses gloussements. Pendant ce temps, Jean-Pierre restait appuyé sur son vélo, les épaules secouées par le rire.

Quand ils eurent finalement maîtrisé leur rire, Jean-Pierre appuya la moustache contre sa lèvre supérieure et la frotta énergiquement pour qu'elle tienne en place. Il s'enleva ses lunettes de soleil et les nettoya sur sa chemise.

— Où vas-tu avec ce déguisement ? demanda-t-il avec curiosité.

— Je vais à l'hôtel, dit Olivia. J'ai quelques questions à poser.

Jean-Pierre leva les sourcils.

— Fais attention, toi aussi. Il doit y avoir beaucoup de policiers là-bas.

— D'accord, promit Olivia.

Elle remonta dans sa voiture et repartit, revigorée par la manière amusante dont la journée avait commencé. Elle espéra que Jean-Pierre se déplacerait sans se faire prendre et se dit que l'inspectrice Caputi serait forcément trop occupée à l'hôtel pour aller inspecter les terrains sportifs scolaires.

C'était elle qui allait s'aventurer dans l'antre du dragon !

Quand elle tourna dans l'allée maintenant familière de La Locanda, Olivia espéra que l'inspectrice s'offrirait une grasse matinée aujourd'hui et commencerait le travail plus tard. Après la folle journée qu'elle avait eue la veille, elle le méritait, non ?

Olivia se gara à sa place habituelle dans le parking du cours de golf. Quand elle alla à l'entrée de l'hôtel, elle chercha soigneusement la Fiat de l'inspectrice Caputi mais ne la vit nulle part.

C'était bon signe, pensa-t-elle.

Elle entra dans l'hôtel avec nonchalance, comme si elle revenait d'une visite au vignoble. L'agent stationné dans le hall la regarda à peine quand elle se rendit à l'ascenseur et alla au deuxième étage.

Les demoiselles d'honneur étaient les premières personnes qu'il fallait qu'elle interroge et aussi les plus importantes. Elle décida de commencer par Cassidy et de vérifier si elle pourrait confirmer ce qu'Angelique lui avait raconté. Olivia tapota à la porte en espérant que Cassidy serait dans sa chambre.

— Qu'est-ce que c'est ? dit une voix.

Olivia n'eut pas besoin de mentir parce que, un moment plus tard, la porte s'ouvrit et Cassidy la regarda.

— Oh, vous êtes revenue ? Angelique a dit que vous aviez posé des questions hier. Vous n'avez rien à me demander, n'est-ce pas ?

Cassidy avait l'air à la fois inquiète et débordée.

— Puis-je vous parler juste un moment ? demanda rapidement Olivia.

Elle se sentait exposée dans le couloir, mais Cassidy n'avait pas l'air pressée de l'inviter à entrer. La prochaine fois, se rappela Olivia, il faudrait qu'elle profite de l'effet de surprise et entre tout simplement de force.

— À propos de quoi ? demanda Cassidy en la contemplant d'un air dubitatif.

— Je veux vérifier ce qui s'est passé quand vous êtes sorties marcher, vous et Angelique. Je suis sûre que vous pouvez me fournir des détails.

— Est-ce vraiment nécessaire ? demanda Cassidy en fronçant les sourcils.

— Il s'agit seulement d'un ou de deux faits. Cela devrait prendre une minute.

Olivia lui offrit un sourire charmeur en espérant cacher son désespoir grandissant.

— Vous ne pouvez pas repasser plus tard ? Il faut que j'aille au petit-déjeuner, dit Cassidy, apparemment indifférente à la gentillesse d'Olivia.

— Plus tard ? Non, car il faudra que j'aille travailler, répondit Olivia en réfléchissant rapidement.

Attendre dans le couloir la rendait de plus en plus nerveuse. Cassidy était tout sauf coopérative, mais le seul espoir qui restait à Olivia était de tenir plus longtemps qu'elle en s'imposant jusqu'à ce que la grande brune décide que répondre aux questions serait plus facile qu'éconduire Olivia.

Visiblement, Cassidy était en train d'arriver à cette même conclusion en voyant Olivia se tenir devant sa porte, apparemment immuable.

Elle soupira impatiemment, ouvrit la porte plus grand et rentra dans sa chambre.

— Faites vite, d'accord ? J'ai très faim et il faut que j'aille me faire masser au spa.

Soulagée que Cassidy ait capitulé, Olivia entra rapidement et ferma la porte. Elle espérait que cet interrogatoire fournirait des informations concrètes. Il fallait qu'elle commence à rayer les suspects de sa liste au lieu d'en ajouter toujours plus.

— Vous êtes sortie du restaurant en courant pour suivre Angelique, quand elle a été bouleversée par ce que Terence avait fait, dit Olivia en décidant d'aller au but aussi vite que possible.

— Oui, c'est vrai, dit Cassidy en se tournant vers sa coiffeuse et en se mettant du parfum sur les poignets. Je l'ai rattrapée presque immédiatement. Elle ne pouvait pas aller vite, avec ses sandales à hauts talons. Elle voulait repartir à l'hôtel à pied, mais je lui ai dit que ça ne serait pas une bonne idée. Il faisait noir, l'hôtel était loin et nous étions à l'étranger. De plus, elle aurait pu attraper une ampoule ! Donc, finalement, nous nous sommes promenées sur les terrains de l'exploitation viticole. Elle était très en colère et j'avais pensé qu'il serait mieux qu'elle se calme avant que nous revenions.

— Avez-vous rencontré quelqu'un en route ? demanda Olivia.

— Non, dit Cassidy en fronçant les sourcils comme pour se remémorer leurs mouvements. Nous avons marché sur cette piste de sable qui semble aboutir à la route principale, ou alors, c'était peut-être une autre route principale. Nous étions vraiment perplexes, à ce moment-là ! Donc, nous avons décidé de faire demi-tour mais, d'une façon ou d'une autre, nous avons raté le sentier qui menait au bâtiment de l'exploitation viticole et nous sommes arrivées à l'exploitation laitière.

Mot pour mot, c'était quasiment ce qu'Angelique avait dit. Olivia, qui connaissait bien l'exploitation viticole, devina que les deux femmes avaient pris la route de service, une piste de sable qui menait à une autre route goudronnée. Cependant, elles auraient facilement pu inventer tout cela après avoir consulté une carte de l'exploitation viticole.

— Comment saviez-vous que c'était une exploitation laitière ? demanda Olivia en trouvant une faille potentielle dans cet alibi.

— Parce qu'une chèvre en est sortie ! dit Cassidy. Cette jolie petite chèvre orange et blanche a bondi par une des fenêtres et elle est venue vers nous en gambadant.

Olivia écarquilla les yeux. Cassidy décrivait Erba, et pas seulement ses couleurs mais aussi son comportement amical et sociable !

— Elle a vraiment remonté le moral à Angelique, se souvint Cassidy. Elle lui a mordillé la robe et en a arraché un des rubans. Quand nous sommes reparties, nous nous sommes senties mieux toutes les deux.

Olivia était ravie qu'Erba ait réussit à confirmer cet alibi important. C'était vraiment une chèvre intelligente !

— Je suis contente qu'elle vous ait remonté le moral et vous avez bien fait de ne pas quitter l'exploitation viticole. Ces routes sont très sombres, convint Olivia.

— Est-ce tout ? demanda Cassidy en prenant son sac à main et en repartant vers la porte d'une manière qui indiqua à Olivia qu'il valait mieux que ce soit tout.

— Merci de m'avoir aidée, dit Olivia en passant devant elle. Au fait, il vaut mieux ne pas dire à la police que je suis passée ici. Si vous dites mon nom à cette inspectrice, elle se mettra en colère et il vaut mieux éviter de se la mettre à dos.

Olivia était contente. Finalement, elle pouvait rayer deux suspectes importantes de la liste. Comme elles avaient eu la chance d'aller à l'exploitation laitière, Olivia était convaincue que ni Cassidy ni Angelique n'avaient pu assassiner Terence.

Olivia se remit ses lunettes de soleil et attendit dans le couloir jusqu'à ce que Cassidy ait passé le coin. Alors elle frappa à la porte de la chambre voisine.

La porte fut ouverte par Jewel, la championne rondelette et rousse de consommation de vin rouge.

Olivia enleva brusquement ses lunettes de soleil.

— Bonjour. Pourrais-je entrer bavarder une minute ? dit-elle à toute vitesse en repoussant Jewel dans la chambre à deux lits et en comprenant que porter un gros imperméable lui donnait la force de s'imposer.

Jewel portait un pantalon de sweat et un haut de survêtement. Comme elle avait les joues roses et les cheveux décoiffés, Olivia devina qu'elle venait de finir son exercice physique de la matinée.

— De quoi s'agit-il ? demanda-t-elle d'un air soupçonneux.

— De rien de grave, dit Olivia en souriant de façon désarmante. Je passais par cet hôtel et j'ai soudain pensé à l'assassinat de Terence. Cela me bouleverse et j'essaie de comprendre ce qui s'est passé.

Jewel hocha la tête d'un air distrait.

— Nous sommes tous bouleversés, dit-elle sans avoir du tout l'air de l'être elle-même, mais, malheureusement, je n'ai aucune information pour vous. Ce soir-là, j'ai été très malade, gravement, même. J'ai tellement vomi que la dernière chose dont je me souviens est le moment où les témoins se sont mis à jongler avec les bouteilles de champagne. Personnellement, je pense que, si j'ai été malade, c'est parce que j'ai été intoxiquée par le poulet. Ma mère m'a toujours avertie de ne pas manger de poisson ou de poulet à l'étranger.

— Quel dommage, dit Olivia.

Si Jewel pouvait oublier les quantités industrielles de vin qu'elle avait bues et le fait que personne d'autre n'avait eu l'estomac retourné, Olivia passerait ces faits sous silence.

— C'est affreux de vomir en vacances, ajouta-t-elle avec compassion.

— Je crois que j'ai dû passer plus d'une demi-heure dans les toilettes, dit Jewel, qui avait visiblement très envie de décrire sa maladie en détail.

Olivia décida de la faire changer de sujet avant qu'elle ne communique trop de détails répugnants.

— Dinah était-elle avec vous ? Quelqu'un a dit qu'elle est allée vous aider.

— Écoutez, c'est un peu flou, tout ça, expliqua Jewel. Je crois que l'intoxication à la salmonelle produit ce genre d'effet. Le lendemain, j'ai eu un affreux mal de tête et je crois que j'ai eu de la chance de ne pas être obligée d'aller à l'hôpital. Cependant, quelqu'un est vraiment venu avec moi aux toilettes et cela a dû être Dinah, parce que je me souviens effectivement qu'elle m'a aidée à partir quand elle a été sûre que j'avais fini de vomir.

Olivia hocha la tête.

Vu l'état extrêmement alcoolisé et « intoxiqué par la salmonelle » de Jewel, Olivia devina qu'elle n'obtiendrait pas plus d'informations, car Jewel n'en avait plus à donner.

— Il y a un autre fait que j'aimerais vous entendre confirmer, dit Olivia. J'ai été très choquée quand quelqu'un m'a dit que Terence avait trompé Angelique avec Madeline. Je voudrais savoir si c'est vrai.

— Euh, dit Jewel.

Elle avait l'air embarrassée. Son visage, déjà rouge, prit une teinte cramoisie.

La porte des toilettes s'ouvrit et Madeline en sortit.

CHAPITRE VINGT-TROIS

— J'ai tout entendu, dit Madeline en arrivant furieusement pour s'asseoir sur le lit le plus proche.

L'odeur humide du gel douche arrivait par la porte ouverte de la salle de bains.

Olivia ne savait plus où se mettre. Elle avait la sensation qu'elle devenait plus rouge que Jewel. Elle avait commis un affreux faux pas. Cela avait été une erreur de débutante de ne pas demander à Jewel si elle partageait la chambre avec quelqu'un.

Olivia décida qu'il fallait qu'elle s'excuse.

— Désolée, dit-elle. C'était impoli de ma part, Madeline. Je ne savais pas que vous étiez aux toilettes.

Madeline lui adressa un regard noir en passant une main dans ses cheveux châtains humides, qui étaient coupés de façon à friser juste au-dessous des oreilles.

— En fait, Terence et moi, nous avons bien connu un moment de rapprochement, admit-elle. Cela s'est passé environ un mois avant que lui et Angelique n'aient des problèmes dans leur relation. À mon avis, ils n'auraient jamais dû se marier. Il y avait trop de problèmes non résolus entre eux.

Olivia aurait voulu demander à Madeline si elle pensait que leur « moment de rapprochement » avait aidé à résoudre les problèmes en question, mais elle n'en fit rien. Elle n'était pas ici pour juger, mais plutôt pour poser des questions avec tact, même s'il était un peu trop tard pour le tact.

— Était-ce une période de vulnérabilité ? demanda-t-elle.

Madeline hocha la tête.

— Bien sûr que oui. J'étais extrêmement agacée par Angelique et je trouvais qu'elle avait trahi notre amitié et qu'elle m'avait insultée en insistant pour que nous portions une tenue de demoiselle d'honneur à taille unique.

Olivia leva les sourcils en se souvenant de la première pensée désinvolte qu'elle avait eue quand elle avait vu les demoiselles d'honneur porter la même robe malgré toutes leurs différences physiques.

Jewel hocha la tête.

— C'était délibérément méchant de sa part. Elle avait une robe de mariée sur mesure fabriquée par un designer de renom. Cette robe avait l'air absolument superbe et elle la flattait autant que possible. Par contre, nous autres, nous devions porter ces robes immondes et informes qui nous tombaient à mi-mollet et qui étaient d'un rose hideux. Vous me voyez, moi, une rousse naturellement pulpeuse, dans un sac rose ?

— Ça a dû vous traumatiser, convint Olivia.

— Lors de l'essayage, nous avons toutes pleuré. Aucune robe ne nous allait, se souvint Madeline. De plus, Angelique a été horrible sur ce sujet. Elle n'a toléré aucun compromis. Elle a dit que ça correspondait à sa palette de couleurs, que c'était son mariage et que c'était à elle d'être belle.

— Quelle rancune ! dit Jewel. Je veux dire, les photos, ça reste ! De plus, elle devient vraiment agressive si on efface les tags de ses photos. Par exemple, elle a déjà complètement bloqué des gens à cause de ça !

Olivia se demanda, perplexe, comment tromper Angelique en sortant avec son fiancé pouvait être un crime moins grave qu'effacer les tags de sa propre photo, mais elle se tut, car elle savait qu'elle ne comprenait pas la dynamique de ce groupe, qui était visiblement très complexe.

— De toute façon, Terence était vexé pour une autre chose qu'elle avait faite et j'étais en colère à cause des robes. Donc, nous nous sommes réconfortés mutuellement, expliqua Madeline. Ça ne signifiait rien !

— Non, bien sûr, je comprends ça, convint Olivia en sentant qu'elle apprenait à mentir presque aussi bien qu'Angelique car, pour trouver des informations, il fallait qu'elle rentre dans le jeu de ces femmes-là.

— Je devine que vous avez cru que ça pourrait être lié au meurtre, dit sèchement Madeline d'un air soupçonneux. Comme je l'ai dit à l'inspectrice, quand vous avez passé cette annonce, j'étais avec Molly et Miranda. Nous dansions mais, à ce moment-là, quelqu'un a éteint la musique. Après, vous avez dit que Terence avait été tué puis j'ai vu Dinah sortir des toilettes avec Jewel appuyée sur elle.

Olivia hocha la tête. À ce stade, aucune d'elles ne paraissait coupable et on pouvait toutes les rayer de la liste.

Madeline croisa les bras. Visiblement, elle était encore sur la défensive.

— Si vous devez interroger toutes celles qui ont couché avec Terence, j'espère que vous poserez aussi la question à Cassidy, dit-elle.

— Cassidy ? Pourquoi ? demanda Olivia.

— Elle et Terence, ils ont aussi eu une aventure, dit Madeline.

Jewel hocha la tête.

— Ça s'est passé il y a environ deux semaines, n'est-ce pas ?

Deux semaines ? Olivia n'en croyait pas ses oreilles !

Elle les regarda sans dire un seul mot, ne sachant quoi dire ou comment dissimuler l'incrédulité que lui inspiraient les habitudes de ce groupe. Y avait-il une seule femme avec laquelle Terence n'ait pas couché ? se demanda-t-elle. Le message qu'elle avait retrouvé dans sa poche avait peut-être été destiné à une tout autre femme !

Bien qu'Olivia ait été rendue muette par le choc, Jewel semblait impatiente de fournir des détails.

— Quand il a fallu choisir le photographe, Cassidy et Angelique se sont disputées. Cassidy voulait qu'Angelique emploie son frère parce qu'elle avait promis de le faire, mais Angelique a dit qu'elle avait changé d'avis et qu'elle allait embaucher une autre personne, l'amie d'une amie, censée être très tendance, expliqua-t-elle.

— Donc, Cassidy s'est fâchée, est sortie boire un coup avec Terence et s'est confiée à lui, dit Madeline. Bien sûr, les confidences ont mené à autre chose. Si vous allez boire un coup avec Terence, il est prévisible qu'il va essayer de coucher avec vous. Il en a la réputation. Tout le monde sait qu'il est un coureur de jupons, ou plutôt, qu'il l'était.

— Un coureur de jupons, convint Jewel.

— Exactement, confirma Madeline. Après, Cassidy l'a dit à Dinah et Dinah l'a dit à Jewel et Jewel me l'a dit. Finalement, je l'ai dit à Molly et à Miranda.

Si Olivia n'avait pas déjà innocenté Angelique, elle l'aurait soupçonnée à nouveau. Elle avait certainement une raison d'être furieuse contre son fiancé, et contre ses demoiselles d'honneur, qui étaient ses meilleures amies, paraissait-il.

Comment un groupe d'amies pouvait-il se cacher tant de secrets ? C'était un mystère.

Une fois de plus, Olivia se sentit soulagée d'avoir annulé son propre mariage. On voit où mènent les trahisons répétées commises par le fiancé avec les amies de sa femme, pensa-t-elle. Le résultat ne se limitait pas à l'acte lui-même. Il générait des mensonges, d'autres trahisons et créait des tensions et des lignes de fracture au sein du groupe quand chaque personne décidait quelle information elle voulait cacher.

— Avez-vous parlé à la police de votre relation avec Terence ? dit Olivia en se demandant si l'inspectrice Caputi connaissance l'existence du nid de vipères de perfidie qui caractérisait le cercle social d'Angelique.

— Non, bien sûr que non ! dit Madeline, horrifiée. Jamais je ne le dirais à la police ! Ce ne serait pas juste envers Angelique, car les policiers la soupçonneraient d'être l'assassin s'ils étaient au courant.

— Nous n'avons pas non plus mentionné l'incident avec Cassidy, ajouta Jewel. Pour les mêmes raisons.

— Chez nous toutes, la loyauté est une chose importante, expliqua Madeline, visiblement satisfaite d'elle-même, et Olivia ne sut que répondre.

— Eh bien, merci de m'avoir consacré votre temps, réussit-elle finalement à dire. J'espère que l'assassin sera bientôt arrêté.

— Nous sommes toutes censées dire que c'était vous, dit Jewel à Olivia alors que cette dernière était à la porte de la chambre d'hôtel.

Olivia se tourna vers elle en sentant la consternation monter en elle.

— Qui vous a dit ça ? Le père d'Angelique ? demanda-t-elle.

Jewel eut l'air mal à l'aise.

— Non, en fait, c'est Angelique elle-même, dit-elle.

— Quoi ?

Olivia se sentait horrifiée. Cette blonde était encore plus sournoise qu'elle l'avait soupçonné ! Non seulement elle avait adopté la version des faits de son père, mais elle faisait de son mieux pour convaincre les autres invités de l'adopter. Ce n'était pas ce qu'elle avait dit à Olivia ! Comment pouvait-elle être aussi hypocrite ? pensa-t-elle avec colère.

— Angelique l'a dit pendant que nous buvions des cocktails dans le bar du toit la veille au soir. Elle a dit que nous devrions y réfléchir et que, si nous coordonnions nos versions, cela nous permettrait à tous de partir cet après-midi, au moment où nous devions partir, à l'origine. C'est un bel hôtel, mais je l'ai assez vu. Quand Angelique est partie en lune de miel, nous, les filles, nous avions prévu de prendre l'avion pour Milan afin d'aller y acheter des vêtements et de la nourriture ! expliqua Jewel avec un sourire.

— On y va encore, hein ? dit Madeline.

— Absolument ! dit Jewel.

Alors, elle ajouta en toute hâte :

— Si le criminel est arrêté à ce moment-là. Aucune de nous ne pense que c'était vous, bien sûr, et aucune de nous ne vous dénoncerait à la police, alors que c'est ce qu'Angelique a proposé que nous fassions.

— C'était juste une théorie, confirma Madeline.

— De toute façon, ça n'aurait peut-être pas marché, dit Jewel.

— Surtout après ce que cette inspectrice a dit sur la blessure à la tête, dit Madeline d'un air songeur. Pour qu'il ait cette blessure, il a dû se battre pour de bon.

Une blessure à la tête ? Au milieu de sa panique, Olivia se raccrocha à ce fait important.

— Que voulez-vous dire ? demanda-t-elle à Madeline.

Madeline fronça les sourcils d'un air pensif.

— Eh bien, la deuxième fois qu'elle m'a interrogée, hier en fin d'après-midi, elle m'a demandé si j'avais vu quelqu'un frapper Terence à la tête avec un objet contondant.

— Vraiment ? dit Olivia en mémorisant cette information précieuse.

— Je crois que les résultats des analyses post-mortem étaient arrivés et qu'ils avaient trouvé une blessure à cet endroit-là, expliqua Madeline, mais je ne me souviens pas que Terence se soit bagarré et je ne l'ai même pas vu se heurter la tête par accident.

— Merci pour les informations.

Olivia sortit et ferma la porte. Elle avait l'impression qu'il faudrait qu'elle prenne une douche froide, après ce qu'elle avait entendu. Quand on avait des amis comme ces gens-là, comment pouvait-on leur tourner le dos ne serait-ce qu'une seconde sans craindre de se faire poignarder ? se demanda-t-elle.

Sa situation ne cessait de se compliquer. Si elle ne trouvait pas l'assassin dans quelques heures, les invités impatients surmonteraient leurs désaccords, car ils désiraient tous quitter l'hôtel pour aller visiter d'autres parties intéressantes de l'Italie. Ils trouveraient un moyen de faire accuser Olivia et elle finirait en prison, avec dix-neuf couteaux métaphoriques dans le dos.

Comment pouvait-elle poursuivre son enquête, se demanda-t-elle avec inquiétude, alors que l'on avait déjà dit à chaque invité que c'était elle qui avait commis le meurtre ? Y avait-il un moyen de poursuivre cette enquête, ou Olivia allait-elle inévitablement se faire arrêter ?

CHAPITRE VINGT-QUATRE

Alarmée par l'évolution des événements, Olivia décida de se cacher dans sa voiture pour se ressaisir, loin des curieux. Là, elle pourrait évaluer ce qu'elle avait appris et prévoir comment continuer à poser des questions sans se faire attraper.

Quand elle quitta l'hôtel et passa devant le terrain de boules, elle vit que Mamie B se tenait sur l'herbe parfaitement entretenue. Elle portait une jupe plissée bleu marine, des brogues en cuir et un tee-shirt noir Cannibal Corpse. Elle s'entraînait tout en parlant à quelqu'un avec son téléphone portable.

En ce moment désespéré, Olivia avait besoin d'espionner ce qu'elle disait. Elle avança nonchalamment vers le terrain de boules, où elle fit semblant de s'attacher ses lacets tout en écoutant la moitié de la conversation prononcée par Mamie B.

— Je sais, je sais, Agnes. Tout cela est très triste, mais je ne peux m'empêcher de me dire que c'est pour le mieux.

La dame aux cheveux bleus ramassa la boule et regarda le petit cochonnet blanc qui semblait être à des kilomètres, de l'autre côté du terrain.

— Mon mari a créé l'entreprise d'importation de vin, tu vois. Terry Senior, comme on l'appelait, a toujours été un entrepreneur et, pour lui, tout tournait autour des relations et de la qualité, ces bonnes valeurs à l'ancienne. Alors, il a embauché notre fils Terry Junior, le père de Terence. Je n'ai pas été d'accord avec une grande partie de ses décisions et j'ai trouvé qu'il courait après l'argent. Alors, quand mon mari est parti à la retraite et que Terry Junior m'a dit que son fils Terence allait être embauché et qu'ils prévoyaient de lui confier les rênes de l'entreprise dans l'avenir, je peux te dire franchement, Agnes, que j'ai été horrifiée !

La vieille dame se pencha en avant et, d'un mouvement expérimenté du poignet, envoya la boule noire, qui survola le terrain en formant un véritable arc. La boule ralentit et toucha le cochonnet blanc juste avant de s'arrêter.

— Pourquoi j'ai été horrifiée ? Parce que mon petit-fils Terence était un incapable, voilà pourquoi. Il était paresseux, extrêmement arrogant, irrespectueux et c'était un petit je-sais-tout qui refusait d'apprendre. De plus, il ne s'intéressait jamais à l'entreprise. C'était un coureur de jupons !

Olivia hocha la tête, entièrement d'accord avec la vieille dame. Elle n'avait jamais entendu une grand-mère décrire son petit-fils en des termes d'une concision aussi brutale.

— J'ai dit plus d'une fois à Terry Junior qu'il fallait qu'il entraîne Lance à jouer ce rôle-là. Lance a ses défauts. Il a un caractère détestable et il est impulsif, mais Terry Senior l'était aussi dans sa jeunesse. Il s'est calmé brusquement à l'âge de vingt-sept ans. Quand j'ai constaté qu'il avait quand même une bonne tête sur les épaules, je l'ai épousé l'année qui a suivi.

Olivia ne put s'empêcher de sourire par admiration quand elle entendit ces propos. Visiblement, à la différence d'elle-même et d'Angelique, Mamie B avait été beaucoup trop rusée pour prendre des décisions désastreuses au cours de sa jeunesse folle.

— De plus, Lance comprend mieux l'entreprise et il est aussi plus humble que Terence n'aurait jamais pu l'être, poursuivit la vieille dame pendant qu'Olivia l'écoutait, fascinée, évaluer sans concession la personnalité de chaque membre de sa famille.

— Si, Agnes, j'ai essayé de le convaincre, poursuivit Mamie B, mais Terry Junior tenait obsessionnellement à ce que l'entreprise aille à son fils aîné, quoi qu'il arrive, et c'était de cette façon que fonctionnait la succession. Je lui ai rappelé que mon mari n'aurait pas approuvé ! Confier une entreprise à un incapable qui la reçoit sur un plateau, ça peut la faire passer de la réussite à la ruine en une seule génération !

Mamie B lança une autre boule. Elle suivit elle aussi une trajectoire précise qui la mena au cochonnet, comme si ce dernier l'avait aimantée. Elle frôla le cochonnet avant de s'arrêter.

Olivia était impressionnée, et plutôt intimidée, par Mamie B. Cette dame était déterminée ! Elle aurait aimé être comme elle un jour mais, même à son jeune âge, elle n'était pas certaine d'en avoir la capacité.

Il était sûr que Mamie B la surpassait de loin en jeu de boules. En fait, sa précision incroyable était rien moins que légendaire.

Quand Olivia renoua son lacet pour la cinquième fois, elle se demanda ce que la force de caractère de Mamie B et sa détermination à ce que l'entreprise familiale finisse entre des mains responsables avaient pu la pousser à faire.

Bien que très âgée, elle était visiblement fougueuse et, vu ses prouesses en boules, Olivia comprenait qu'elle avait une grande force dans les poignets et les doigts et une coordination parfaite.

Aurait-elle pu … ? Avait-elle … ?

Aussi choquant que cela puisse paraître, Olivia dut reconnaître que, si Mamie B avait absolument tenu à ce que Lance hérite de l'entreprise, elle aurait pu faire le nécessaire.

À ce moment, une voix mâle exaspérée résonna derrière elle.

— Que faites-vous ? Vous rôdez là et vous espionnez ma grand-mère pendant son appel. Je le sais, je vous ai regardée !

Horrifiée, Olivia se releva d'un bond et se retourna.

Elle se retrouva face à Lance, qui semblait être en colère.

— Je — En fait —

Olivia commença à bafouiller un début de piètre excuse, mais c'était trop tard. De tout près et en plein jour, son identité avait été révélée.

— Je sais qui vous êtes ! dit Lance d'une voix outragée. Vous êtes la femme de l'exploitation viticole ! Tout le monde dit que vous avez frappé mon frère à la tête puis que vous l'avez poignardé avec un tire-bouchon. Que faites-vous donc ici ?

Comment cette rumeur avait-elle pu se propager aussi rapidement ? se demanda Olivia, atterrée.

Elle entendit un clic sonore quand la troisième boule de Mamie B heurta le cochonnet. Alors, la dame aux cheveux bleus se retourna et vint nonchalamment rejoindre son petit-fils.

— Donc, c'est elle, l'assassin ? demanda-t-elle en immobilisant Olivia de son regard pénétrant.

— Non ! Ce n'est pas moi. J'essaie de découvrir qui c'était. On raconte que c'est moi, mais c'est faux.

— Oh.

Mamie B eut l'air déçue, comme si elle avait prévu de parler à Olivia en aparté et de la remercier d'avoir sauvé l'entreprise familiale.

— Pourtant, vous écoutiez ma conversation ? ajouta-t-elle d'une voix plus sévère.

— Je ne suis pas le coupable. J'essaie de l'attraper ! protesta Olivia.

Elle avait l'impression que le regard de Mamie B la passait au peigne fin.

Après un long moment de silence, la vieille femme dit sèchement :

— Je vois que vous ne l'avez pas fait. Je sais lire les visages. Cela dit, si je vous reprends en train de m'espionner, vous le regretterez. Maintenant, je vais me préparer une Bloody Mary. Vous n'avez qu'à résoudre vos désaccords, vous deux.

Elle s'éloigna d'un pas lourd et reprit sa conversation avec Agnes tout en fonçant vers l'hôtel.

Olivia contempla Lance d'un air craintif. Elle avait de gros ennuis, maintenant. L'influence stabilisatrice de Mamie B était partie et Olivia se retrouvait face-à-face avec un jeune impulsif et turbulent qui n'avait pas encore atteint l'âge charnière de vingt-sept où la raison prenait le dessus. Son identité était révélée au grand jour. À présent, tout ce qu'elle pouvait faire, c'était essayer de se tirer de la situation où elle s'était fourrée par le dialogue.

— Si j'étais vraiment l'assassin, pourquoi serais-je ici ? demanda-t-elle à Lance d'un ton apaisant. La police m'a dit que je ne pouvais être qu'à la maison ou au travail, donc, je prends un gros risque en venant à l'hôtel. Si je le fais, c'est parce qu'il faut impérativement que je découvre l'identité de l'assassin. À l'exploitation viticole, nous sommes tous choqués par cet acte effroyable.

Alors qu'elle regardait Lance en le suppliant de la croire, Olivia ne savait pas du tout ce qu'il pensait de ses propos. Il allait falloir qu'elle croie Mamie B, selon laquelle il était meilleur et avait moins de défauts que son frère aîné. Pour l'instant, il semblait intimidant, en colère et imprévisible.

— Pourrions-nous nous asseoir ailleurs ? poursuivit-elle. Pourquoi pas dans le bar sur le toit ?

Cela leur fournirait un endroit tranquille pour parler. Il était tôt dans la matinée et l'endroit devait être déserté. Certes, Mamie B vivait visiblement selon ses propres règles, mais Olivia était sûre qu'elle utiliserait plutôt le bar du bas, avec ses box privés, pour poursuivre sa conversation avec Agnes.

— D'accord, convint Lance à contrecœur.

Olivia se pressa de partir vers l'hôtel et fonça vers l'ascenseur, suivie par Lance. Ils arrivèrent au dernier étage sans que qui que ce soit reconnaisse Olivia et entrèrent rapidement dans l'espace lumineux, aéré et moderne. Elle avait bien deviné. Le bar était vide.

Jetant un coup d'œil autour d'elle pendant que le barman lui préparait un café et amenait une Aranciata San Pellegrino à Lance,

Olivia remarqua que ce bar était magnifique. Grâce aux trois énormes baies vitrées en feuille de verre, Olivia se dit que, si les brouillards matinaux se dissipaient, elle pourrait voir jusqu'à Pise. La silhouette indistincte des collines lointaines était assurément fascinante. Quand elle regarda dans l'autre direction, elle constata avec étonnement qu'elle bénéficiait d'une vue dégagée sur le village local. Elle voyait jusqu'à la rue principale et, si elle avait eu des jumelles, elle était sûre qu'elle aurait pu regarder les deux boulangers rivaux se contempler mutuellement avec animosité et les touristes les filmer pendant qu'ils échangeaient des invectives des deux côtés de la route.

En réalité, les boulangers étaient amis proches, mais leur animosité de façade emmenait tant de clients dans leurs deux magasins et au village qu'ils continuaient à faire semblant de se haïr.

Olivia décida qu'il allait falloir qu'elle soit aussi bonne comédienne que les boulangers et fasse semblant d'être calme alors que, en son for intérieur, elle paniquait.

Le barman leur apporta leurs boissons et elle paya rapidement en espérant que ce geste prouverait ses bonnes intentions. Il fallait assurément qu'elle s'attire les bonnes grâces de Lance.

— Alors, qu'avez-vous trouvé jusque-là ? lui demanda Lance à voix basse.

Olivia avait l'impression d'être sur une corde raide. Elle ne voulait pas offenser Lance. Savait-il que son frère avait été un coureur de jupons ? se demanda-t-elle nerveusement en remuant son café noir riche.

— Toutes les demoiselles d'honneur ont un alibi, dit-elle. Jewel vomissait, Dinah l'aidait et les trois autres dansaient. Cassidy était avec Angelique. Après le meurtre, elles sont allées se promener ensemble. Tous les parents étaient dans le restaurant. Donc, on pourrait dire qu'il ne reste que les témoins, ainsi que le frère d'Angelique et sa sœur, Lysander et Alice.

Et Mamie B, pensa-t-elle en grimaçant. Il valait peut-être mieux ne pas dire à Lance que Mamie B était un des suspects, car il semblait la protéger.

— Que s'est-il passé, à votre avis ? demanda Lance qui, visiblement, voulait la pousser à avouer ce qu'elle savait.

— D'après ce qu'ont dit les demoiselles d'honneur, je pense qu'il aurait pu y avoir quelques — euh — moments de laisser-aller entre elles-mêmes et Terence au cours des dernières semaines, des moments où la passion a pris le dessus, expliqua Olivia.

Elle regarda Lance avec prudence. Alors qu'il versait son Aranciata San Pellegrino sur de la glace, il semblait calme. Olivia sentit l'odeur sucrée d'orange de cette boisson, qui était une sorte de Fanta italien.

— J'ai entendu dire que c'était Cassidy et Madeline, lui dit Lance. Pour les autres, je ne suis pas sûr.

— Oui, c'est ce que j'ai entendu, moi aussi, dit Olivia, soulagée qu'il sache déjà ce que son frère avait fait et avec qui.

— Voilà ce que je pense, dit Lance. Je crois qu'Angelique était en une telle colère quand elle a découvert ce qu'il avait fait qu'elle l'a tué et que Cassidy l'a aidée. Après tout, elles sont seules à pouvoir confirmer où elles étaient.

— Il y a aussi ma chèvre, ajouta Olivia.

— Votre chèvre ? demanda Lance en la contemplant comme si elle était folle.

— Oui. En marchant, elles sont passées devant l'exploitation laitière et elles y ont rencontré ma chèvre.

— Et votre chèvre peut confirmer à quelle heure ça s'est passé ? demanda Lance d'un air incrédule.

— Eh bien, non, admit Olivia, mais Angelique et Cassidy sont bien sorties ensemble juste après le départ de Terence.

— Exactement ! dit Lance en levant l'index comme si cela avait prouvé qu'il avait raison. Elles sont sorties et c'est clairement à ce moment-là qu'elles l'ont tué. Elles ont peut-être visité l'exploitation laitière après pour avoir un alibi, ou alors, elles y sont allées plus tôt et ont décidé de s'en servir comme alibi.

— Mais pourquoi Angelique ferait-elle confiance à Cassidy, alors que Cassidy avait couché avec Terence ? demanda Olivia, perplexe.

Elle vit Lance plisser les yeux, comme s'il n'y avait pas pensé.

— Angelique ne pouvait pas savoir ce qu'avait fait Cassidy. Elle était peut-être au courant pour Madeline, ou alors, personne ne lui avait parlé de ça et ce qui s'était passé avec Alice était assez, suggéra Lance. Ces filles sont bizarres. Une minute, elles sont comme des passoires qui débordent de secrets et, la minute d'après, elles se ferment comme des huîtres.

Olivia dut admettre que c'était une description exacte de la dynamique de ce groupe. Et puis, après tout, Angelique avait semblé prête à tuer Terence à cause de l'incident avec Alice. Elle n'avait peut-être pas eu besoin d'une autre raison.

Est-ce que les deux amies avaient conspiré ensemble pour commettre ce meurtre ?

Pourtant, leur rencontre avec Erba avait eu l'air si authentique !

Alors qu'Olivia essayait d'évaluer cette théorie alternative, elle entendit approcher un son familier de pas autoritaires.

À sa grande horreur, elle se rendit compte qu'elle n'était pas la seule à avoir décidé d'utiliser cet endroit comme lieu de rencontre tranquille.

Accompagnée par un agent en uniforme, l'inspectrice Caputi entra et s'assit à la table du coin.

Elle aurait pu ne pas remarquer Olivia si cette dernière ne s'était pas étranglée en buvant son café. En fait, quand Olivia avait vu l'inspectrice sévère aux cheveux gris acier, elle avait inhalé sa gorgée de café au lieu de l'avaler.

Posant sa main sur sa bouche, Olivia fit de son mieux pour crachoter discrètement, mais l'inspectrice tourna brusquement la tête tout de suite. Son ouïe était parfaitement adaptée au repérage de tout bruit susceptible de lui rappeler Olivia.

Quand Caputi la vit, elle se leva d'un bond et se dirigea en ligne droite vers leur table. Cette fois, son regard tranchant traversa sans difficulté le piètre déguisement que constituaient le manteau, l'écharpe, le bonnet et les lunettes de soleil.

— Vous ! s'exclama-t-elle.

Se sentant écrasée par le destin, Olivia regarda le triomphe illuminer le visage de la policière.

Olivia s'enleva le bonnet. Il était trop chaud, la grattait et n'avait pas réussi à dissimuler son identité. Elle le fourra dans la poche de son manteau et contempla l'inspectrice avec terreur en attendant l'inévitable.

Le coup de massue tomba sans attendre.

— Olivia Glass, vous êtes dès maintenant en état d'arrestation. Vous avez enfreint vos conditions restrictives. Par conséquent, vous allez maintenant m'accompagner au poste de police et nous allons vous incarcérer, annonça l'inspectrice Caputi d'un ton sonore et satisfait.

CHAPITRE VINGT-CINQ

— Non ! implora Olivia d'une voix encore rauque à cause de la fausse route prise par son Americano bouillant.

À son grand étonnement, son appel à la clémence fut répété par Lance.

— Non ! Elle n'a rien fait de mal ! dit-il pour en appeler à la compréhension de l'inspectrice.

Olivia faillit tomber de sa chaise, sous le choc. Pourquoi Lance disait-il ça ? Elle s'efforça de garder une expression neutre et de ne pas montrer la stupéfaction que lui inspiraient ses mots.

L'inspectrice se tourna vers Lance et fixa son regard perçant sur lui. Olivia voyait qu'elle avait très envie de l'arrêter, lui aussi, parce qu'il l'avait défiée.

— Vous contestez ma décision ? demanda-t-elle.

En entendant sa voix, Olivia eut envie de se cacher sous la table. Heureusement, Lance connaissait cette femme intimidante depuis moins longtemps et il parvint à garder son courage.

— Je lui ai demandé de venir à l'hôtel, dit Lance. Je suis impatient de trouver qui a tué mon frère. Comme je savais qu'Olivia avait travaillé à l'exploitation viticole toute la soirée, je voulais lui parler. J'ai pensé que, si nous échangions nos idées, nous pourrions nous souvenir de plus de choses sur cette soirée.

Lance devrait vraiment croire qu'Angelique avait commis ce crime, se dit Olivia. Du moins, il faisait tout son possible pour qu'Olivia ne soit pas emmenée à l'arrière d'un fourgon de police.

Le triomphe disparut du visage de l'inspectrice Caputi. Elle eut l'air furieuse quand Olivia confirma immédiatement ce qu'avait dit Lance.

— Je suis désolée. Je sais que je n'étais pas censée être ici, mais Lance avait réellement l'air triste et vulnérable, mentit-elle.

L'inspectrice Caputi la contempla d'un air cynique. Il était clair qu'elle ne croyait pas un seul mot de ce qu'avait dit Olivia, mais qu'elle devait laisser le bénéfice du doute à Lance.

— Quittez immédiatement cet hôtel ! ordonna l'inspectrice. Partez maintenant ! Si je vous revois ailleurs que chez vous ou au travail, je vous arrête immédiatement. C'est votre dernière chance et vous ne la méritez pas !

— Je suis très désolée. Je m'en vais, dit Olivia en se levant à toute vitesse et en abandonnant son café. Merci pour votre invitation, Lance.

L'inspectrice Caputi n'avait aucune confiance en la parole d'Olivia. Elle aboya l'ordre d'accompagner Olivia à son agent.

Olivia se serra dans l'ascenseur avec le policier. Il se plaça juste à côté d'elle alors que la cabine était grande et resta collé contre elle pendant qu'elle sortait de l'hôtel et repartait à sa voiture.

Ce ne fut que lorsqu'elle eut déverrouillé la voiture qu'il recula de quelques pas et la regarda les bras croisés.

Avant de remonter dans la voiture, Olivia enleva son écharpe, son manteau trop chaud et trois des quatre tricots.

Le policier prit une expression de plus en plus perplexe quand il vit Olivia enlever couche après couche. Elle ne savait pas quoi lui dire. Ce genre de situation ne facilitait pas la conversation. Donc, elle ne dit rien du tout et s'enleva tout simplement ses tas de vêtements de façon pragmatique, comme si c'était une pratique parfaitement normale pour elle.

Alors, elle monta dans sa voiture en jetant son déguisement déconstruit sur le siège arrière. Elle avait le visage rouge vif et ce n'était pas seulement à cause de la chaleur préservée par sa tenue volumineuse. Cette expérience avait été éprouvante.

Olivia rentra docilement chez elle avec la certitude désagréable que l'inspectrice Caputi surveillait chaque centimètre de sa progression depuis le bar panoramique. Lentement mais à vitesse constante, elle traversa le village, où les boulangeries vendaient beaucoup ce matin. Souriant chaleureusement à leurs clients, les boulangers faisaient de temps une pause pour échanger des regards noirs de pacotille d'un côté à l'autre de la rue étroite.

Quand Olivia contempla le spectacle familier de leur fausse querelle, elle se sentit réconfortée. Après cette matinée, où elle avait frôlé le désastre, et son manque total de plan viable pour repartir à l'hôtel, elle était heureuse de se retrouver dans un cadre normal, ou, du moins, correspondant à ce que le village de Collina considérait comme normal.

Quand elle arriva à la ferme, Erba vint la retrouver en gambadant et la fit rire en décrivant des cercles autour d'elle pendant qu'elle se dirigeait vers la maison. Pirate était allongé sur le paillasson, aussi immobile qu'un sphinx, à l'endroit exact où Danilo avait laissé les pâtisseries.

Une conversation détendue serait autant la bienvenue qu'une crostata, se dit Olivia. Elle sentit sa tension se résorber quand Pirate s'étira en formant un arc de cercle parfait avant de la saluer d'un miaulement amical.

Heureuse d'être rentrée, elle ne put s'empêcher de ressentir une pointe de déception quand elle consulta son téléphone et constata que Danilo ne l'avait pas rappelée.

Même si elle était troublée par son comportement, il n'y avait aucune raison de s'en soucier, parce que c'était maintenant du passé, se rappela-t-elle fermement. Il fallait qu'elle aille de l'avant et qu'elle arrête de se souvenir qu'il avait été très distrayant, qu'ils avaient beaucoup ri ensemble et qu'elle avait beaucoup aimé cuisiner pour lui.

Tout en réfléchissant à sa situation avec une autre pointe de déception, elle se demanda si les crostatas à la fraise avaient été un cadeau d'adieu.

— Assez, dit-elle.

Elle aurait pu passer des heures à élaborer des théories sur ce que tout cela signifiait alors qu'il fallait qu'elle utilise ce temps de manière productive en vérifiant où en était son jus de raisin en cours de fermentation ou, comme elle le pensait avec espoir, son futur vin à succès.

Olivia monta à la grange et en ouvrit les portes, heureuse de sentir avec quelle souplesse elles bougeaient sur leurs énormes gonds bien huilés. Pouvoir ouvrir une porte facilement, cela faisait une énorme différence. Cela lui donnait l'impression d'entrer dans une exploitation viticole toute neuve, alors que le bâtiment avait plus d'un siècle.

Cependant, quand Olivia entra dans l'espace frais avec optimisme, elle s'arrêta et regarda fixement le sol, horrifiée.

Les blocs de béton rugueux qu'elle avait balayés avec tant de soin n'étaient plus immaculés. Une tâche foncée s'étalait dessus.

Cela ne pouvait être que du vin.

— Non ! dit-elle à voix haute d'une voix aiguë et haut perchée.

Un de ses fermenteurs devait avoir une fuite.

Avec l'impression de commencer un cent mètres, Olivia traversa la grange au pas de course. Elle contempla les fermenteurs, envahie par l'anxiété.

C'était celui du bout ! Il avait dû avoir une malfaçon ou être endommagé. Comment une telle chose était-elle même possible ? Le précieux vin s'échappait lentement et continuerait à le faire, litre par litre, jusqu'à ce que ses espoirs et ses rêves ne soient plus qu'une tache couleur rouille sur le sol.

Pire encore, Olivia n'avait aucun autre endroit où mettre le vin. Les deux fermenteurs étaient pleins, elle n'avait pas d'autres récipients dans la maison et elle ne pouvait pas sortir en acheter.

Son estomac se noua quand elle se rendit compte qu'elle ne pouvait demander à personne de l'aider ! Il serait mal avisé de demander à qui que ce soit de La Leggenda de sauver sa propre production privée de vin et elle ne pouvait absolument pas appeler Danilo.

Anxieuse, Olivia dansa quasiment d'un pied sur l'autre en contemplant le vin. Il fallait qu'elle agisse immédiatement ! Elle entendait le petit bruit des gouttes qui fuyaient du fermenteur percé. Chaque moment comptait ! Si elle attendait, elle pourrait perdre toute la cuve de fermentation, mais où donc allait-elle mettre tout le vin ?

Dans sa maison, le plus gros récipient était une bouilloire. En plus d'être beaucoup trop petit, ce récipient n'était pas renommé pour l'efficacité de ses propriétés en matière de fermentation.

Olivia envisagea brièvement de verser le vin dans sa baignoire. Il n'y fermenterait pas plus que dans la bouilloire, mais cela l'empêcherait de se répandre au sol.

— Réfléchis intelligemment, se dit-elle sévèrement.

Si elle abordait ce problème calmement et de manière logique, elle pourrait sûrement le résoudre.

Elle jeta un coup d'œil au mur du fond et aperçut les deux fûts en chêne qu'elle avait achetés.

Ils étaient propres et prêts. Le problème, c'était qu'elle n'était pas censée les utiliser avant au moins un mois. Son vin devait être brièvement conservé dans du chêne, mais seulement après la fin de la fermentation initiale.

Maintenant, elle n'avait plus le choix. Elle allait devoir verser tout de suite le reste de cette cuve dans le tonneau. Ça pourrait le gâcher, mais moins que si elle laissait tout le vin se déverser partout dans sa grange.

Olivia avança vers le tonneau et en retira le couvercle.

Alors, elle retourna vers la cuve de fermentation, la saisit à bras-le-corps et alla avec vers le tonneau en titubant, sentant la cuve fuir lentement sur son quatrième et dernier tricot. Cela lui était égal, d'abord, parce qu'elle avait réussi à sauver une quantité importante de son produit fini potentiel et ensuite parce que, à ce stade précoce de la fermentation, Olivia était rassurée par l'odeur de son vin.

Grâce aux conseils de Nadia, Olivia avait acquis un peu d'expérience sur les différents âges et les étapes diverses du vin et elle pensait que son vin mûrissait parfaitement.

Sa maturation se déroulait bien. Elle ne pouvait pas prédire quel goût aurait le produit final, mais elle était certaine que les processus se déroulaient comme prévu.

Le problème était que le contact précoce du vin avec le chêne allait le modifier complètement. Cela introduirait un facteur inconnu dans ce processus délicat.

Olivia versa la fin son vin précieux dans le tonneau et replaça le couvercle, croisant les doigts pour que tout se passe au mieux. Après avoir sérieusement vérifié si l'autre cuve fuyait, elle quitta la grange en essayant de son mieux de ne plus penser à ses soucis.

Pour l'instant, elle avait un rendez-vous urgent avec sa machine à laver.

Pendant que le cycle de lavage tournait, Olivia prit une longue douche et se prépara un déjeuner léger avec sa dernière tranche de pain de ciabatta, le dernier fragment de mozzarella, la dernière tomate et la dernière goutte d'huile d'olive. Elle n'avait pas eu le temps de se renseigner sur les possibilités de livraison par les épiceries locales. Son réfrigérateur avait l'air aussi vide que le jour où elle l'avait acheté.

Elle posa son linge propre dans le panier et l'amena dans la cour, où elle avait installé un fil à linge contre le mur du fond. C'était l'endroit idéal où sécher les vêtements à l'air libre dans l'éclat du soleil de l'après-midi. Tout en pendant les vêtements dans la chaleur agréable du soleil, Olivia réfléchit à ce qu'elle avait appris à l'hôtel ce matin-là.

L'information la plus importante était que Terence avait reçu un coup à la tête avant d'être assassiné.

Il devait avoir une marque à cet endroit et peut-être même une blessure ouverte. Elle se souvint que, quand elle l'avait vu dans la voiture, ses cheveux foncés avaient eu l'air décoiffés. Maintenant, elle savait que c'était à cause de la blessure.

Si elle pouvait trouver l'arme, cela pourrait l'aider à reconstituer ce qui s'était passé et comment.

— Erba, il faut qu'on aille au travail, cria Olivia à sa chèvre par la fenêtre de la cuisine.

Elle remarqua qu'Erba était perchée sur le toit de sa maison d'enfant. Cet endroit n'avait pas l'air confortable et Olivia ne savait pas du tout comment elle y était montée. D'ailleurs, elle n'était même pas sûre d'avoir envie de le savoir !

Olivia courut à sa voiture pendant qu'Erba arrivait de la cour d'un air enthousiaste. Elles montèrent dans le véhicule et foncèrent avec détermination vers l'exploitation viticole. S'il y avait un indice à découvrir, Olivia comptait le trouver avant l'heure d'ouverture.

CHAPITRE VINGT-SIX

Il était rare que le parking de La Leggenda soit complètement vide, mais la pancarte affichée près du portail d'entrée, « Fermé pour événement privé jusqu'à dimanche, 14 h », avait efficacement dissuadé les visiteurs.

Olivia sortit de sa voiture et se dirigea avec résolution vers le bâtiment de l'exploitation viticole.

Elle décida que le meilleur plan serait de reparcourir l'itinéraire pris par Terence quand il était sorti du restaurant ivre, en trébuchant et en serrant sa bouteille de vin rouge dans ses bras avec le tire-bouchon fatal. Le problème était que personne ne savait quel chemin il avait emprunté.

Olivia pencha la tête en arrière et contempla le ciel lumineux. Pour suivre les pas de Terence, il fallait qu'elle pense de la même façon que lui et qu'elle se mette dans son état d'esprit d'homme ivre.

Elle mima l'action d'avaler un alcool fort. Alors, elle fit semblant de boire quelques verres de vin. Terence avait aussi bu un whisky. Alors, bien sûr, il s'était lassé des demi-verres proposés et avait exigé qu'on lui apporte une bouteille de vin pétillant.

Il en avait gâché beaucoup exprès. Olivia le mima, trébuchant légèrement en faisant semblant de secouer une bouteille presque assez fort pour la laisser tomber !

Alors, elle s'imagina en train d'en vider le contenu qui était resté quand la mousse était sortie. Elle imagina les bulles, froides et pétillantes. Une partie du Metodo Classico avait probablement giclé sur sa chemise et un peu avait dû lui remonter dans le nez.

Olivia se rapprochait. Elle sentait qu'elle était devenue Terence ! Elle avait la tête qui tournait, les pieds instables et ses pensées étaient mélangées et incohérentes.

Dans cet état, il était rentré dans l'exploitation viticole en titubant et on l'avait accusé d'y avoir embrassé la demoiselle d'honneur.

Olivia ferma les yeux et imagina le baiser.

Le visage de Danilo s'imposa à ses pensées. Elle l'imagina lui prendre le visage de ses mains fortes et lui écarter les cheveux en se penchant vers elle …

Elle rouvrit brusquement les yeux et laissa échapper un souffle agacé.

Ce n'était pas la direction qu'elle voulait donner à son expérience extra-corporelle.

Refermant les yeux, Olivia s'efforça de chasser Danilo de son expérience. Donc, après ce baiser étourdissant et le retour à pied à l'exploitation viticole, après avoir subi la colère et les accusations des autres et compris qu'il avait maintenant de gros ennuis, Terence était ressorti en titubant.

Olivia fit un pas en avant.

Elle l'avait imité avec succès !

Sa vision était floue et elle trébuchait. De plus, il faisait noir, se rappela-t-elle, très noir.

Chancelante, Olivia avança dans l'obscurité imaginaire. Devant la porte du restaurant, elle rebondit contre la colonne en pierre et laissa ses pieds l'emmener dans un voyage sinueux et plein de méandres.

Bien que le corps avait été trouvé dans le parking à gauche du restaurant, quand Olivia s'éloigna de l'embrasure de la porte en titubant, elle se rendit compte qu'elle chancelait vers la droite sans comprendre pourquoi.

Si Terence avait été tellement ivre, il n'avait peut-être eu aucune raison d'aller directement vers la voiture. Il aurait pu commencer par errer çà et là. Après tout, les jardins situés à la droite du restaurant étaient un bel endroit et, la nuit, des projecteurs brillaient parmi les buissons, les fleurs et les allées pavées qui s'entrecroisaient. La lumière l'avait attiré, décida-t-elle, comme une flamme attire un papillon très ivre.

Olivia se permit d'entrer dans le jardin en titubant et en laissant des pensées colériques et incohérentes lui passer dans la tête. Elle tenait une bouteille imaginaire à la main droite.

Elle arriva à un croisement. Terence avait dû perdre l'équilibre et le suivre en titubant. Olivia tituba, elle aussi. Tout en avançant sur la bande étroite de pavés et en décrivant moult méandres, elle gardait un œil ouvert pour chercher ce qui aurait pu servir d'arme.

Un morceau de métal, peut-être, ou une branche en bois solide. Peut-être même une grosse pierre, mais elle ne voyait aucune grosse pierre dans ce jardin.

Quand elle passa devant un buisson de fougères, un faible scintillement attira son regard.

Elle s'arrêta, cessa de faire semblent d'être ivre puis écarta les fougères. Saisie par la perplexité, elle regarda un moment ce qu'il y avait par terre.

Son cerveau commença à se déchaîner. Ça devait être ça ! La preuve manquante gisait ici, sur la terre, cachée par la verdure.

Alors, un cri inquiet l'arracha à ses pensées.

— Olivia ! Tu vas bien ? Tu as l'air d'avoir le vertige !

Humiliée, Olivia se retourna et vit Marcello qui la regardait de la porte du restaurant.

Vu son expression perplexe, il devait être là depuis un moment. Il avait dû la regarder tituber et il devait se demander pourquoi il avait embauché une folle pareille !

Elle s'empressa de rassurer son patron en lui expliquant qu'elle avait en fait un plan.

— J'essayais de refaire ce que Terence aurait pu faire quand il a quitté le restaurant et j'ai trouvé quelque chose, Marcello ! Viens voir !

Marcello vint précipitamment la rejoindre dans le jardin. Alors, Olivia écarta les feuilles raides et piquantes des fougères.

— Regarde ! C'est une bouteille de vin.

— Celle que Terence a emportée ? demanda Marcello.

— Non ! Il a emporté une bouteille de vin rouge. Celle-là, c'est du vermentino blanc.

Olivia écarta d'autres fougères et s'agenouilla pour regarder de près. La bouteille avait une tache de terre sur le bord, mais ça ne ressemblait pas à de la terre. La tache était couleur rouille et, en l'observant, Olivia n'eut plus aucun doute que c'était l'arme qui avait été utilisée pour frapper Terence.

Il avait été frappé avec une bouteille de vermentino blanc ?

Une vision subite indiqua à Olivia sans le moindre doute comment l'attaque s'était déroulée et qui l'avait menée. Elle arrivait enfin à reconstituer les événements de la soirée de manière cohérente.

Elle eut le souffle coupé. C'était comme si elle avait à nouveau le vertige mais, cette fois-ci, sous le coup de l'excitation et de l'adrénaline.

— Il faut que je reparte à l'hôtel aussi vite que possible.

Les fougères se remirent en place quand elle se leva d'un bond.

— Pourquoi aller là-bas ? Pourquoi ne pas appeler la police ici ? demanda Marcello.

— Parce que je ne veux pas que l'assassin propose un faux alibi, dit fermement Olivia. Je veux que ce soit un piège et j'ai besoin de l'effet de surprise.

Marcello lui serra un bras.

— Sois prudente, je te prie. Veux-tu que je t'accompagne ?

— Non, dit Olivia à contrecœur.

Elle aurait adoré avoir le soutien de Marcello à un moment aussi critique, mais elle ne pouvait pas le placer dans une situation aussi dangereuse alors que l'inspectrice Caputi le soupçonnait encore.

— Pour nous tous, il vaut mieux que je fasse ça toute seule, insista-t-elle.

Il hocha la tête à contrecœur.

— Appelle-moi si tu as besoin de moi. J'irai immédiatement t'aider.

Le souffle coupé par l'anticipation, Olivia se dirigea vers sa voiture et composa le numéro d'Angelique en route.

— Devinez quoi ? dit-elle dès que l'autre femme décrocha. J'ai progressé dans l'enquête et je sais maintenant qui est l'assassin.

Il y eut un bref silence.

— Vraiment ? demanda Angelique d'un air soupçonneux. Et qui est-ce ?

— Je viens à l'hôtel pour tout expliquer, dit Olivia. J'y serai dans quinze minutes. Pourriez-vous rassembler les familles, je vous prie ? Pourquoi pas dans le salon de l'hôtel ? Assurez-vous que tout le monde y soit.

— Je m'en occupe !

Olivia pensait qu'Angelique avait eu l'air motivée. Elle était sûre que, quand elle arriverait, les invités du mariage seraient réunis comme elle l'avait demandé, en attendant d'entendre ce qu'Olivia avait à dire.

Le coupable serait dans ce groupe. Quand Olivia y pensa, elle douta. Elle espéra que son plan impromptu fonctionnerait. Elle n'aurait qu'une chance. Si l'assassin n'avouait pas, Olivia serait arrêtée. Les invités du mariage seraient partis longtemps avant qu'elle ne puisse s'innocenter.

Il fallait qu'elle fasse tout dans les règles !

Dès qu'Olivia arriva à l'hôtel, elle composa le numéro de l'inspectrice, qui répondit d'un ton aussi irrité qu'à l'accoutumée.

— *Pronto ?* demanda-t-elle sèchement.

— Inspectrice Caputi ? C'est moi, Olivia.

Il y eut un silence étonné.

— Pourquoi appelez-vous ? Où êtes-vous ?

— Je suis à l'hôtel. Je vais entrer dans le salon.

Olivia bondit de sa voiture et commença à marcher rapidement dans cette direction.

— Le salon ? demanda Caputi d'un ton furieux. Vous n'avez pas écouté ce que je vous ai dit ? Vous avez cru que je plaisantais ? Olivia Glass, vous bravez ouvertement les ordres de la police et je vais vous arrêter immédiatement !

— Faites, je vous prie. Il s'agit du salon d'en bas, près du bar, ajouta Olivia pour l'aider. Cela dit, avant que vous ne m'arrêtiez, vous devriez écouter ce que j'ai à dire. J'ai résolu l'affaire et je vais le prouver en racontant aux invités du mariage ce qui s'est passé !

Olivia raccrocha et finit le chemin en courant.

Elle entra dans le hall à toute vitesse en haletant. Elle vit l'agent de police lui jeter un coup d'œil. Son expression curieuse se durcit et devint de la suspicion mais, avant qu'il n'ait pu faire autre chose, Olivia le dépassa et entra dans le grand salon meublé avec opulence par les portes doubles très décorées.

Ses pas s'enfoncèrent dans la moquette épaisse et somptueuse. L'éclairage tamisé apportait une atmosphère intime et chaleureuse à la grande pièce, même si les fenêtres en verre cristallin étaient pleines de lumière.

Les familles étaient présentes, vit Olivia avec soulagement. Angelique avait fait son travail.

Pourtant, à son grand étonnement, ses membres ne l'attendaient pas avec le décorum discret qu'Olivia aurait pensé approprié à cette occasion grave.

Ils se disputaient tous les uns avec les autres ! Pas un seul n'y échappait !

Angelique et Alice étaient tête à tête au milieu de la pièce et elles hurlaient à tue-tête. M. et Mme Miller se criaient l'un sur l'autre et, d'une façon ou d'une autre, les Jones les avaient rejoints et leur criaient dessus. Pendant ce temps, Lysander avait l'air près de taper sur Lance et Cassidy gratifiait les témoins d'une telle crise de fureur qu'ils avaient battu en retraite jusqu'à la fenêtre opposée.

Olivia se rendit compte que Don faisait exception. Don était entouré par le reste des demoiselles d'honneur, qui lui hurlaient des insultes.

La salle résonnait sous leurs propos furieux.

— C'est ta faute parce que tu as élevé Alice sans lui apprendre la morale ! rugit M. Miller.

— C'est ta faute parce que tu as laissé Angelique sortir avec cet homme affreux ! répliqua son épouse.

— Quel homme affreux ? Que voulez-vous dire par homme affreux ? Vos deux filles sont des salopes ! Notre fils y aurait perdu, s'il en avait épousé une ! Quelle honte ! dit M. Jones d'un ton moqueur.

— Jamais ça ne serait arrivé si tu avais organisé le mariage à un endroit décent, comme la Floride ! protesta Mme Miller avec colère.

— Don, tu as insulté mon amie Jewel et tu l'as traitée de fille facile ? C'est la salmonelle qui l'a rendue malade, pas le vin ! siffla Madeline.

— Si tu regardes encore mes sœurs comme ça, Lance, je t'en colle un ! menaça Lysander.

— Comment veux-tu que je les regarde ? Je ne les regardais pas ! J'essayais d'entendre ce que crient mes parents ! répliqua Lance.

— Kyle et Rog, vous êtes deux nuls ! Des nuls horribles, dégoûtants et agressifs ! Je ne vous ai jamais vus dire quoi que ce soit de gentil sur qui que ce soit ! Vous êtes toxiques, affreux et vous méritez de — de — de ne jamais obtenir de rendez-vous avec une fille intéressante, jolie et dotée d'une personnalité ! hurla Cassidy.

En regardant autour d'elle, atterré par l'étendue du conflit, Olivia remarqua que les deux seules personnes qui n'étaient pas en train de se disputer étaient les deux grands-mères.

Elles étaient assises l'une à côté de l'autre sur un sofa et observaient le tohu-bohu avec intérêt. En fait, quand Olivia regarda de plus près, elle se rendit compte que Mamie B aidait Mamie Petra à comprendre ce qui se passait en désignant les différents groupes et en répétant les insultes à la femme sourde d'une voix forte et claire.

Mamie B tenait ce qui ressemblait à un whisky fort et le barman apportait à Mamie Petra un petit sherry.

La réceptionniste de l'hôtel se tenait dans l'embrasure de l'autre porte et dansait d'un pied sur l'autre en se demandant visiblement si elle aurait plus d'ennuis en appelant le directeur ou si elle devait laisser ce conflit se dérouler dans toute sa fureur sans intervenir.

Il fallait qu'Olivia prenne le contrôle de la situation de toute urgence. Si le directeur appelait la sécurité pour disperser le groupe, elle perdrait sa seule chance.

— Salut, tout le monde ! commença Olivia.

Elle réessaya plus fort.

— SALUT, TOUT LE MONDE !

Personne ne lui accorda la moindre attention. C'était comme s'ils ne l'avaient pas du tout entendue. Or, cette fois-ci, elle n'avait pas de micro.

Olivia ne savait pas quoi faire. Fallait-il qu'elle saute sur une table ? Fallait-il qu'elle allume puis éteigne les lumières ?

Sur le comptoir du bar, une cloche en argent attira son attention. Si elle la sonnait, les personnes en conflit l'entendraient et arrêteraient peut-être de se hurler les unes sur les autres.

Olivia traversa la salle en se faufilant entre les groupes en plein combat. Elle frappa sur la cloche aussi fort que possible. Son *ting* argenté résonna dans la pièce, fort et perçant.

Le groupe le plus proche — les témoins et Cassidy — arrêtèrent de se disputer et se tournèrent furieusement vers elle. Kyle et Rog eurent l'air choqués de la voir là. Elle devina qu'ils avaient cru M. Miller quand il leur avait dit qu'elle était l'assassin.

Avant qu'ils ne puissent recommencer à se battre, Olivia profita de son succès en appuyant sur la cloche trois fois de plus.

Ting, ting, ting. La note aiguë résonna partout dans la salle.

Peu à peu, tous les gens qui se disputaient se tournèrent vers elle et le silence se fit dans la salle.

— Bon après-midi, les Jones, les Miller et mes amis, commença Olivia en espérant qu'un accueil poli et personnalisé puisse rompre la glace. J'aimerais vous parler en groupe. Angelique, pourriez-vous venir ici, s'il vous plaît ?

Angelique n'eut pas l'air très contente d'être arrachée à sa dispute vocifératrice avec sa sœur mais, quand elle s'installa à côté d'Olivia, elle sourit, car elle se souvenait de la raison pour laquelle elle était venue ici.

Son père avait l'opinion inverse.

— Que faites-vous dans cet hôtel ? rugit M. Miller. Vous avez tué le fiancé de ma fille ! Tout le monde sait que vous êtes l'assassin et que vous devriez être en prison !

— C'est vrai, marmonna Kyle, approuvant d'un air maussade.

— Je ne comprends pas pourquoi ces flics italiens attendent si longtemps pour l'enfermer, dit sèchement Rog.

— C'est sûrement illégal qu'elle soit en liberté, surtout avec tous les tire-bouchons qui sont bien en vue dans le bar ! confia en aparté Mme Miller à Mme Jones.

Mme Miller avait l'air plus amicale qu'avant. Olivia était heureuse que sa visite ait déjà remporté une victoire. Les Miller et les Jones avaient décidé qu'ils la détestaient plus qu'ils ne se détestaient les uns les autres.

Olivia se racla la gorge, craintive, car elle allait effectuer une révélation stupéfiante qui risquait d'enflammer ce groupe de gens déjà furieux.

— Je suis venue ici pour expliquer lequel de vous est l'assassin, déclara-t-elle aux familles rassemblées.

CHAPITRE VINGT-SEPT

L'annonce d'Olivia provoqua un bref silence de stupéfaction. Tous les gens se tournèrent les uns vers les autres. Kyle fut le premier à rompre le silence.

— Vous avez regardé dans le miroir, n'est-ce pas ? dit-il d'un ton sarcastique.

Faisant comme si elle n'avait pas entendu ce chahuteur, Olivia poursuivit.

— Permettez que je vous raconte tout ce qui s'est passé après que Terence est sorti et a quitté l'exploitation viticole, dit-elle. Nous avons tous pensé qu'il est allé tout droit dans la voiture mais, lors de l'autopsie, on a découvert qu'il avait été frappé violemment sur le haut de la tête. Or, cela n'aurait jamais pu se produire dans la voiture. Il n'y a pas la place. Le toit est trop bas. Donc, comme cela ne semblait pas logique, j'ai cherché d'autres preuves pour voir si j'arrivais à trouver une trace de bagarre, ou même une arme, et j'ai trouvé quelque chose.

Maintenant, la salle était très silencieuse. Tout le monde la regardait en attendant qu'elle continue, même si elle savait que l'attente qu'elle voyait sue le visage d'une de ces personnes avait une tout autre raison. Cette personne devait espérer qu'elle n'ait pas découvert la vérité.

— J'ai trouvé une bouteille de vin qui a été abandonnée dans les jardins, près du restaurant. Elle a une tache de sang sur le bord et il est clair qu'elle a été utilisée par l'assassin. Je crois que Terence et l'assassin se sont battus dans les jardins. Alors, l'assassin a poursuivi Terence jusqu'à la voiture.

Olivia contempla la série de visages maintenant choqués.

— La bouteille qui a été utilisée pour frapper Terence à la tête n'est pas la même que celle qu'il a emportée avec lui. La bouteille emportée par Terence était notre cru internationalement récompensé, l'assemblage de rouges Miracolo de La Leggenda, que nous vendons complètement tous les ans et qui figure sur de nombreuses cartes des vins dans les plus importants des restaurants du monde entier. Par contre, la bouteille qui a visiblement été utilisée comme arme est notre vin blanc vermentino. Incroyablement populaire, il est extrêmement recherché en tant qu'alternative au sauvignon blanc et il devient un des crus qui se vendent le mieux sur beaucoup de marchés internationaux, dont les États-Unis.

Olivia regarda fixement M. Jones d'un air entendu pendant qu'elle parlait. Alors que ce n'était pas vraiment ce qu'elle était venue dire, elle sentait que c'était important. Il fallait que M. Jones comprenne l'étendue de l'erreur qu'il avait commise en rejetant impoliment les avances de Marcello et en insultant les vins italiens en général !

Elle devina que M. Jones avait compris le message, parce qu'il rougit et baissa les yeux vers ses mains.

Satisfaite, Olivia poursuivit.

— Bon, ce que je voulais dire, c'est que la bouteille que j'ai trouvée a forcément les empreintes digitales de quelqu'un partout dessus et que cela confirmera la culpabilité de cette personne. Comme je ne l'ai pas touchée, la preuve est intacte. La police peut la prendre directement là où le coupable l'a laissée tomber et l'examiner comme il faut.

Ils étaient tous pendus à ses lèvres. Elle ne voyait de signe de confusion chez personne. En fait, elle vit même quelques personnes hocher la tête. Les Miller étaient d'accord avec elle. Cela la soulagea énormément, puisque M. Miller avait été l'instigateur du projet visant à la faire accuser.

En outre, une personne, le coupable, avait l'air atterrée.

Olivia espérait que l'inspectrice Caputi arriverait bientôt. Elle allait annoncer publiquement l'identité de l'assassin. Après cela, Olivia ne savait pas ce qui arriverait. Elle craignait que, sans le contrôle glacial dont usait la policière, les choses ne dégénèrent en bagarre générale en règle.

De toute façon, maintenant, elle ne pouvait plus faire marche arrière. Espérant que l'inspectrice était en train d'entrer dans l'hôtel en ce moment, Olivia poursuivit.

— Terence a été frappé sur la tête, puis placé dans la voiture par son tueur avant d'être poignardé. Donc, ce n'était pas un crime passionnel. C'était en fait une action préméditée.

— Mais qui était-ce ? demanda M. Miller d'un ton impatient. Vous nous avez expliqué beaucoup de théories, mais quelle est l'identité de l'assassin ? Où est la preuve ?

— Oui, c'est vrai. Arrêtez de nous faire perdre notre temps ! dit Kyle avec colère.

— Passons au mobile, dit Olivia. Dans ce groupe, il y avait beaucoup de tensions et Terence aurait pu être tué pour beaucoup de raisons. Cependant, le mobile principal s'est avéré être la jalousie, la jalousie qu'un frère aîné, arrogant et incompétent, hérite finalement de l'entreprise familiale et la détruise.

On entendit des petits cris dans toute la salle et certains des esprits les plus agiles comprirent à qui Olivia faisait allusion.

— Le coupable est Lance ! annonça-t-elle à l'intention de ceux qui avaient encore l'air perplexes.

Olivia regarda fixement Lance quand elle dévoila son nom, entendant l'exclamation dégoûtée de M. Jones et l'inspiration subite de Mme Jones. Lance était lui-même très pâle. Pendant le discours d'Olivia, il avait eu l'air de plus en plus mal à l'aise. Dès qu'elle l'avait accusé, il avait baissé les yeux vers ses mains.

Visiblement, c'était une habitude familiale.

— Pourquoi dites-vous ça ? demanda Angelique, curieuse.

— Lance m'a trouvée en dehors de l'hôtel, ce matin. Quand je lui ai dit que je n'étais pas l'assassin, il l'a accepté tout de suite. Il a été très intéressé par ce que j'avais appris et il a posé beaucoup de questions. Je crois qu'il essayait de s'assurer que je ne le soupçonne pas. Alors, chose encore plus louche, il a proposé une théorie fantasque de son cru. Selon lui, c'était vous et Cassidy qui aviez conspiré pour assassiner Terence. Il a essayé de me convaincre que vous étiez l'assassin.

Olivia désigna Angelique.

— Moi ? dit-elle le souffle coupé et d'un ton outragé.

Elle jeta un coup d'œil à Cassidy, qui haussa les épaules de manière théâtrale, incrédule.

— Je crois qu'il l'a fait pour m'induire en erreur, car il craignait d'être découvert, expliqua Olivia.

— Avez-vous une autre preuve ? C'est le frère de mon ami que vous accusez ! cria Rog.

— En tant que sommelière, je remarque qui boit quel vin. Au moment du meurtre, seules deux personnes buvaient du vin à la bouteille. L'une d'elles était Terence, qui a commencé par le champagne puis qui a pris la bouteille de rouge en sortant. L'autre était Lance, qui buvait du vermentino blanc.

Après quelques autres secondes de silence stupéfait, la salle explosa. Tous ses occupants avaient recommencé à se crier les uns sur les autres. Les Jones et les Miller avaient repris toutes leurs hostilités.

Étonnamment, Kyle et Rog semblaient maintenant se disputer l'un avec l'autre et Alice et Angelique s'étaient alliées pour crier sur Lysander.

Tous les gens se criaient les uns sur les autres, mais Lance restait muet.

Horrifiée, Olivia le vit profiter du désordre ambiant. Il se leva et marcha rapidement vers la porte de sortie qui donnait sur la cour.

— Attendez ! cria Olivia.

Il allait s'échapper, elle en était certaine.

— Hé ! cria-t-elle, mais sa voix fut couverte par les disputes assourdissantes.

Olivia se fraya un chemin dans la foule. Ce faisant, elle reçut un coup de coude à l'épaule asséné par Cassidy, qui avait commencé à tirer sur les cheveux de Jewel. Elle fut presque renversée par Don, qui essayait d'échapper à une Madeline enragée.

Les deux grands-mères étaient encore assises, remarqua Olivia en se frayant un chemin dans la foule. Quant à Dinah, elle était assise elle aussi et elle sirotait un verre d'eau pétillante tout en contemplant calmement le chaos.

— Revenez ! hurla-t-elle à Lance.

Cette fois-ci, il l'entendit. Il jeta un coup d'œil par-dessus son épaule puis partit en courant.

Quand Olivia se lança à sa poursuite, tous les cris se turent et un silence inquiétant les remplaça.

Une silhouette familière se tenait à la sortie qui donnait sur la cour. À contre-jour dans le soleil de l'après-midi, la carrure svelte de l'inspectrice Caputi et sa coupe au carré impeccable étaient faciles à reconnaître.

— J'ai entendu tout ça, dit-elle. J'ai même pu l'enregistrer.

Lance dérapa puis s'arrêta et contempla l'inspectrice, horrifié.

— Non ! Ne m'arrêtez pas ! supplia-t-il.

Alors, paniqué, il se retourna et partit dans l'autre sens, vers la porte opposée.

— Arrêtez-le ! cria Olivia.

Angelique saisit sa veste quand il passa, mais Lance se dégagea.

— Reviens, menteur, assassin ! rugit Lysander.

S'impliquant pleinement dans la poursuite, il plongea sur Lance. Visiblement, il avait voulu l'attraper par les genoux et le tacler au sol, mais il le manqua et atterrit sur le ventre.

Pris par la panique, Lance bondit sur une table en envoyant voler la salière. Il sauta sur une autre table qui tangua dangereusement puis, d'un bond désespéré, il atterrit sur le tapis épais qui se trouvait près de la porte.

— Il s'échappe ! cria Olivia en espérant être entendue par l'agent stationné dans le hall.

Elle se rua vers la porte et y arriva en même temps que Jewel, Angelique et M. Miller.

Ils se coincèrent tous les quatre dans l'embrasure de la porte pendant un moment désagréable, puis Lysander fonça dans Jewel par-derrière. Elle avança en trébuchant et débloqua l'embouteillage.

— Attrapez-le !

Avec l'impression de participer à un cent mètres, Olivia fonça dans le couloir moquetté.

— Attrapez-le !

L'agent stationné dans le hall avait été alerté par le tohu-bohu.

Quand Lance fonça désespérément vers l'entrée principale, l'agent se mit à courir. Comme un taureau qui charge, il fonça sur la moquette. Alors qu'il semblait que Lance allait le distancer, l'agent plongea vers ses chevilles.

Visiblement, il avait beaucoup d'expérience en plaquage. Lance tomba au sol avec les mains du policier serrées fermement autour de ses chaussettes Disney.

Un moment plus tard, deux autres policiers se joignirent à la mêlée. Quand ils se relevèrent tous, Lance était menotté.

— Ce n'était pas moi, ce n'était pas moi ! cria-t-il en haletant et en jetant des regards implorants à l'agent, à ses parents et même à Olivia.

— Je l'ai frappé à la tête avec une bouteille, oui.

L'inspectrice Caputi hocha la tête, satisfaite. Olivia devina que c'était un aveu suffisant pour justifier une arrestation immédiate.

L'agent de police escorta Lance jusqu'à la voiture qui attendait. Il n'était pas un prisonnier coopératif. Suivi par ses parents visiblement anxieux, le jeune homme se débattait, criait et protestait pendant qu'on l'emmenait.

— Je n'ai pas fait le reste ! Je l'ai frappé puis j'ai eu peur de ce que j'avais fait, donc, j'ai laissé tomber la bouteille et je suis rentré en courant. Je ne l'ai pas tué. Il était encore debout quand je suis parti. En fait, il m'a insulté et a dit qu'il faudrait que je lui fasse des courbettes si je voulais devenir ne serait-ce que gardien quand il serait à la tête de l'entreprise. Vous mentez !

Comme il ne pouvait pas pointer de doigt à Olivia à cause de ses menottes, il fit un signe de la tête dans sa direction.

Olivia se força à rester calme. Même si elle entendait un désespoir sincère dans le ton de Lance, cela ne signifiait pas qu'il était vraiment innocent, se rappela-t-elle. Toutes les preuves montraient qu'il était coupable. C'était sa dernière tentative d'échapper aux conséquences de ce qu'il avait fait.

Olivia faillit sursauter jusqu'au plafond quand une main lourde lui claqua l'épaule par-derrière.

Quand elle se retourna, elle vit M. Miller.

— Félicitations, ma jeune dame, dit-il d'un ton assez sonore pour être entendu par l'inspectrice Caputi, qui allait vers la fourgonnette de police. Vous avez résolu ce crime avec beaucoup d'aplomb et la police devrait vous remercier pour votre travail assidu. L'assassin a été attrapé, cela ne fait aucun doute. J'ai toujours été moi-même convaincu de la culpabilité de Lance, mentit-il sans même rougir. Maintenant, nous pouvons tous faire nos bagages et quitter cet enfer toscan !

Olivia décida que c'était un bon conseil. Après tout, tant que l'enquête n'était pas encore conclue de manière formelle, elle enfreignait ses restrictions et risquait de se faire arrêter. Comme il restait un espace vide à l'arrière de la fourgonnette de police, il valait mieux qu'elle rentre à l'exploitation viticole aussi rapidement que possible.

CHAPITRE VINGT-HUIT

Quand Olivia revint à La Leggenda, Nadia et Marcello attendaient impatiemment à l'entrée.

— Tu as recommencé, dit Nadia, folle de joie. Tu as attrapé un tueur ! J'espère qu'il restera longtemps en prison. Imagine un peu, assassiner son frère ! Je n'ai jamais été assez en colère pour avoir cette idée.

Elle jeta un coup d'œil à Marcello avec un sourire en coin.

— Te frapper à la tête avec une bouteille, oui. Te tuer, non.

Nadia rit assez fort pour eux deux et fit bien, parce que Marcello semblait distrait et n'avait pas relevé sa plaisanterie. Olivia trouvait qu'il avait encore l'air inquiet et beaucoup moins ravi du résultat de l'enquête d'Olivia que Nadia.

— Les policiers viennent de partir. Ils ont emporté la bouteille et m'ont dit que nous étions à nouveau libres d'aller et venir. Cependant, nous avons quand même un gros problème. Un meurtre de plus s'est produit à notre exploitation viticole. Il a beau avoir été résolu, je crains que cet incident n'affecte notre réputation, dit-il.

— Je comprends, dit Olivia d'une petite voix.

Elle détestait voir Marcello inquiet. C'était la pire sensation qu'elle connaisse mais, alors qu'elle cherchait les bons mots pour le consoler, il expliqua que la situation était encore pire qu'elle ne l'avait pensé.

— Le père de la mariée vient de m'envoyer un SMS pour dire qu'il ne paiera rien de plus. Nous n'avons touché qu'un petit acompte et nous avons dépensé des milliers d'euros à préparer notre établissement et la nourriture. De plus, nous avons perdu deux jours de tourisme parce que nous avons fermé.

Il soupira.

— Marcello, je vais t'aider à résoudre ça ! promit Olivia. Maintenant que nous avons commencé à organiser des événements de tourisme viticole, nous pouvons en faire d'autres. Nous pouvons vendre La Leggenda en tant que destination pour les mariages, les célébrations, les anniversaires marquants. J'ajouterai cet élément au site web et sur nos médias sociaux et j'inscrirai l'exploitation viticole sur quelques-uns des sites les plus influents. Je te promets que nous ferons énormément de ventes ! Ce sera une nouvelle source de revenus incroyable qui nous rapportera énormément.

Olivia fut soulagée quand elle vit l'expression austère de Marcello s'adoucir.

— J'ai confiance en toi, dit-il. Je sais que tu feras de ton mieux et je suis impatient de voir ce que tes idées nous rapporteront.

Olivia redressa les épaules, fière que Marcello ait foi en elle. Elle se montrerait digne de ce défi ! Elle décida que, au cours de la semaine suivante, elle concentrerait toute son attention sur les opportunités de tourisme viticole et promouvrait La Leggenda sur ce marché important. Si elle faisait correctement son travail, normalement, ils auraient les premières réservations pendant les deux prochains mois puis énormément d'activité au printemps et en été.

Ils entrèrent dans l'exploitation viticole, où Jean-Pierre achevait une dégustation pour un groupe d'invités.

— *Buon giorno*, leur dit-il. Merci pour vos excellentes commandes. Ces vins délicieux seront expédiés chez vous au Canada et nous espérons que, quand vous les boirez, vous vous souviendrez avec joie de la saveur de l'Italie !

Il sourit et inclina la tête. Alors, il se tourna vers Olivia d'un air soucieux et baissa la voix.

— Gabriella a dit que nous étions à court de lait, d'œufs, d'extrait de vanille, de farine moulue sur pierre, de sucre semoule, de tomates en boite, d'origan séché et de poivre noir à cause du mariage, expliqua-t-il. Elle m'a donné une liste de produits avec les magasins où je dois acheter chacun d'eux parce que, aujourd'hui, c'est le jour de congé de Paolo. Puis-je y aller maintenant et faire les courses pour elle ?

Olivia aurait tout fait pour que Gabriella soit à nouveau de son côté et cesse d'être son ennemi public numéro un !

— Bien sûr. Vas-y tout de suite. Je m'occupe des touristes et Marcello pourra m'aider si nécessaire, convint Olivia.

— Il y a une autre chose, dit Jean-Pierre en fronçant les sourcils d'un air anxieux.

— Quoi ? demanda Olivia.

— Comme tu le sais, j'ai utilisé ma bicyclette aujourd'hui. Je l'ai amenée à l'exploitation viticole et elle est sous un arbre dehors. Si je la prends pour faire les courses, je crains d'être trop lent et aussi d'endommager les œufs.

Olivia hocha la tête. Elle ne voulait pas que Gabriella s'énerve contre elle, ce qui se produirait même si un seul œuf était fendu.

— Prends ma voiture, dit-elle en lui tendant les clés. Assure-toi d'acheter tout ce qu'il y a sur la liste !

— C'est promis. Merci.

D'un air soulagé, Jean-Pierre quitta prestement la salle de dégustation et Olivia se retrouva seule.

Elle contempla la pièce immaculée et élégante au plafond élevé. Les tables de dégustation avaient retrouvé leurs positions d'origine. Les affiches encadrées étaient pendues aux murs et le carrelage brillait, ciré avec soin. Il était difficile de croire que cette pièce avait accueilli autant de débauche et d'ivrognerie si récemment.

Olivia avait du mal à accepter que tous ces drames appartiennent maintenant au passé. Elle avait l'impression qu'il lui faudrait du temps pour comprendre ce qui était arrivé et digérer les événements démentiels qui avaient mené à l'arrestation de Lance.

Elle avait bien deviné et le risque qu'elle avait pris avait porté ses fruits, mais le résultat lui inspirait encore des sentiments mitigés. Pourquoi ne se sentait-elle pas plus heureuse que justice ait été faite ?

En fait, elle se sentait mal à l'aise. En son for intérieur, elle ne trouvait pas que ce soit juste.

C'est forcément juste, se dit-elle. Lance méritait qu'on le punisse, même s'il avait certainement eu de la malchance avec son grand-frère, sans parler de son père ! Terence et M. Jones avaient semblé être pires que Lance, mais ils ne pouvaient pas l'être, puisque c'était lui qui avait commis le meurtre. Qu'est-ce qui l'avait poussé à agir de manière aussi étrange ? se demanda-t-elle.

Olivia ne put s'empêcher de se rappeler des mots de Nadia. Elle aurait volontiers frappé Marcello à la tête avec une bouteille de vin, mais elle ne l'aurait jamais tué. Cette remarque innocente avait semé une graine de doute dans l'esprit d'Olivia.

Elle se souvint de la réaction bizarre que Lance avait eue après qu'on l'avait accusé. Il avait immédiatement admis avoir frappé Terence avec la bouteille, mais il avait démenti à grands cris avoir commis le meurtre.

Et si — commença-t-elle à se demander avant de s'arrêter brusquement.

Ce n'était pas le moment d'échafauder des hypothèses ! Le suspect avait été arrêté, le mystère avait été résolu et on pouvait espérer que ces affreux invités quitteraient l'hôtel dans quelques moments.

Maintenant, il fallait qu'elle se consacre de son mieux à son travail de l'après-midi et qu'elle soit complètement présente pour les touristes qui n'allaient pas tarder à arriver. Quand elle se souvint qu'elle avait eu une matinée riche en événements et que son mascara avait dû en souffrir plus que tout le reste, Olivia prit son sac à main et se précipita dans les toilettes des dames.

Heureusement, son maquillage pour les yeux avait réussi à échapper au désastre et n'avait que peu taché. Elle le corrigea facilement. Son rouge à lèvres avait besoin qu'on le rafraîchisse, lui aussi, décida-t-elle en s'observant d'un œil critique.

Fouillant dans son sac à main pour y prendre son rouge à lèvres Coucher de Soleil Rose, elle s'appuya sur le comptoir et approcha du miroir pour être sûre de tout bien corriger en détail.

Son coude crissa fortement quand elle toucha la surface en porcelaine.

Elle prit un Kleenex dans la boîte qui se trouvait sur le comptoir, l'humidifia au robinet et s'essuya soigneusement sous les yeux.

Le comptoir crissa à nouveau quand sa main le toucha.

Jean-Pierre avait effectué un excellent nettoyage, se dit Olivia en se remettant soigneusement son maquillage. Ces toilettes étaient d'une propreté impeccable. Elles étaient toujours propres et bien entretenues, mais Jean-Pierre avait vraiment fait des efforts exceptionnels. Même les murs semblaient avoir été frottés.

Remettant son rouge à lèvres dans son sac à main, Olivia fronça les sourcils.

Quelque chose n'allait pas.

Elle toucha le robinet étincelant puis jeta un coup d'œil au sol.

On avait dit à Jean-Pierre de nettoyer en enlevant le vomi, mais il avait fini par désinfecter toutes les toilettes de façon extrême.

Olivia avait supposé que Jewel avait vomi dans une des cabines et qu'il aurait suffi de nettoyer la cuvette en question à fond et peut-être de passer la serpillière par terre si la femme ivre (ou intoxiquée à la salmonelle) avait manqué la cuvette.

Tapotant les doigts sur le comptoir, Olivia se demanda si un Français extrêmement barbouillé aurait passé tant de temps à effectuer un nettoyage inutile alors que ce travail lui avait donné si mauvaise mine.

Elle ne le pensait pas. Il ne l'aurait pas fait si cela n'avait pas été essentiel.

Si Jean-Pierre s'était acharné sur toute la pièce, cela signifiait qu'il y avait eu des saletés partout. Grimaçant, Olivia imagina la pièce entière parsemée de l'équivalent d'Armageddon en vomi. Ce n'était pas une image qu'elle voulait avoir en tête mais, maintenant, elle y était forcée.

Comment cela avait-il pu se produire, alors que Dinah avait aidé Jewel ? Elle avait précisément dit qu'elle avait tenu la tête à son amie en lui écartant les cheveux.

Curieuse, Olivia décida d'appeler Jean-Pierre. Il avait peut-être exagéré.

Elle composa son numéro et il répondit immédiatement.

— Olivia ! Heureusement que tu appelles ! Quelle taille d'œufs Gabriella préfère-t-elle ? Ils en ont des grands et des très grands, ici.

Olivia réfléchit et essaya de se souvenir de ce que la restauratrice maniaque préférait.

— Des grands, se souvint-elle. Elle dit qu'ils ont meilleur goût que les très grands. J'ai appelé parce que je voulais que tu me parles de ton nettoyage des toilettes des dames.

Il y eut un silence.

— Je préfère ne pas y repenser, implora Jean-Pierre.

Olivia décida de ne pas tenir compte de sa demande.

— Est-ce que le vomi était vraiment partout ou avait-il seulement débordé de la cuvette des toilettes ? Tu m'as dit que tu avais nettoyé toutes les toilettes.

Jean-Pierre inspira, stressé.

— Maintenant, j'ai à nouveau la nausée ! Il y en avait partout. Partout dans les toilettes et dans deux des cabines ! C'est comme si une bombe de vomi avait explosé ! Je n'avais rien vu de pareil de toute ma vie. Je ne savais pas qu'une seule personne pouvait —

— Je suis vraiment désolée, interrompit Olivia. C'est tout ce que j'avais besoin de savoir. Repars à tes œufs.

Si Dinah n'avait pas été là tout le temps et n'était arrivée que plus tard, cela changeait toute la chronologie. Plus grave encore, cette nouvelle preuve démontrait qu'on avait dit un mensonge complet à Olivia et qu'elle l'avait cru.

— Oh, non, dit Olivia à son reflet d'une voix stressée. J'ai commis une erreur la plus terrible qui soit ! Par ma faute, l'inspectrice Caputi a arrêté le mauvais suspect !

L'adrénaline lui donna des ailes et elle quitta les toilettes au pas de course.

CHAPITRE VINGT-NEUF

— Marcello, s'il te plaît, pourrais-tu t'occuper de la salle de dégustation ? cria Olivia en fonçant dans le couloir, vers la sortie. Il faut que je parte de toute urgence !

Elle fonçait le ventre rongé par la culpabilité. Comme elle avait été idiote ! Pourquoi n'avait-elle pas correctement analysé toutes les preuves au lieu de choisir trop vite la mauvaise conclusion ? Que se passerait-il si elle était en retard ?

Elle atteignit la porte principale et s'arrêta en dérapant.

Sa voiture !

Jean-Pierre l'avait prise ! Il n'y avait aucune trace du SUV de Marcello et elle se dit qu'Antonio devait l'avoir prise pour aller faire une commission.

Olivia jeta un coup d'œil à la Fiat argentée stylée de Gabriella.

Avec leur relation actuelle, Olivia ne pouvait pas se permettre de lui emprunter sa voiture. Gabriella refuserait très probablement, surtout si elle découvrait pourquoi Olivia en avait besoin. Or, elle le découvrirait ! Elle interrogerait Olivia pendant des heures avant de décider de dire oui ou non et Olivia n'avait pas tout ce temps à sa disposition.

Cela ne laissait qu'une possibilité.

D'un œil dubitatif, Olivia contempla la bicyclette de Jean-Pierre, qui était appuyée contre un arbre.

Cela faisait longtemps qu'Olivia n'avait pas fait de vélo. Elle n'avait même pas de casque avec elle.

Olivia secoua la tête. Elle décida qu'elle avait assez pinaillé. Il y avait des vies en jeu. C'était elle qui n'avait pas su voir certains faits essentiels et qui avait commis une terrible erreur de jugement. Avec ou sans casque, il fallait qu'elle parte sans plus attendre.

De plus, le bon côté, c'était que le trajet jusqu'au village était presque complètement en descente et qu'il n'y avait qu'une seule montée, courte bien que raide, de l'autre côté, jusqu'à l'hôtel.

— On y va ! déclara Olivia.

Elle bondit sur le vélo et avança en danseuse sur l'allée pavée.

Par rapport à ses souvenirs d'adolescente, elle trouva la selle étonnamment dure. Elle aurait cru que, avec la technologie moderne, on aurait plus de confort, mais il semblait que le but actuel soit surtout de rendre la selle aussi petite et étroite que possible et dure comme une brique.

Quand elle atteignit la route principale, elle tourna à droite. C'était plus facile que de pédaler sur le plat. C'était un long trajet sinueux, en descente et à flanc de colline.

— Holà ! dit Olivia quand elle accéléra et que le vent lui souffla les cheveux en arrière. Elle se pencha pour prendre le virage puis se pencha dans l'autre sens pour prendre le suivant. Elle avait l'impression de participer au Tour de France. Elle avait vraiment bien fait de prendre ce vélo et elle allait arriver à l'hôtel très bientôt. Elle en était sûre.

Dans le village, la route s'aplatit et Olivia pédala fortement. Elle fit un écart pour éviter un minibus garé devant la boulangerie et remarqua que l'employé de la quincaillerie lui jetait un coup d'œil curieux. Elle était certaine que sa course intrépide sur la route principale serait bientôt le sujet de discussion principal de tout le village.

Olivia quitta résolument le village et eut le souffle coupé quand elle regarda la route qui s'étendait devant elle.

Pourquoi n'avait-elle jamais remarqué que la colline était quasiment à pic ?

Quand ses jambes endolories tremblèrent et que le vélo gigota de plus en plus violemment, elle commença à se demander si cette pente était même légale ! N'y avait-il pas des règles sur l'inclinaison autorisée pour une route ?

Elle respirait par à-coups rauques, elle avait très mal au derrière et, en ce qui concernait ses jambes, elle n'avait tout simplement jamais su qu'elles avaient autant de muscles différents qui lui criaient tous de s'arrêter.

Elle changea à nouveau de vitesse. Elle les avait toutes essayées, maintenant. La seule autre solution serait de descendre et de pousser.

— Continue !

Olivia tourna brusquement la tête quand un autre cycliste la dépassa. Installé sur son vélo lourd et démodé, le vieil homme pédalait de façon continue mais à une vitesse étonnante. À l'arrière du vélo, il y avait un panier plein de sacs de courses.

Olivia lui jeta un coup d'œil désespéré.

— Aidez-moi ! articula-t-elle, mais elle n'avait pas d'air pour prononcer ces mots et, de toute façon, l'homme était déjà plusieurs mètres devant elle et s'éloignait.

Alors, comme un phare dans la nuit, Olivia vit l'allée de l'hôtel devant elle. Dans une minute de torture insupportable, elle l'atteindrait.

Et l'allée était plate.

Encouragée d'avoir presque atteint son but, Olivia baissa la tête et puisa dans des réserves qu'elle n'aurait pas cru posséder.

Finalement, elle tourna à gauche, dans l'allée plate. Alors, elle accéléra à nouveau, encouragée. Les routes plates, c'était vraiment là qu'elle était la meilleure, décida-t-elle. C'était là où elle pouvait déployer toutes ses capacités de cycliste.

Surtout, elle arrivait juste à temps. Devant elle, à l'entrée de l'hôtel, il y avait un grand taxi.

Kyle et Rog empilaient leurs valises à l'arrière. Olivia s'arrêta à côté d'eux et ils la regardèrent d'un air interrogateur. Il fallut attendre quelques moments pour qu'une communication cohérente soit à nouveau possible.

— Où — où sont les — demoiselles d'honneur ? demanda-t-elle.

Les deux hommes échangèrent un coup d'œil perplexe.

— Pourquoi voulez-vous les voir ? Vous n'êtes pas encore en train d'enquêter, n'est-ce pas ? demanda Kyle d'un air soupçonneux.

— Il faut que je confirme un petit détail, dit Olivia en éludant la question.

— Il faut que vous arrêtiez de vous mêler de nos affaires, dit Kyle d'un ton critique pour la réprimander.

— Les filles sont toutes parties, de toute façon, ajouta Rog.

— Parties ?

Olivia se sentit abattue. Ses efforts avaient été en vain.

— Elles viennent de partir, dit Rog en riant durement. Elles ont pris le premier minibus vers l'aéroport. Vous aurez du mal à les rattraper !

— Non, elles vont d'abord au village, corrigea Kyle. Angelique voulait acheter des cookies à la boulangerie.

— Je — oh, non !

Olivia était atterrée.

Elle n'avait pas presque pas regardé ce minibus quand elle l'avait dépassé en roue libre. Elle avait gaspillé des minutes inutiles et épuisantes à escalader à vélo un flanc de montagne à pic, et tout cela en vain ! Elles avaient dû acheter leurs friandises, maintenant.

— Merci, dit-elle en retournant le vélo.

Quand Olivia repartit, l'espoir se réveilla en elle. Elle savait à quoi ressemblait cette boulangerie. Toute femme normale, et Olivia considérait Angelique comme normale de ce point de vue, serait forcément fascinée par les séries abondantes de cookies sucrés, de pains, de canapés, de tartes et d'autres délices qui couvraient les étagères.

On pouvait facilement passer une heure hypnotisé par les détails exquis que l'on voyait sur les gâteaux au glaçage somptueux en se demandant lequel aurait le meilleur goût.

Il était tout simplement impossible d'entrer et de ressortir à toute vitesse de cette boulangerie, considéra Olivia quand elle tourna sur la route principale.

Cet effort serait son dernier. Elle laissa l'inclinaison l'emporter et se rendit compte avec perplexité qu'elle lui avait paru beaucoup plus prononcée quand elle l'avait montée. Cette pente descendante était très douce et, en fait, elle n'allait pas assez vite.

Avec un soupir, Olivia commença à pédaler pour descendre la colline aussi vite que possible.

Le taxi était là ! Il était encore en face de la boulangerie. Elle avait bien soupçonné. Angelique avait été incapable de s'arracher à la contemplation des friandises présentées en vitrine.

Laissant échapper un souffle de soulagement, Olivia descendit en roue libre vers le taxi.

Alors, elle poussa un cri de désarroi. Le minibus démarrait. Elle arrivait trop tard !

Olivia ralentit, découragée. Elle savait que sa mission avait échoué et que seul un miracle pourrait maintenant lui sauver la mise.

Alors, devant ses yeux, le miracle se produisit. Un autre bus de touristes approcha, arrivant de la direction opposée. Comme les routes du village étaient étroites, il était presque impossible que les deux bus passent en même temps. Ils devaient se longer en se serrant et en avançant à une vitesse d'escargot.

Pendant que les bus avançaient tout doucement avec guère plus d'un centimètre entre leurs rétroviseurs latéraux, Olivia les rattrapa.

Dès que la manœuvre fut complète, le minibus accéléra à nouveau, mais Olivia aussi. Une bicyclette pouvait accélérer plus vite qu'une grande camionnette pleine de passagers et de bagages, même si la cycliste atteignait les limites de son endurance physique et soupçonnait qu'une méchante ampoule se formait sur son derrière.

Olivia dépassa le minibus et les roues du vélo vibrèrent sur la section pavée de la route.

— Arrêtez ! cria-t-elle.

Craignant que le chauffeur ne l'ignore ou ne l'entende pas du tout, elle fit un écart vers la gauche et se plaça devant le bus.

— Arrêtez ! cria-t-elle.

Elle leva une main de façon autoritaire. Cela la fit trembler si fort qu'elle tomba devant le minibus avec le vélo.

Les freins crissèrent et le chauffeur s'arrêta en toute hâte.

Olivia se releva. Comme elle avait roulé très lentement, seule sa dignité avait souffert. Elle ne s'en plaignait pas parce qu'elle avait atteint son but. Maintenant, elle avait un défi plus complexe à relever. C'était sa dernière chance d'accuser l'assassin, d'obtenir un aveu et de s'assurer que justice soit faite.

CHAPITRE TRENTE

La portière coulissante du minibus s'ouvrit et Angelique en descendit, curieuse.

Elle fut suivie par Cassidy, Jewel, Dinah, Molly, Madeline et Miranda. Elles étaient toutes sur leur trente-et-un, prêtes à prendre l'avion.

— Que faites-vous ? demanda Angelique en fixant Olivia d'un œil critique, comme si elle évaluait ses cheveux ébouriffés, son pantalon poussiéreux et son visage tout rouge.

Olivia était certaine que l'évaluation d'Angelique était négative.

— Je me suis trompée, commença-t-elle.

— Trompée sur quoi ?

À l'expression désapprobatrice d'Angelique, on voyait qu'elle pensait que toute la vie d'Olivia avait été une erreur.

— Sur l'identité de l'assassin, lui dit Olivia en ramassant la bicyclette, dont le cadre solide donna à ses jambes épuisées un soutien fort nécessaire.

— Mais comment avez-vous pu vous tromper ? demanda Jewel d'un air de défi. Vous nous avez tout expliqué dans le bar de l'hôtel.

— Oui, c'est vrai, mais j'ai oublié un détail important. Je n'ai pas pris en compte toutes les informations. J'ai presque provoqué une catastrophe, admit-elle.

Elle avait décidé qu'il fallait qu'elle reconnaisse ses propres faiblesses. Après tout, c'était la seule façon de grandir. Elle ne pouvait imaginer Mamie B tenter de dissimuler les péchés qu'elle avait commis. Mamie B aurait relevé le menton et avoué la vérité !

— Comment ? demanda Angelique.

— Je n'ai pas évalué ce qui s'est passé par la suite. Il y a eu une partie numéro deux, après la bagarre entre Lance et Terence.

— Une partie numéro deux ? demanda Angelique, fronçant le nez, perplexe.

— Oui. Lance a suivi Terence dehors. Il l'a frappé à la tête avec une bouteille, mais il ne l'a pas tué. Quelqu'un d'autre l'a fait.

— Qui ? demanda Jewel.

— Dinah.

Olivia montra du doigt la petite brune qui se tenait à l'arrière du groupe.

Jewel plaça les mains sur les hanches et leva le menton d'un air de défi.

— Dinah ? Ce n'est pas sérieux ! C'est ma meilleure amie et vous êtes une menteuse !

— Non, la menteuse, c'est elle et vous avez essayé de la protéger en disant que vous pensiez qu'elle était avec vous pendant tout le temps où vous aviez vomi. Or, c'est faux.

Dinah contempla Olivia les yeux plissés. Son regard était sombre et hostile et ses lèvres étaient serrées. Visiblement, elle avait décidé de ne rien dire et Olivia ne pourrait s'attendre à aucun aveu facile de sa part.

— Donc, selon vous, qu'est-il arrivé ? demanda Jewel d'un ton plein de colère.

— Après que Lance a frappé Terence à la tête, Terence est allé s'asseoir dans la voiture. Dinah l'y a trouvé et il a dû y avoir une sorte de dispute. De toute façon, elle l'a poignardé avec le tire-bouchon, l'a essuyé puis est vite repartie à l'intérieur pour s'éloigner de la scène de crime. Elle est entrée dans les toilettes des dames, probablement pour s'essuyer les preuves des mains, et elle a vu que Jewel avait vomi partout. Donc, Dinah est restée avec Jewel, convaincue que ce serait un excellent alibi. Pourtant, ça ne l'était pas.

Olivia montra Dinah du doigt.

— Parce que, si vous aviez vraiment aidé votre amie, elle n'aurait pas vomi partout !

Jewel bouillait encore sous l'effet de son indignation.

— Et pourquoi Dinah aurait-elle fait une telle chose ? Quelle raison pouvait-elle avoir ?

Cette question précise déconcertait Olivia, parce qu'elle n'avait pas la réponse. Il y avait forcément une raison. Il avait dû y avoir un conflit entre ces deux-là, mais lequel ? Elle aurait voulu être une petite souris pour le savoir.

Quand elle jeta un coup d'œil à Dinah, elle vit la petite brunette hocher la tête d'un air entendu, comme si elle avait deviné qu'Olivia n'était pas médium et ne connaissait pas la réponse.

Olivia allait admettre que sa théorie comportait ce trou béant mais, à ce moment-là, Angelique parla d'un air pensif.

— Je peux imaginer une raison, dit-elle. Dinah a toujours été attirée par Terence, depuis l'école, mais il n'a jamais été intéressé par elle. De plus, Dinah a un défaut bizarre. Elle déteste que quelqu'un d'autre ait une chose qu'elle ne peut pas avoir.

Appuyant le menton contre son ongle rose nacré, Angelique contempla Dinah d'un air pensif.

— Je viens de me souvenir d'un autre détail, dit Molly. Dinah, quelques minutes après que Terence est sorti furieusement du restaurant, tu as dit que tu allais chercher Alice. Pourtant, j'ai vu Alice juste en dehors du restaurant, en train de pleurer sur l'épaule de Lysander. Tu l'as dépassée sans te retourner et tu es partie dans la nuit. J'ai trouvé ça étrange et, à ce moment-là, j'ai remarqué que tu avais l'air déterminée.

Olivia hocha la tête. Les paroles de Molly confirmaient la chronologie et clarifiaient ses propres souvenirs. Maintenant, elle se rappelait que Dinah n'avait pas suivi Jewel directement aux toilettes mais s'était d'abord précipitée dehors.

Tout le monde se tourna vers Dinah pour la regarder fixement.

Finalement, la brune mince parla.

— Vous n'avez aucune preuve, dit-elle fermement d'une voix cassante.

Elle avait parlé à Molly mais avait aussi adressé un regard noir au groupe en général.

Angelique se pencha vers elle d'un air menaçant.

— L'assassinat de mon fiancé est peut-être la seule preuve dont j'ai besoin, répliqua-t-elle.

— Tu ne peux pas accuser mon amie à tort ! cria Jewel. Jamais tu ne pourras être une aussi bonne personne que Dinah.

— Comment peux-tu dire ça ? demanda Cassidy en se joignant à la dispute. Angelique est ma meilleure amie !

Molly éleva la voix.

— Si tel est le cas, pourquoi as-tu couché avec Terence il y a deux semaines, Cassidy ?

— Et toi, pourquoi as-tu couché avec lui il y a un mois, Madeline ? siffla Cassidy.

Angelique laissa échapper un cri de rage. Poussant Cassidy de côté, elle bondit sur Dinah et l'attrapa par les revers de sa veste blanche de marque.

Madeline se lança sur Cassidy, à laquelle, furieuse, elle envoya des coups de pied et de poing. Jewel se joignit au conflit et tira les longs cheveux châtains de Molly comme si elle avait voulu les arracher à la racine.

Très vite, la bagarre se généralisa.

Les femmes évacuaient leur colère. Leurs cris et leurs hurlements résonnaient dans la rue.

— Arrêtez, je vous en prie ! cria Olivia. Vous allez vous attirer des ennuis !

Personne ne lui accorda la moindre attention.

Alors, elle vit que le groupe de touristes du bus qui s'était arrêté juste au-delà de la boulangerie descendait du véhicule.

— Hé, c'est ce qu'on a lu, dit un barbu en filmant la scène avec son téléphone, enthousiaste. Les bagarres devant la boulangerie ! Je croyais que c'étaient juste les boulangers qui se criaient l'un sur l'autre des deux côtés de la route, mais on dirait que plein de femmes participent elles aussi. Je ne savais pas. C'est vraiment un spectacle génial !

— Vite, diffusez-le en live, conseilla la femme qui le suivait en descendant du bus téléphone en main. C'est extraordinaire, pas vrai ? C'est tellement authentique que je me sens unie aux gens du coin et immergée dans leur culture. Je vais donner à ces deux boulangeries cinq étoiles sur Trip Advisor.

— Quelle boulangerie soutenez-vous ? demanda un jeune dégingandé.

Alors, il avança et évita la main griffue de Cassidy pour crier sa question dans son oreille tout en filmant.

— Est-ce que vous êtes de l'équipe Mazetti ou de l'équipe Forno Collina ?

Cassidy était trop occupée à essayer d'enfoncer les doigts dans les yeux de Madeline pour répondre.

— Je vous en prie, arrêtez ! cria Olivia à nouveau.

Elle saisit la main à Angelique en essayant de l'extraire de la bagarre, mais Angelique était trop rapide pour elle. Elle attira Olivia contre elle et hurla de colère.

— C'est de votre faute ! Pourquoi êtes-vous intervenue ?

La bicyclette d'Olivia tomba par terre. Un moment plus tard, ses jambes affaiblies cédèrent et elle s'affala sur le flanc.

Sentant visiblement qu'elle allait remporter la victoire, Angelique repartit à l'attaque.

Olivia roula sur elle-même quand la blonde essaya de lui attraper les cheveux. Elle aurait voulu avoir encore son bonnet sur la tête. Cette femme était folle ! Olivia entendait ses dents claquer comme celles d'un requin. Que se passerait-il si elles se refermaient sur un de ses doigts ?

— Arrêtez ! cria-t-elle quand Angelique lui pinça violemment l'épaule.

Olivia agita les bras dans tous les sens pour se défendre et toucha Angelique par hasard. Angelique hurla.

— C'est mon nez ! cria-t-elle d'un ton offensé. Vous m'avez frappée au nez !

— Aïe ! cria Olivia quand Cassidy lui envoya un coup de pied dans la cuisse.

Elle ne pensait pas que Cassidy ait voulu le faire, parce qu'elle avait été sur le dos à ce moment-là et avait agité les jambes pour s'éloigner d'une Madeline enragée.

Olivia réussit à se mettre en travers pour éviter l'assaut d'Angelique. Elle se releva. C'était de la folie. La chose la plus sensée qu'elle puisse faire était de s'éloigner de cette cohue puis d'appeler la police.

— Où allez-vous ? cria Angelique quand Olivia commença à courir. Attendez ! Je n'en ai pas encore fini avec vous !

Olivia réussit à trouver les réserves d'énergie dont elle avait besoin pour échapper à l'ex-mariée complètement folle. Cependant, elle ne put semer le touriste dégingandé. Il ne la quittait pas d'une semelle, téléphone en main, orienté en mode paysage pour optimiser le tournage.

— Mazetti ou Forno Collina ? Pouvez-vous me donner un indice ? Hochez la tête pour dire oui ! lui cria-t-il.

Alors, il hurla à la femme derrière lui :

— Hashtag Les Blondes de la Boulangerie ! Ça va avoir un succès dingue ! Hashtag Les Blondes de la Boulangerie !

Où allait donc le monde ? se demanda Olivia, perplexe. Elle luttait pour sa survie en essayant d'échapper à l'équivalent blond et humain d'un requin en pleine attaque et est-ce que ce jeune homme essayait de l'aider ? Non ! Il filmait !

Si elle avait eu du souffle de trop, elle lui aurait dit d'aller voir ailleurs.

Cependant, l'homme ralentit soudain, disparut de son champ de vision et Olivia se retrouva toute seule. Quand elle leva les yeux, elle vit que la route qui s'étendait devant elle était bloquée.

Elle s'arrêta en trébuchant. Derrière elle, les sons de bagarre s'arrêtèrent comme si quelqu'un avait baissé le volume puis brusquement débranché la chaîne.

Habillée tout en noir et debout devant une voiture de police, l'inspectrice Caputi bloquait la route. Elle contemplait la scène les bras croisés.

Elle parla brièvement dans son walkie-talkie. À son grand étonnement, l'oreille d'Olivia, qui s'habituait encore à l'italien, traduisit les mots en temps réel :

— Amenez un fourgon à dix places.

Alors, l'inspectrice se tourna vers les ex-combattants pour les figer de son regard accusateur.

— Vous êtes tous en état d'arrestation, dit-elle d'une voix tranquillement satisfaite comme si c'était un accomplissement décisif pour elle non seulement sur le plan professionnel mais aussi sur le plan personnel. Vous allez accompagner les agents au poste de police tout de suite.

Comme si cela avait été le but de sa vie depuis qu'elle avait rejoint la police, l'inspectrice Caputi décrocha une paire de menottes de sa ceinture. Alors, elle avança et les referma sur les poignets d'Olivia.

CHAPITRE TRENTE-ET-UN

Cette cellule de prison est froide et inhospitalière, pensa Olivia en inspectant ses limites austères pour la centième fois. Aucun effort n'avait été déployé pour mettre à l'aise les innocents qui avaient été arrêtés à tort.

Elle était assise sur le lit en forme de planche et, pour toute vue, elle avait un mur nu et une haute fenêtre à barreaux.

À sa droite, il y avait une cuvette de toilettes en métal et un lavabo en métal, mais l'acier inoxydable froid était si déprimant qu'elle ne l'avait pas examiné bien longtemps. Son regard et ses espoirs étaient plutôt concentrés sur la gauche. C'était là où se trouvait la porte !

À ce moment-là, la porte solide était fermement verrouillée et aucun mouvement n'était visible au travers de la petite vitre à barreaux.

Mais ça allait changer, pensa Olivia avec espoir pour la centième fois en ce qui avait dû être deux heures. Ça allait sûrement changer. Quelqu'un viendrait bientôt, c'était forcé. Si elle passait la nuit ici, ils allaient quand même lui donner à manger, non ?

Elle toucha à nouveau la couverture, saisie par le doute. Elle était très rêche. Si elle passait la nuit ici, ce ne serait pas du tout confortable et la cellule était déjà froide. L'oreiller épais de deux ou trois centimètres semblait avoir été fabriqué avec le même matériau que la selle de la bicyclette de Jean-Pierre, probablement sculpté dans un bloc de granite local.

Elle avait les lèvres sèches, mais son baume à lèvres était dans son sac à main, qui était maintenant conservé par la police avec la bicyclette de Jean-Pierre.

Visiblement, une bagarre en public donnait lieu à une arrestation, mais Olivia avait essayé de mettre fin à la bagarre ! Tout ce qu'il lui fallait, c'était la possibilité de prouver qu'elle n'avait eu aucune mauvaise intention. Jusque-là, elle n'en avait pas eu l'opportunité. Dans le tourbillon de confusion qui s'était ensuivi, elle avait été amenée au poste de police avec le reste du groupe assagi puis enfermée sous clé toute seule.

Elle soupira en espérant que son implication ne fournirait pas à l'inspectrice ce dont elle avait besoin pour l'accuser d'un vrai crime ! Après tout, maintenant qu'elle était finalement en prison, elle était sûre que Caputi allait se creuser la cervelle pour trouver un moyen de l'y garder.

— Il y a quelqu'un ? appela-t-elle à nouveau.

Elle avait appelé quelques fois en espérant obtenir une réponse. Angelique et les demoiselles d'honneur devaient être ailleurs, mais elles ne lui répondaient pas. Elle espérait que l'inspectrice Caputi ne l'avait pas placée à l'isolement.

Alors, elle entendit approcher un cliquetis de talons qu'elle ne connaissait que trop bien.

L'estomac d'Olivia se noua. Elle avait peur ! Elle ne s'était pas rendu compte qu'on se sentait aussi vulnérable dans une cellule fermée à clé, à la merci de la police.

Une clé produisit un bruit métallique dans la porte, qui s'ouvrit. L'inspectrice Caputi se tenait dans l'embrasure de la porte. Olivia essaya de sourire nerveusement, mais son sourire se flétrit sur ses lèvres.

Quelques moments passèrent en silence. Ils lui semblèrent durer une éternité. Finalement, la policière parla.

— Je suis sûre que vous vous demandez ce qui va vous arriver maintenant, dit-elle d'une voix dure.

Olivia écarquilla les yeux. C'était pire que ce qu'elle avait craint. La voix de l'autre femme avait un caractère définitif. Il ne restait aucune place pour l'espoir.

— Oui, je suis très inquiète, admit Olivia. Voulez-vous écouter ma version de la situation ?

L'inspectrice serra brièvement les lèvres.

— Non, dit-elle.

Olivia serra la couverture rêche et fibreuse. Elle avait les mains glacées. Il était trop tard et le moment de se défendre était passé.

— Vraiment ? En êtes-vous sûre ? implora-t-elle.

Elle devina qu'elle allait devoir se blottir contre cette couverture rêche pendant assez longtemps. Dans le meilleur des cas, pendant des jours, et dans le pire, pendant des années !

— Oui, j'en suis sûre, répliqua l'inspectrice Caputi.

Un autre silence s'ensuivit. L'esprit d'Olivia bouillonnait sous l'effet de quantités d'idées inutiles, notamment se lever d'un bond, bousculer Caputi et s'enfuir. C'était la meilleure idée qui lui venait en tête. Cela montrait à quel point sa situation était désespérée. De toute façon, ses jambes ne pourraient même pas courir jusqu'à la porte de la cellule, après avoir pédalé aussi longtemps.

Elle laissa échapper un soupir désespéré. Elle aurait dû savoir que ça finirait comme ça un jour si elle continuait à se mêler des affaires de la police.

Alors, à son grand étonnement, le visage de l'inspectrice Caputi s'adoucit. Elle eut l'air plus sympathique que jamais selon les souvenirs d'Olivia. En fait, Olivia fut stupéfaite de voir apparaître une minuscule lueur d'humour dans son expression auparavant impassible.

— Votre version ne sera pas nécessaire, dit-elle. Après avoir interrogé Angelique Miller, je suis immédiatement passée à sa demoiselle d'honneur, Dinah Todd. Le moment venu, Mme Todd a cédé sous la pression et a tout avoué.

— Elle l'a fait ? demanda Olivia d'un air incrédule.

Elle n'en croyait pas ses oreilles ! Elle n'aurait jamais rêvé que Dinah puisse en venir aux aveux et elle ressentit un profond respect pour l'implacabilité des techniques d'interrogatoire de l'inspectrice Caputi. Elle aurait aimé pouvoir assister à l'interrogatoire.

Le souffle coupé, Olivia se rendit compte que le crime de Dinah avait vraiment failli rester impuni et que Dinah avait presque réussi à fuir l'Italie. Chaque coup de pédales avait valu la peine, malgré toute sa douleur, pensa-t-elle.

— A-t-elle dit pourquoi elle l'avait tué ?

Elle essaya de poser la question en espérant que l'inspectrice accepterait de lui révéler quelques informations.

— Mme Todd a expliqué qu'elle était tombée amoureuse du marié, Terence Jones, quelque temps auparavant. Il n'avait jamais répondu à son amour et, même si elle s'était sentie insultée par son rejet, elle avait oublié l'incident. Cependant, il l'a contactée à nouveau et séduite trois jours avant que les invités ne partent pour la Toscane.

— Il a fait ça ?

Olivia se retrouva bouche bée sous le choc.

— Avant de coucher avec Mme Todd, il lui a dit qu'il regrettait ses projets de mariage. Il a dit qu'il s'était senti désespéré et qu'il s'était déjà laissé aller avec Madeline et Cassidy, mais qu'il savait maintenant qu'il avait trouvé le vrai amour avec elle. Il a promis qu'il annulerait le mariage le matin même et qu'il s'échapperait avec elle.

— Et elle l'a cru ? demanda Olivia, perplexe.

L'inspectrice Caputi haussa les épaules.

— Il l'a convaincue en usant de son charme. Comme Mme Todd était la moins riche du cercle d'amies, elle était extrêmement motivée par l'idée d'épouser la richesse immense de la famille de Terence Jones.

— Ah.

Olivia hocha la tête de manière avisée. La richesse de Terence avait sans nul doute beaucoup aidé à persuader Dinah.

— Lors de la répétition de la soirée de mariage, Mme Todd a été horrifiée quand elle a entendu dire que Terence Jones avait été surpris en train d'embrasser la sœur de la mariée. Dès qu'elle a pu trouver une excuse pour sortir, elle est allée le chercher. Elle l'a trouvé dans la voiture, où il se tenait la tête.

— Que s'est-il passé, après ? demanda Olivia, fascinée par l'histoire.

— Il s'est moqué d'elle. Il a dit que ses promesses avaient été mensongères et ne lui avaient servi qu'à parvenir au but de sa vie, qui était d'avoir séduit toutes les demoiselles d'honneur, les Sept Magnifiques comme il les appelait et qui comprenaient les six demoiselles d'honneur et la sœur de la mariée, Alice, quand les invités du mariage auraient quitté la Toscane. Il a félicité Dinah Todd parce qu'elle avait été la troisième des sept.

Olivia se retrouva bouche bée.

Une femme rejetée est capable de tout, pensa-t-elle.

— Mme Todd a été scandalisée. Elle a vu qu'il tenait un tire-bouchon et elle a soudain envisagé de l'assassiner, expliqua l'inspectrice. Elle a dit que, bien qu'elle soit habituellement une personne calme et réservée, une brume rouge l'avait enveloppée et elle avait agi sans réfléchir aux conséquences.

Olivia hocha la tête d'un air pensif.

— Quand elle a commis le crime, elle a recouvré la raison. Elle a soigneusement essuyé l'arme puis elle s'est précipitée dans les toilettes des dames pour s'assurer qu'il n'y ait aucune trace de sang sur elle. Elle a dit qu'elle s'est remise à penser de façon logique, expliqua l'inspectrice Caputi. Dans les toilettes, elle a trouvé son amie Jewel qui vomissait. Décidant d'attendre à cet endroit que quelqu'un trouve le corps, elle s'est rendu compte qu'aider son amie lui fournirait un alibi parfait. Ça a presque marché. Donc, nous avons relâché Lance. La famille nous a demandé de lui permettre de rentrer à la maison et a dit qu'elle s'occuperait personnellement de l'incident de l'agression.

Olivia était stupéfaite par ce que l'inspectrice Caputi lui disait. Quel coup de chance elle avait eu, de tout comprendre en regardant les toilettes des femmes ! Si elle n'avait pas eu cette idée, Dinah se serait enfuie, serait rentrée dans son pays et n'aurait visiblement ressenti aucun remords que la mauvaise personne ait été emprisonnée pour le crime.

À propos de crime, Olivia se souvint avec un sursaut de culpabilité que, si elle avait été emprisonnée, c'était pour une raison, même si c'était à tort. Elle avait été arrêtée pour trouble de l'ordre public. Elle avait encore des ennuis avec la justice et se demandait pourquoi l'inspectrice Caputi lui parlait de manière aussi amicale.

— Vous vous demandez peut-être ce qui va se passer maintenant, dit l'inspectrice comme si elle lisait dans ses pensées.

— Euh — oui. C'est bien la question que je me posais, admit Olivia.

L'inspectrice sortit de la cellule et tint la porte ouverte.

— Vous êtes libre.

Olivia la contempla. Était-ce un piège ? Est-ce que l'inspectrice voulait vraiment dire ça ou attendait-elle qu'Olivia se lève pour lui claquer la porte au visage en poussant un rire démoniaque ?

Eh bien, il allait falloir qu'elle le découvre !

Elle se releva sur ses pieds endoloris, avança en trébuchant avec hésitation jusqu'à la porte, qui resta ouverte.

— Mme Angelique Miller a souligné que, à la boulangerie, vous aviez tenté de calmer la situation. De toute façon, nous n'allons pas porter plainte contre les participants à la bagarre. Les boulangers nous l'ont demandé. Ils ont dit que ce serait mauvais pour le tourisme et que la bagarre s'est déroulée dans une ambiance festive.

Les mots de l'inspectrice exprimaient une incrédulité profonde, mais elle n'avait pas l'air en colère. Olivia devina qu'elle était tout simplement soulagée d'avoir obtenu des aveux complets de la part de la bonne suspecte.

— Vous pouvez récupérer vos possessions à la réception, en haut, suggéra-t-elle.

— Merci beaucoup, dit Olivia avec reconnaissance.

Quand elle passa devant l'inspectrice, elle l'entendit murmurer quelque chose.

En montant l'escalier, Olivia se demanda quels avaient été ces mots presque inaudibles.

On aurait vraiment cru entendre : « Merci à vous aussi ».

C'était impossible, non ?

Olivia se sentait très perplexe. Elle avait dû mal entendre. Cependant, si elle avait bien entendu, cela signifiait que l'inspectrice Caputi avait en fait apprécié ses efforts et cela rendait Olivia extrêmement fière.

Elle monta l'escalier (après ses efforts de la journée, chaque marche était une torture) et, quand elle atteignit finalement le haut et alla à la réception en boitant, elle fut étonnée d'y voir Angelique.

À la grande surprise d'Olivia, Angelique lui adressa le sourire le plus amical qui soit.

— Quelle expérience, n'est-ce pas ? Savez-nous que nous sommes populaires sur les médias sociaux comme Hashtag Les Blondes de la Boulangerie ? Je viens de récupérer mon téléphone et j'ai vu la vidéo.

— Vraiment ? dit Olivia.

Elle n'était pas sûre d'apprécier cette célébrité et espérait qu'elle disparaîtrait rapidement.

— Oui. Tout cela a été formidablement passionnant. J'avais senti que venir en Italie serait une aventure, mais jamais je n'aurais cru que ce serait aussi intense. Je veux dire, ça a changé ma vie. J'ai l'impression d'avoir trouvé de nouvelles forces en mon for intérieur. Je vous dois beaucoup de remerciements pour tout.

— De rien, dit poliment Olivia.

Elle était contente qu'Angelique aborde l'incident de manière aussi positive.

— Je suis impatiente de partir en lune de miel toute seule, ajouta-t-elle. Ce sera formidable de passer deux semaines dans les hôtels luxueux des Seychelles et d'y faire exactement ce que je veux !

— Je suis sûre que ce sera une expérience exceptionnelle. Je crois que vous êtes très courageuse, dit Olivia, contente d'avoir une raison de la complimenter.

— Vous savez, j'aurais annulé le mariage quoi qu'il arrive. Même si Dinah n'avait pas tué Terence, je ne l'aurais pas pardonné pour ce qu'il avait fait, dit Angelique en relevant le menton.

— Il valait mieux l'annuler, convint Olivia. Avant d'épouser quelqu'un, il faut que vous soyez sûre qu'il vous convient. Mon expérience avec Ward me l'a appris à la dure.

Elle se sentait pleine de gratitude d'avoir su dépasser cet incident et passer à autre chose. Quand elle y repensait, elle comprenait qu'elle avait réussi à grandir et à apprendre de son erreur afin de devenir une personne plus forte après l'épreuve, comme Angelique.

Angelique avait l'air joyeuse.

— Je sens que mon avenir est plus prometteur, maintenant. Qui sait où je finirai ? Au moins, ça ne sera pas dans l'affreux camp familial des Jones à Alpine, au New Jersey. Je redoutais de devoir habiter dans cette monstruosité moderne et sans âme en chrome et en verre. La Toscane est vraiment sur la liste des endroits que j'ai envie de revoir. Je suis impatiente de revenir dans votre exploitation viticole et d'y apprendre des choses sur la dégustation, ou même d'y organiser une fête d'anniversaire ! Peut-être l'été prochain, dit-elle gaiement pendant qu'Olivia sentait son cœur se serrer.

— Ce serait merveilleux, dit-elle d'un ton faussement joyeux. L'été prochain, je crois que nous sommes presque entièrement réservés, mais pourquoi pas l'année suivante, ou celle d'après ?

En son for intérieur, même si elle lui voulait du bien, elle espérait qu'Angelique ne reviendrait jamais dans la région. Elle était convaincue que, si et quand la blonde revenait à La Leggenda, elle y ramènerait des ennuis.

*

Olivia sortit la bicyclette en la traînant et la contempla non sans ressentiment. Son derrière palpitait rien qu'à l'idée de remonter en selle.

Il était seize heures et l'exploitation viticole ne fermerait que dans une heure et demie. Les vêtements pleins de sueur, déchirés et en piteux état d'Olivia montraient qu'elle avait passé un après-midi actif à poursuivre des suspects et à se battre dans la rue, mais elle n'avait pas le choix. Il fallait qu'elle reparte là-bas et aide les autres pendant tout le reste de l'après-midi. Elle avait déjà perdu beaucoup trop de temps et, maintenant, elle devait se remettre au travail.

Avec lassitude, Olivia passa une jambe par-dessus la selle dure comme une brique. Elle se demanda comment les cyclistes du Tour de France y parvenaient.

Heureusement, le poste de police était du même côté du village que l'exploitation viticole. Donc, même s'il y avait une pente difficile sur le trajet, au moins, la distance n'était pas trop grande. Décidant que la dignité était beaucoup moins importante que la survie, Olivia descendit du vélo et le poussa quand elle atteignit la pente la plus raide. Ce ne fut que lorsqu'elle eut passé la crête qu'elle remonta sur le vélo pour pédaler sur la petite partie plate puis descendre par l'allée sinueuse.

Quand elle approcha des bâtiments de l'exploitation viticole, Olivia vit que Nadia se tenait dehors et qu'elle regardait dans sa direction. Quand elle s'arrêta, elle vit que le visage de Nadia exprimait à la fois la consternation et la crainte.

— Olivia, qu'est-ce que j'ai entendu ? Trois personnes différentes m'ont appelée pour me dire que tu avais participé à une grande bagarre devant la boulangerie et qu'on t'avait arrêtée !

Nadia toisa le corps éraflé d'Olivia et ses vêtements froissés.

— C'est vrai. Cela a été très fâcheux. J'ai eu une idée de dernière minute sur l'enquête. Je me suis rendu compte que je m'étais trompée et qu'il y avait d'autres indices. Donc, finalement, Dinah, une des demoiselles d'honneur, a fait des aveux complets et l'inspectrice Caputi m'a même remerciée !

Nadia écarquilla les yeux.

— Non ! s'exclama-t-elle.

— Si. Je me sens très fière.

— Tu pourrais être fière d'une autre façon, lui apprit Nadia avec un sourire complice. Tu es célèbre sur Instagram, paraît-il. Les boulangers veulent t'offrir un cadeau, car la ville de Collina et ses boulangeries sont maintenant à la mode sur les médias sociaux. Quelles pâtisseries aimes-tu ? Ils disent que tu pourras en avoir une de gratuite à chaque fois que tu leur rendras visite.

Olivia la contempla d'un air soucieux.

— C'est vraiment gentil, mais je ne rentrerai plus jamais dans une robe !

Nadia agita une main pour la rassurer.

— Dans une robe ? Et alors ? Les courbes, c'est magnifique ! Seulement, pour l'instant, il faut que tu viennes chez moi pour te doucher et te peigner. Tout un bus de touristes arrive dans une demi-heure pour une dégustation de vin. Heureusement, une amie m'a offert un joli haut, mais il est trop grand pour moi. Il t'ira parfaitement bien et tu pourras laver ton pantalon, qui est taché ; comme il est noir, on ne verra pas l'eau. Tu peux utiliser mon maquillage, mon parfum, mon sèche-cheveux, tout ce qu'il te faudra. Tu es chez toi.

Emportée par l'énergie organisationnelle de Nadia, Olivia se retrouva vite dans la maison de la vigneronne.

Après avoir essuyé son pantalon et l'avoir posé sur un dossier de chaise pour qu'il sèche, Olivia entra dans la douche et fut heureuse de pouvoir s'enlever la sueur, la poussière et la crasse avec le gel douche au parfum merveilleux de Nadia et se laver les cheveux avec le shampoing onéreux de Nadia. Elle se sécha et entra dans la chambre de la vigneronne.

Aussi rapidement que possible, craignant que le bus de touristes n'arrive bientôt, elle se coiffa, se maquilla et s'aspergea d'un peu de parfum. Quand Olivia regarda la différence dans le miroir, elle dut admettre qu'elle ressemblait à une nouvelle femme. Éliminer l'odeur et la sensation de la cellule de prison était une expérience revigorante.

De plus, bonus inattendu, son derrière endolori lui paraissait plus ferme qu'il ne l'avait été depuis des mois !

Elle repartit vers l'exploitation viticole et y arriva à temps pour voir Marcello sortir à toute vitesse de son bureau. Quand il la vit, il hocha la tête d'un air approbateur.

— J'ai entendu dire que tu avais apporté une aide précieuse à la police pour qu'elle arrête enfin le bon suspect. Je suis content que ce problème soit maintenant résolu.

— Comme je l'ai dit, je voulais corriger le tir. Maintenant, nous pouvons oublier ça et nous concentrer sur nos ventes de vin et sur la préparation des nouveaux événements, expliqua Olivia.

— Ce sera une période nouvelle et passionnante pour nous, convint Marcello avec un sourire plein d'espoir.

Jean-Pierre envoya un grand sourire à Olivia de derrière le comptoir.

— Olivia, tu m'as sauvé ! Le site de nouvelles locales va publier un article sur notre équipe de football demain. Tous les joueurs seront interrogés et le journal va prendre une photo de groupe. J'allais rater l'événement parce que, si l'inspectrice Caputi avait été au courant, elle m'aurait arrêté. L'arbitre va être vraiment heureux d'apprendre que je peux me joindre à eux. Je ne pourrai jamais te remercier assez.

— C'est merveilleux ! Je suis impatiente de lire l'article.

Olivia était ravie que Jean-Pierre puisse devenir célèbre comme membre clé de l'équipe du village.

Quand elle contourna le comptoir de dégustation pour aller y rejoindre Jean-Pierre, elle entendit le bus de touristes s'arrêter à l'extérieur.

Se dépêchant d'aller se placer à côté de lui, Olivia se réjouit que sa journée se soit si bien terminée après un début aussi peu prometteur. En fait, sa satisfaction était presque complète.

Presque.

Malgré la réussite de son enquête, sa vie sentimentale débordait encore de questions sans réponse.

Se préparant à accueillir les invités, Olivia redressa les épaules et essaya d'écarter ses pensées négatives. Elle ne pouvait pas résoudre l'impossible.

CHAPITRE TRENTE-DEUX

Quand Olivia et Erba rentrèrent à la maison en voiture, il faisait complètement noir. Quand elle entra par le portail de la ferme, Olivia pensait surtout à dîner.

Cependant, elle ne savait pas quoi manger ce soir et elle regrettait de ne pas avoir pensé à s'arrêter à la boulangerie avant qu'elle ne ferme.

En se creusant la cervelle, elle se souvint qu'il y avait un demi-paquet de pâtes dans le placard et un quart de boîte de tomates dans le congélateur. Dans son jardin d'herbes aromatiques, elle trouverait peut-être quelque chose de savoureux qui aiderait à marier ces rares ingrédients. Elle n'avait plus du tout de fromage ou d'huile d'olive. Or, après son trajet épuisant en vélo, elle mourait de faim !

— Nous allons devoir être créatives ce soir, Erba, dit-elle à la chèvre, qui regardait fixement par-dessus l'épaule d'Olivia, fascinée par le trajet.

Olivia se gara à sa place habituelle en se demandant où était Pirate.

Alors, elle laissa échapper un petit cri de surprise.

Pirate était joyeusement perché devant elle, en train de se laver la queue d'un air détendu et satisfait.

Le fait qu'il soit en train de se laver la queue ne l'inquiétait pas du tout. Pirate était un chat soigné très soucieux de son hygiène. Elle acceptait tout à fait qu'il se fasse la toilette aussi souvent et méticuleusement qu'il le voulait.

Ce qui était étonnant, c'était qu'il le fasse sur le toit de la voiture de Danilo.

— Que se passe-t-il ? se demanda Olivia d'un air incrédule.

Elle contempla le pick-up, qui semblait avoir été lavé récemment, et un torrent d'émotions remonta en elle.

Une faible lumière était visible par la petite fenêtre haute de la grange. Danilo devait être là-bas, en train de travailler sur le tas de gravats. Pourquoi ?

Elle se dirigea vers la grange. Mille idées se bousculaient dans sa tête. Elle se sentait embarrassée et elle craignait de le confronter enfin.

Elle redoutait qu'il ne soit venu que pour confirmer, en personne, que tout était fini entre eux.

Danilo remplissait la brouette à la lumière d'une lanterne qu'il avait placée au pied du tas. Dès qu'il vit Olivia, il posa la pelle et se tourna vers elle.

— Olivia. Je suis content de te voir. Est-ce que ça va ?

Olivia hésita dans l'embrasure de la porte.

— Je vais bien, dit-elle d'une voix qu'elle garda aussi neutre qu'elle le pouvait. J'ai découvert l'identité de l'assassin. J'ai passé un peu de temps dans une cellule de prison puis on m'a relâchée. Enfin, l'inspectrice m'a remerciée !

Danilo écarquilla les yeux. Il marcha vers elle d'un pas hésitant.

— Je suis très content pour toi. Et ton vin ? J'ai remarqué qu'un des fermenteurs est vide et allongé sur le côté.

— Comme il a eu une fuite, j'ai dû en verser le contenu dans le tonneau en chêne. J'espère que ça ne le gâchera pas.

Elle regarda Danilo avec prudence. Danilo n'avait pas fait tout ce chemin pour lui demander comment progressait son vin. Donc, pourquoi était-il ici ? L'estomac noué, elle attendit qu'il parle.

— Je voulais —

Cependant, alors qu'il commençait à parler, Olivia vit du coin de l'œil que sa chèvre opportuniste avait profité de sa distraction extrême.

— Erba ! dit-elle vigoureusement à sa chèvre pour la réprimander.

Erba profitait du faible éclairage pour réessayer de s'introduire dans la grange.

— Nous ferions mieux d'aller dehors, dit-elle quand la chèvre passa par l'embrasure de la porte et se plaqua contre le mur.

Le tout premier cru d'Olivia avait réussi à survivre à un désastre mais, si Erba était accidentellement fermée dans la grange pendant la nuit, le lendemain matin, il ne resterait pas une goutte de vin.

— Bien sûr, bien sûr, convint Danilo en saisissant sa lampe.

Ils sortirent rapidement et, après avoir vérifié qu'Erba repartait vraiment dans sa maison d'enfant sans avoir réussi à se réintroduire dans la grange, Olivia ferma soigneusement la porte.

Alors, elle se dirigea vers la ferme.

Elle entra la première et Danilo la suivit. Le troisième larron fut Pirate, qui miaulait pour souhaiter la bienvenue à Danilo et se frottait avec enthousiasme contre ses chevilles.

— Viens dans la cuisine, dit-elle.

Olivia s'en voulait silencieusement de l'avoir invité à entrer dans sa maison, car elle pensait que le vestibule aurait mieux convenu pour cette discussion.

— Tu veux à boire ? ajouta-t-elle.

Quelle que soit la direction que prendrait la conversation, Olivia savait qu'elle aurait besoin d'un verre de vin pour l'aider à tenir bon.

— En fait, j'ai apporté une bouteille de rosé.

Danilo la sortit de l'intérieur de sa veste comme un magicien qui brandit un lapin blanc.

— Elle est pour toi mais, si tu veux, nous pourrions en boire un verre maintenant.

Dans la cuisine bien éclairée, elle vit qu'il portait une chemise rouge profond qui allait bien avec ses cheveux foncés et son teint olivâtre. Ses cheveux avaient été rasés d'un côté. Une ligne parfaite coupait la naissance des cheveux et le reste était écarté vers l'autre côté.

En temps normal, elle aurait dit quelque chose sur sa coiffure mais, bien sûr, maintenant, elle ne le pouvait pas.

Même si Danilo avait rempli une brouette de gravats poussiéreux, ses chaussures étaient tellement lustrées qu'Olivia se voyait dedans. Elle n'avait jamais vu Danilo porter des chaussures aussi lustrées.

— Cela me semble être une bonne idée, admit-elle.

D'un air soulagé, Danilo prit deux verres sur l'étagère et, peu après, Olivia tenait un verre de rosé glacé délicieusement rose.

— Je ne sais pas par où commencer. Olivia, je t'ai mal traitée, dit Danilo.

— Je t'en prie, aide-moi à comprendre pourquoi. Ce qui s'est passé à Sovestro était — était inattendu. J'en ai souffert. Alors, les choses sont devenues encore plus déroutantes parce que tu m'as envoyé un SMS et que tu as posé une pâtisserie sur mon seuil mais que tu n'as pas répondu quand j'ai tenté de t'appeler au téléphone !

Danilo la contemplait d'un air préoccupé.

— Tu n'as pas reçu mon message écrit, Olivia ?

— Quel message ?

Olivia se sentait complètement perdue. De quoi Danilo parlait-il ? Elle n'avait reçu aucun message !

— Je l'ai collé sur le haut de la poche de la boulangerie.

Olivia commença à comprendre.

— Dans ce cas, je n'ai pas pu le voir. Erba a mangé la poche. Je n'ai pu sauver que le bas.

211

Danilo serra les lèvres. Olivia se demanda s'il essayait de réprimer un rire. Cela aurait été absurde, car ce n'était pas le moment de rire. La situation était extrêmement grave !

— Le message disait que je reviendrais ce soir, qu'il faudrait qu'on parle, que j'avais réservé une table à la Ribollita pour dix-neuf heures et que j'espérais que tu m'y accompagnerais.

Le cœur d'Olivia se réchauffa. Il avait réservé une table à un des restaurants les plus chics de la région ? Alors, la perplexité s'abattit à nouveau sur elle.

— Et quand tu n'as pas décroché ? Et si j'avais appelé pour dire que je ne pouvais pas y aller ?

Danilo eut l'air embarrassé. Ses joues prirent une teinte rose terne.

— Après avoir laissé le message, j'ai été — j'ai été perplexe et ému, incapable de réfléchir clairement. Quand j'ai quitté ta ferme, il a fallu que j'envoie une série de papiers à mon comptable, qui est à Milan. Ce n'est qu'après que j'ai posté l'enveloppe que je me suis rendu compte que j'avais glissé mon téléphone portable dedans. Il est arrivé à Milan il y a deux heures. Mon comptable le renverra demain.

— Oh, dit Olivia.

Elle avait envie de rire parce que c'était désopilant, mais il aurait été mal avisé d'exprimer de la joie à un tel moment, après que Danilo avait expliqué à quel point il avait été ému. Donc, elle se contenta de hocher la tête et il poursuivit.

— Quand nous étions à Sovestro, je me suis comporté horriblement mal. Je voudrais que tu comprennes que j'étais sous le choc. Je croyais que ma vie avait pris fin. Bien sûr, cela n'excuse pas ce que j'ai fait et cela ne change rien à ce que je ressens et que je ne peux nier. Dis-moi juste, Olivia, dis-moi pour que je sache et que je puisse essayer de me préparer ... Quand vas-tu quitter l'Italie et repartir chez toi ?

Olivia contempla Danilo en ayant l'impression que son monde avait changé d'orientation et qu'elle vivait dans une étrange réalité alternative.

— Mais je ne compte pas rentrer chez moi, dit-elle.

Avec perplexité, elle constata que Danilo avait l'air tout aussi stupéfait qu'elle.

— Tu as dit que si. Tu me l'as lu, écrit en noir et blanc.

Un soupçon indistinct avait commencé à se former dans l'esprit d'Olivia.

— Tu ne veux pas dire — commença-t-elle.

— La carte postale, dit Danilo. Elle venait de ta mère et disait clairement —

— Non ! hurla Olivia. Tu n'as pas pris ça au sérieux ?

— Bien sûr que si !

Maintenant, Danilo avait l'air aussi coupable que s'il avait lui-même été accusé d'un crime.

— Je n'aurais pas dû ?

Par où devait-elle commencer ? Olivia avait le vertige. Cette stupide carte était encore dans son sac à main. Elle l'y avait laissée pour ne pas oublier de répondre. Toute cette conversation lui rappela soudain que les autres percevaient sa mère différemment de ce qu'elle était vraiment.

— Ma mère s'imagine de façon obsessionnelle que je reviendrai un jour. Elle y pense tout le temps. À chaque fois qu'elle m'appelle, m'envoie un courriel ou une carte postale, elle me signale un poste vacant ou me rappelle qu'elle sait que mes « grandes vacances » finiront bientôt. C'est comme ça qu'elle est ! Elle ne peut s'en empêcher et elle n'a pas de mauvaises intentions, mais c'est très énervant. Ce trait de caractère est une des raisons pour lesquelles je suis heureuse d'être ici et pas là-bas, conclut Olivia, honteuse de ce qu'elle avait dit.

Elle ne voulait pas dire de méchancetés sur sa famille, mais il fallait qu'elle soit honnête en ce moment critique.

Danilo appuya les coudes sur le plan de travail et mit sa tête entre ses mains. Il marmonnait en italien.

— Je n'ai jamais pensé que ce n'était pas vrai. J'étais accablé.

Il se redressa et contempla Olivia les yeux écarquillés, avec honnêteté.

— J'ai arrêté de travailler dans la marine parce que mon père était en mauvaise santé ; il avait une maladie chronique qui s'était brusquement aggravée. Quand je suis arrivé, je suis sorti avec une enseignante qui passait une année en Italie avant de repartir chez elle, en Australie. Quand nous nous sommes rencontrés, il lui restait trois mois à passer ici et, à la fin des trois mois, elle est repartie chez elle. Notre lien n'était pas assez fort, elle n'avait pas de racines. Son séjour avait été une aventure et sa relation avec moi aussi. J'ai pensé — Quand tu m'as lu cette carte, j'ai pensé que tu me disais que tu allais faire comme elle.

Olivia sentit les larmes lui monter aux yeux. Cette confession sincère l'émouvait énormément. Elle comprenait pourquoi Danilo s'était renfermé aussi fortement, pourquoi il s'était comporté de manière aussi étrange.

— Je suis ici et j'y reste, dit-elle doucement.

Alors, pour détendre l'atmosphère, elle ajouta :

— Comme j'ai été impliquée dans tant de meurtres, je ne suis pas sûre que la police me laisserait partir !

Avec joie, elle vit Danilo sourire.

— J'étudie l'italien parce que c'est mon nouveau pays. Je ne le parle pas souvent parce que j'ai honte de mon accent affreux, mais je l'apprends, dit-elle.

Elle inspira profondément. Les mots tournoyaient dans sa tête. Pourrait-elle les ordonner de façon cohérente et produire une phrase cohérente qui n'humilierait ni sa personne ni la langue italienne ?

Danilo la contemplait de près, le regard sombre et intense. Quand elle jeta un coup d'œil à la fenêtre de la cuisine qui se trouvait derrière Danilo, Olivia vit que même Erba assistait à la scène, un œil perçant appuyé contre la vitre.

Olivia dit en italien :

— J'espère que nous nous comprenons mieux, maintenant. J'ai la sensation que, toi et moi, nous devenons plus que des amis et j'aimerais que nous soyons plus proches. De plus, je suis impatiente d'aller dîner avec toi ce soir, car je n'ai mangé qu'une tranche de pain au déjeuner et je suis très en colère.

Juste après, Olivia se rendit compte qu'elle avait utilisé le mauvais mot ! Elle avait voulu dire *affamata* mais avait dit *arrabiata*.

— J'ai faim. Je veux dire que j'ai très faim. Je ne suis pas du tout en colère.

La tension disparut du visage de Danilo et céda la place au sourire le plus chaleureux qu'elle ait jamais vu. Alors que, embarrassés, ils s'étaient parlé à deux mètres l'un de l'autre, il avança, prit Olivia dans ses bras et la serra fort contre lui.

— C'était l'italien le plus beau et le plus parfait que j'aie jamais entendu, dit-il d'une voix mal assurée. Je ressens la même chose que toi.

Quand Olivia vit l'expression dans ses yeux, elle sut avec une certitude bouleversante que c'était réel. C'était le changement de dynamique dont elle avait rêvé si longtemps, le commencement d'une période sentimentale nouvelle et merveilleuse de sa vie.

Cette période n'avait pas suivi le chemin auquel Olivia s'était attendue et avait assurément pris plus longtemps qu'elle ne l'aurait cru. Quand les lèvres de Danilo touchèrent les siennes, Olivia n'eut qu'une seule pensée cohérente en tête.

Ce moment avait valu la peine qu'elle l'attende.

Quand le baiser se termina, Olivia fut sûre que Danilo pouvait sentir le battement de son cœur au travers du chemisier qu'elle avait emprunté à Nadia. Il prit sa main dans la sienne et la serra avec tendresse.

Un moment ! Ce n'était pas juste un geste tendre. Danilo avait tenu quelque chose et, maintenant, cette chose reposait dans la main d'Olivia.

On aurait dit un morceau de métal mince, anguleux et froid et elle se demanda pourquoi il le lui donnait.

— Ce soir, pendant que je travaillais dans la grange, j'ai trouvé ce qui pourrait être un trésor important, ou du moins je l'espère, expliqua Danilo.

Le souffle coupé par l'excitation, Olivia ouvrit la main et contempla l'objet. Ses sourcils montèrent brusquement quand elle comprit exactement ce que c'était et quelles pourraient être les implications de cette trouvaille étonnante.

Dans sa main, elle tenait une clé longue et rouillée visiblement ancienne.

MAINTENANT DISPONIBLE !

MÛR POUR LA VENGEANCE
Roman à Suspense en Vignoble Toscan – Tome 5

« Très distrayant. Je recommande vivement l'achat de ce livre à tous les lecteurs qui aiment les romans à suspense très bien écrits avec des coups de théâtre et une intrigue intelligente. Vous ne serez pas déçus. C'est un excellent moyen de passer un week-end pluvieux ! »
--Books and Movie Reviews, Roberto Mattos (concernant *Meurtre au Manoir*)

MÛR POUR LA VENGEANCE (Roman à Suspense en Vignoble Toscan) est le tome 5 d'une nouvelle série à suspense charmante écrite par l'auteure à succès n°1 Fiona Grace, qui a écrit *Meurtre au Manoir* (Tome 1), roman à succès n°1 qui, en plus d'avoir plus de 100 évaluations à cinq étoiles, est disponible en téléchargement gratuit !

Olivia Glass, 34 ans, met fin à sa vie de cadre supérieure à Chicago et s'installe en Toscane, résolue à commencer une nouvelle vie plus simple et à créer son propre vignoble.

Une visite de vignoble haut de gamme vient en ville, organisée par un musée de classe mondiale. Quand les touristes s'arrêtent à l'exploitation vinicole, cela semble être un grand événement pour l'établissement mais, quand un des touristes est retrouvé mort, cela compromet tout.

Olivia pourra-t-elle trouver l'assassin et sauver leur réputation ?

Désopilante, riche en exotisme, nourriture, vin, coups de théâtre et amour, sans oublier la nouvelle amie d'Olivia, la chèvre Erba, et centrée sur un meurtre déroutant commis dans une petite ville et qu'Olivia doit résoudre, LE VIGNOBLE TOSCAN est une série de romans à suspense captivants que vous lirez en riant jusque tard dans la nuit.

Le tome 6 de la série, MÛR POUR L'AMERTUME, est à présent disponible, lui aussi !

MÛR POUR LA VENGEANCE
Roman à Suspense en Vignoble Toscan – Tome 5

Fiona Grace

L'auteure débutante Fiona Grace est l'auteure de la série LES HISTOIRES À SUSPENSE DE LACEY DOYLE, qui comporte neuf tomes (pour l'instant), de la série des ROMANS À SUSPENSE EN VIGNOBLE TOSCAN, qui comporte quatre tomes (pour l'instant), de la série des ROMAN POLICIER ENSORCELÉ, qui comporte trois tomes (pour l'instant) et de la série des ROMANS À SUSPENSE DE LA BOULANGERIE DE LA PLAGE, qui comporte trois tomes (pour l'instant).

Comme Fiona aimerait communiquer avec vous, allez sur www.fionagraceauthor.com et vous aurez droit à des livres électroniques gratuits, vous apprendrez les dernières nouvelles et vous resterez en contact avec elle.